절망은 없다

그, 두번째 이야기

임경철 지음

신세림출판사

절망은 없다

그, 두번째 이야기

임 경 철 지음

自序

지나온 시간을 되돌아보며, '사람의 일생이 참 파란만장한 것이구나' 하는 감회에 젖게 됩니다. 그동안 도저히 말로는 다할 수 없는 사연을 담아 〈절망은 없다〉라는 제목으로 책을 한 권 출간하면서 내 인생의 굴곡은 이것으로 마감한다고 느꼈던 게 사실입니다. 그리고 아내와 아이들을 위해 남은 인생을 아름답게 꾸미며 살아보겠노라 다짐했습니다.

'죽을 때까지 꿈을 꾸는 소년처럼 살겠다'고 다짐하며 마무리 지었던 그 이후로 어느덧 15년이란 세월이 또 흘렀습니다.

그동안 살면서 저는 또다시 삶의 벽이 너무나 높음을 실감했습니다. 아이들의 성장과정과 교육현실, 그리고 취업이라는 거대한 걸림돌이 마냥 소년처럼 살고 싶은 저의 꿈을 무척이나 힘들게 하였지요. 하지만, 저는 지금 또 하나의 출발점에 서 있는 기분입니다. 세상의 벽이 아무리 높다한들 나의 오뚝이 삶을 이길 수는 없는 것이라고 확신하기 때문입니다.

그 어려운 환경 속에서도 아이들이 착실하게 잘 자라서 큰 아들과 딸아이는 결혼까지 하여 자신들의 인생을 알콩달콩 엮어가고 있고, 막둥이 아들은 아직 결혼을 하지는 않았지만 곧 좋은 색시 얻어서 자신의 둥지를 만들리라 믿습니다.

우리 가정의 삶은 진정 오뚝이 인생입니다.

自序

넘어지면 일어서고 넘어지면 또 일어서면서 인생의 참 맛을 느낀다고나 할까요. 세상 살면서 헛된 유혹에 넘어가지 않고 오직 참된 삶이 될 수 있도록 최선의 노력을 경주하고 있습니다. 아내와 나는 아직도 카센타를 운영하며 생활하고 있습니다. 참된 진리 속에서 살다보면 언제나 고달프고 힘이 드는 것이 인생인가 봅니다. 그러나 그 진실한 삶이 사람 살아가는데 참된 길이 아닌가 생각합니다.

내가 살아온 길을 이제 또 한 권의 책으로 엮어 여러분에게 보여드리려고 합니다.

그래서, 이제 지난 15년의 세월을 다시 정리하고 〈절망은 없다〉 1편에서 못다한 나의 이야기를 덧붙여 〈절망은 없다〉 2편으로 〈절망은 없다. 그 못다한 이야기〉를 펴내려고 하는 것입니다.

감회가 새롭기도 하고 부끄럽기도 하지만 용기를 내어봅니다.

이 책이 나오기까지 도움주신 많은 분들께 머리 숙여 감사하며 그 누구보다도 나의 아내에게 이 책을 바치고 싶습니다.

2011년 10월에

저자 **임 경 철**

차례 | 절망은 없다 (그, 두번째 이야기)

절망은 없다

프롤로그

방송이 나간 후에 나는 사랑하는 아내와 자동차 정비 공장에서 열심히 일하면서 행복한 삶에 묻혀 살았습니다. '이것이 인간의 행복한 삶이구나.' 비록 셋방살이지만 사랑하는 아내가 반겨주고 사랑하는 아들도 아빠, 아빠 하며 웃어주니 그 이상 무엇을 바라겠습니까? 행복한 세월이 이대로 영원히 이어져 살았으면 하는 마음뿐입니다.

그런데 세상살이가 그리 녹록치만은 않은가 봅니다. 그 행복한 삶을 태풍으로 몰아내는 사건이 생겼습니다. 정비공장에서의 일을 영원한 내 삶으로 여기고 있었는데 그게 아니었습니다. 정비공장에 갑작스런 일이 발생한 것입니다. 바로 느닷없는 해고소식이 그것입니다.

방송국에서도 이야기 한 바와 같이 정비공장을 영원한 내 직장으로 여기고 마음을 굳게 먹었는데 예고도 없는 해고 소식은 나에게 더 없는 충격이었습니다. 사장님이나 회사 식구들도 나를 그렇게 신임하였고 우리 가정에도 축복을 빌어 주었습니다. 그런데 왜 해고를 시킨 것일까요? 새로 부임한 정비공장 과장의 농간으로 인한 사장님의 불신이었습니다.

나는 지금도 많은 생각을 하여 봅니다. 여러 사람들이 모여 살고 있는 단체나 회사 등등 사람이 많이 모여 있는 데에는 정직하고 진실되게 살면서 회사가 발전할 수 있게 한마음으로 노력해 주어야 그 회사가 발전하는 것임을 나는 알고 있습니다. 사장되는 사업주께서는 종업원들의 근무상태나 진실되게 일하는 일꾼을 잘 파악하여야 그 회사가 잘 유지되는 것입니다. 사장님 눈에만 들게 아부하는 사람은 진실된 일꾼이 아니겠지요.

지금부터 제가 하려는 애기는 억울하게 해고된 내가 아내와 자식들을 데리고 거친 삶을 다시 맛 봐야만 하였던 현실 속에서 다시 일어섰다는 내용입니다.

내가 해고 당하던 그 당시 울면서 애원했던 그 때 사장님이 내 이야기를 들었다면 그 회사는 발전이 되었을 것이라고 생각이 듭니다. 직장에서 쫓겨 난 나는 살기 위하여 꾸준한 노력 끝에 현재는 새 삶을 찾아 잘살고 있습니다만 옛날 내가 살던 그 곳을 찾아가 보면 내 삶이었던 그 곳은 폐허가 되어 앙상한 빈터만 남아 있고 호화롭게 살던 사장 댁 집터에는 집마저 허물어져 버린 상태입니다.

이십 년이란 세월이 지났지만 사장님께서 사업에 실패하신 원인은 간단한 것이었습니다. 사람을 잘 기용하지 못하면 어떤 회사도 발전할 수가 없는 것입니다. 1996년 8월 20일, 서툰 솜씨로 한 권의 책을 내면서 애독자 여러분들에게 말씀 드린 바와 같이 이제 또 한 권의 책을 써 보려합니다. 우선「절망은 없다」1편 내용을 제목을 통해 간단히 정리해 봅니다.

제1장: 불행했던 과거를 회고하며…, 제2장: 운명의 굴레 속으로, 제3장: 죽느냐 사느냐의 기로에서, 제4장: 살 길을 찾아 서울로 기어가다, 제5장: 기구한 운명을 개척해 준 고마운 기자님, 제6장: 새로운 인생의 시작, 제7장: 내 인생의 가장 큰 축복, 사랑하는 아내를 맞이하다, 제8장: 내 삶이 전파를 타고 전국으로 메아리치다, 제9장: 또 다시 빈털터리가 되다, 제10장: 재도약과 또 다른 시련의 나날들, 제11장: 고목나무에 새싹이 돋듯, 우리 가정에도 평화가 찾아오다.

이렇게 한 권의 책으로 만들어 졌습니다.

이후 삶의 온갖 역경을 이기며 살아오면서 '내 나이 칠십 일세까지 무엇을 남기고 무슨 일을 하였나' 라고 나에게 물어 보고 싶습니다. 그 대답을 어디서부터 할 것인가 생각하다보니 서로가 내가 먼저라며 싸우는 통에 머리가 멍하니 엉켜 버렸습니다.

제1권의 책에서 저는 '나를 지켜 봐 주십시오.' 라고 진실되게 말씀 드렸습니다. 이제 또 한 권의 책을 시작하면서 진실된 삶을 꼭 붙잡아서 보여드리고 싶은 마음으로 글을 써 보지만 막상 무엇을 보여 드릴까 생각하니 별로 없어 부끄럽기 짝이 없습니다.

사람은 항상 참 된 삶의 진리를 찾아서 그 진리를 꼭 붙잡고 살아야 한다고 생각이 됩니다. 사람이 살아가는 방법은 각각 다르지만 참 된 삶의 진리는 하나입니다. 참 된 진리 속에 서로가 서로를 사랑하여 주고 그 사랑으로 삶을 찾는다면 그 분들의 삶은 행복한 삶이 아닌지요? 구김 없는 삶속에 서로가 서로를 속이지 않고 사랑하는 마음으로 안아 준다면 그 사회의 삶은 행복한 사회라고 말하고 싶습니다. 행복한 웃음 속에 사랑의 싹이 트고 사랑받을 수 있는 꽃이 피어서 기쁘게 웃는 삶이 이루어졌으면 하는 마음입니다.

지금도 캄캄한 삶의 터널 속에서 목 메이게 울어 대는 사람이 많습니다. 캄캄한 터널에서 빠져 나와 행복한 삶을 찾기를 기도합니다. 나는 척박하기만 했던 내 운명을 이렇게 밝고 희망차게 만들어 준 김 종석 기자 선생님을 한시도 잊어 본 날이 없습니다. 그 분의 도움으로 새 삶을 찾아 열심히 살아보고자 많이 노력하고 애썼던 게 사실입니다. 하지만 세상은 그리 호락호락한 곳이 아니었습니다.

건강만 회복하면 만사가 순조롭게 이루어질 줄 알았는데 아니었습니다. 생존 경쟁이 너무 심해서 이기는 자만이 행복도 찾고 가정도 찾고 가정도 만들어 갈 수 있다는 생각이 듭니다.

전편 책 「절망은 없다」에서는 불행했던 이야기가 너무 많이 나왔습니다. 현재 이 글을 쓰고 있는 나는 하고 싶은 말은 많으나 문학적으로 표현 못하는 것이 못내 아쉽기만 합니다.

그 많은 눈물과 고생으로 내 터전을 만들었으나 어떻게 이끌어

나아가는 것이 좋은 길인가 생각하여 봅니다.

처음 부안에 카센타를 내고 아내와 마주 앉아 여러 가지 많은 이야기들을 했습니다. "여보, 그 동안 나를 따라 다니며 고생이 많았어요. 당신이 고생하여 준 보람으로 이렇게 집까지 사서 삶의 터전을 만들었으니 이제 이 카센터를 잘 운영해 부안에서 제일 유명한 카센터를 만들어 봅시다. 당신과 내가 이제까지 한 것처럼만 꾸준히 노력하면 좋은 결과가 나올 겁니다. 당신이 더 노력하면서 종업원도 잘 지도하여야 우리 카센터가 발전할 겁니다. 내일부터 더욱 힘을 내어 봅시다."

그 때 부안에는 자동차 정비 공장도 없었고 카센터도 별로 없었습니다. 내가 잘만하면 돈도 벌 수 있는 기회인 것 같은 마음이 들었습니다. 나에게는 그 동안 쌓아 둔 자동차 정비 기술이 있으니까 걱정은 하지 않고 자신감이 생겼습니다.

내 생각이나 아내 생각이 맞았습니다. 둘이서 밤낮으로 노력하니 손님이 많았습니다. 처음에는 아내와 나, 둘이서 공장을 이끌어 나가는데 손님이 너무 많아서 나와 아내 둘이서 감당을 못할 지경이었습니다. 즐거운 비명이었습니다. 여기저기 기사들의 소개로 젊은 청년을 채용하여 우선 타이어 수리 기술을 가르쳐 일하게 하고 나는 기술적인 정비만 하였습니다.

운전기사 분들도 많이 도와주었습니다. 사실 부안에서는 별다른 안면도 없었고 김제보다는 타향이었습니다. 그리고 나는 한쪽 눈을 수술한 때여서 이목구비도 갖추어지지 않았습니다. 얼굴 인상이 보기에 좋지 않았습니다. 굳은 내 얼굴은 사람들에게 별다른 믿음을 가져다 주지 못하였습니다.

사람의 표정은 환경에 따라 가꾸어 진다고 생각합니다. 즐거운 환경 속에서 살아 온 사람과 고생을 많이 하면서 불안한 환경에서 살아 온 사람은 표정이 다르다고 나는 생각합니다. 즐거운 환경 속에서 살아 온 사람의 얼굴은 언제나 웃음 띤 표정이지만 암흑 같은 환경 속에서 살아 온 사람의 얼굴표정은 어딘지 모르게 굳어져 있는 것입니다. 더군다나 나는 한 쪽 눈마저 수술하여 외눈이기 때문에 다른 사람들이 보기에 안 좋은 인상입니다.

카센터를 하면 많은 손님들을 접하는데 처음 보는 기사님들은 안 좋은 감정이 있겠지요. 나는 그래서 내 몸가짐을 항상 조심하며 지냅니다. 가끔 기사님들과 술자리에서 만나면 나를 처음봤을 때는 경계심과 적개심이 있었다고 실토하기도 합니다. 그렇지만 그 후에는 마음을 열고 정말 틀림없는 사람이라는 평을 듣게 됩니다.

살면서 많은 것을 보면서 생존경쟁에서 싸우다 보니 사람 사는 길이 무엇인가 많이 깨달았기 때문에 언제나 정직함을 생활 목표로 삼고 살아왔습니다. 덕분에 내 마음은 언제나 편안한 편이었습니다. 자동차를 수리할 때도 편안한 마음으로 수리를 하여야 완벽한 수리가 이루어 질 수 있다고 생각합니다. 편한 마음으로 정비를 하니 수 십 년 동안 정비를 해도 한 번도 실수가 없었습니다. 부안에서 카센터를 오래 하였지만 내가 어떻게 살아 왔는지 잘 모르는 손님들이 많았습니다. 내가 어떻게 살아 남아 어떤 고통 속에 내 삶이 이루어졌는지 모릅니다. MBC 방송이 나간 후 13년이라는 세월 속에 부안에서 카센터를 하였어도 잘 모르고 있던 때에 「절망은 없다」 수기가 책으로 엮어진 후 부안 사람들이 나를 확실히 알아보고 많은 격려가 있기에 더 힘을 낼 수 있었습니다. 그런 상황에서 원고를 틈틈이 쓰는 습관으로 책을 출간하는 데 별다른 어려움은 없었습니다. 고생하면서 살았기에 일기를 쓰는 습관이 있어서 그 일기가 원고가 된 것입니다.

나는 항상 한 가지 꿈만은 잃지 않고 살아왔습니다. 절망의 터널에서 헤매는 여러분들에게 희망과 용기를 드리기 위하여 반드시 책을 출간하기로 결심한 것입니다. 방송은 한 번 흘러가면 그만이지만 책은 오래 동안 보관하여 볼 수도 있고 여러 사람들이 읽어 볼 수도 있을 것이라는 생각에 책을 출간한 것입니다.

도서출판사 세림에서 내 원고를 정리하여 출판하였습니다. 그렇지만 막상 책을 출간하고 보니 책 출판비용 삼백만 원이 문제였습니다. 아내와 함께 고민하던 나는 마을금고 이사장님께 부탁하기로 마음 먹었습니다.

“이사장님, 출출한데 막걸리 한 잔 하실까요?”

“예, 한 잔 합시다.”

1996년도, 그 때만 해도 막걸리가 제일 좋은 술로 여기며 마셨습니다. 나는 마을금고 이사장님을 모시고 막걸리 한 주전자를 비웠으나 도무지 용기가 나지를 않아 망설이고 있었습니다. 말을 못하고 머뭇거리기만 하는 나를 보신 이사장님이 왜 그러느냐고 하시기에 용기를 내어 가까스로 말씀드렸습니다. 그간 제가 살아 온 길을 대략 말씀드리고 나서 책을 출판하기로 결정하여 책이 나왔으나 찾을 돈이 없다는 사실을 말씀드린 것입니다. 이사장님께서는 잠깐 고민하는 듯 하더니 이내 환한 웃음을 지으시며 '지금 전무한테 바로 얘기 해놓을 테니 내일 와서 돈을 가져가라' 는 것이었습니다. 서류는 나중에 하여 주고 우선 돈부터 가져가라는 것이었습니다. 너무 고마운 분이었습니다. 이 사실을 아내에게 얘기하니 너무나 좋아 하였고 내일 바로 서울에 올라가서 책을 찾아오라고 하였습니다.

마을금고에서 돈 삼백만 원을 받아서 서울로 향했습니다. 사무실에 도착하니 이미 내 책이 나와 있었습니다. 그 때의 감격은 이루 말로 다 할 수 없을 정도였습니다. 자식을 한 명 새로 얻은 기분이었다고나 할까요. 설레이는 마음을 가라앉히고 편집을 맡으신 이 선생님께 자세한 얘기를 하였습니다. 몇 권만 가방에 넣고 일부는 화물로 부탁하고 나머지 모든 책은 서점에 시판하여 그 이익금은 사회 헌금으로 기탁하라고 말씀드렸습니다. 내가 돈을 벌기로 작정하고 낸 책은 아니어서 어렵고 절망에 빠진 많은 독자들이 책을 읽어 보고 어려움을 극복할 수 있는 용기를 얻었으면 하는 생각뿐이었습니다.

밤늦게 부안으로 돌아 와 아내에게 책을 보여 주었더니 아내는 내 책을 받아 들고 눈물을 연신 흘렸습니다. "당신이 그 고생을 다하며 책을 냈으니 정말로 장하십니다. 아이들도 아버지의 삶을 깨닫겠지요. 그리고 공부도 잘하고 있으니 이제는 정말이지 아무 걱정이 없습니다." 나는 이 순간은 진정으로 너무나 행복한 가정이라고 마음속으로 여러 번 외쳤습니다.

며칠 후 서울에서 화물로 백여 권의 책이 도착하여 책을 놓고 아내와 상의했습니다. '이 책을 골고루 나누어 주어야 할 텐데 어떻게 하면 좋을까' 생각 끝에 우선 읍사무소, 청소계, 각 병원 입원실, 경찰서, 우리 아들이 다니던 삼남중학교, 부안군청 등에 보내 주었습니다. 나머지 일부는 집에 오는 손님 중에 책에 대한 이해가 있는 분에게 골고루 나누어 주다보니 책이 부족하였습니다. 나중에 소문을 듣고 '나도 한 권만 주면 안될까요.' 하는 요구가 너무 많았습니다. 골고루 나누어 준다고 하였으나 빠진 데가 너무 많았습니다.

내 책이 시내로 시골로 퍼지기 시작하더니 우리 카센터가 유명해졌습니다. 자동차가 너무 많이 밀려서 순번으로 정하여 자기 순번을 기다리고 있을 정도였습니다. 정말로 재미나는 생활이 아닐 수 없었습니다.

안식구와 나는 웃음 띤 얼굴로 피곤한 줄도 모르고 노력하였습니다. 자식들 셋이 다 건강하고 공부도 잘하고 있고 카센터도 잘되어 돈도 그런 대로 벌고 그 이상 바랄 것이 무엇이 또 있겠습니까, 마음속으로 여유도 많이 생겼습니다. 술친구도 사귀고 마음으로 통하는 친구도 사귀었습니다.

부안에서 자동차를 가지고 계시는 분들은 대영카센터를 모르는 사람이 없었습니다. 일요일 날도 휴일을 정하여 놓고 종업원들 휴가도 보내 주고 하였으니까 정말이지 재미나는 나날이었습니다.

새로운 삶의 터전을 꾸미기 위하여…

그 동안 바쁜 생활로 가정을 돌보지 못한 부분이 많았습니다. 옛날에 지은 슬라브집이라서 지붕은 구멍이 나고 비가 오면 방 안으로 빗물이 세어 빗물을 받아 내야 하는 실정이었습니다. 비가 오면 잠자는 아이들을 깨워서 저쪽으로 이쪽으로 하며 야단이었으니까요. 큰 아들은 구석진 방에서 공부를 하고 둘째 딸하고 막둥이는 우리가 데리고 자니까 아이들이 항상 마음에 걸렸습니다. 아내가 내게 약간 볼멘 소리로 상의를 하였습니다.

"여보! 집수리를 해야겠어요. 더 이상은 못 버티겠어요."

그 해는 더욱 비가 많이 오던 해였으니 살기가 여간 고단한 게 아니었습니다. 나 역시 집수리를 해야겠다고 마음먹고 있던 차에 아내의 말을 듣고 바로 실천하기로 했습니다.

그렇지만 막상 집을 수리하기로 결정은 했지만 여간 어려운 문제가 아니었습니다. 살림살이는 어떻게 하고 잠자리는 어떻게 할 것인가 고민이 많았습니다. 그러나 어떻게든지 집수리를 하여야겠기에 나는 아내한테 자금 문제부터 물어보았습니다. “지금 저축된 돈이 얼마나 되지?” “예, 조금 되지요.” 아내는 얼마가 있다고 확실한 대답이 없었습니다. 집수리 자금이 많이 들어갈 것이 분명하였습니다.

이튿 날 집수리 전문가이신 윤 목수 아저씨 댁에 찾아가서 아저씨를 불렀습니다. “아저씨, 우리 집을 수리하여야 하겠는데 집에 가셔서 견적을 한 번 뽑아 보세요.” “그래? 집수리비가 많이 나올 텐데….”

블록으로 대충 쌓아서 만든 집이었습니다. 워낙 평수가 넓은 집이라서 수리비가 많이 들어 갈 것이라고 말씀을 하셨습니다. “알았어요. 그래도 한번 가보시지요.”

윤 목수 아저씨와 나는 집에 와서 견적서를 뽑아 보았습니다. 나는 자동차만 전문이지 집수리나 집에 대하여서는 아무 것도 몰랐습니다. 큰 방은 어떻게, 아들 방은 어디로, 종업원들 방은 어디로 등등 세부적으로 견적을 뽑아 보니 예상보다 훨씬 많은 돈이 필요할 것 같았습니다. 그래도 할 수 없었습니다. 시내라서 건축허가를 받아야 하기 때문에 돈이 많이 들어가고 카센터는 그 동안 휴업하여야 하기 때문에 그대로 세워 놓고 수리할 수밖에 없었습니다.

윤 목수 아저씨는 집에 가서 견적서를 가지고 오셔서 세부적으로 견적을 뽑았습니다. 일천 팔백만 원이라는 금액이 나왔습니다. 너무나 많은 돈이었습니다. 나는 겁이 났습니다. '그 많은 돈이 없을 텐데….' 우리 집은 아내가 재무를 맡아서 관리하기에 "여보, 너무 많은 돈이 필요한데 그 돈이 있겠어."하고 물었습니다. "얼마나 들어가겠어요?" "일천 팔백만 원이나 된다네."

아내는 깜짝 놀랐습니다. "그렇게 많은 돈이 들어가요? 그 돈이면 차라리 새 집을 짓고 말겠네요." "아니야, 이 자리에서는 새 집짓기가 힘들어. 건축허가를 받아야 집을 지을 수 있어. 많은 시일도 필요하고 돈도 많이 들기 때문에 할 수 없어." "하지만, 그렇게 많은 돈이 들어가니까 문제지요." 아내가 조금 망설였습니다. 그러나 더이상 미룰 수 있는 문제가 아니었으므로 결국은 수리하기로 결정되었습니다. 돈이 모자라면 은행에서 대출이라도 받아서 쓰기로 하였습니다.

그런데 살림살이 옮기는 일과 몇 개월 동안 잠자리가 문제였습니다. 여름철이라 추워서 고생할 정도는 아니지만 짐을 옮기는 장소가 필요했던 것입니다. 여러 가지로 궁리 끝에 옆 정미소 창고가 비어 있다는 생각이 들었습니다. 마침 여름철이라 벼 가마니가 하나도 없을 때였습니다. 가을철이 되면 벼가 들어오지만 여름에는 벼가 없습니다. 가을에 정미를 하기 때문에 여름에는 텅 비어 있습니다.

정미소 사장님한테 찾아가서 사정 이야기를 하였더니 두말 할 것 없이 허락이 떨어졌습니다. "그래요, 빈 창고 쓰세요. 아저씨가 쓰신다는데요. 두말 할 것 없이 쓰세요." 하면서 창고 열쇠를 내어주셨습니다.

너무나 고마웠습니다. 나를 신임하신 것입니다. 열심히 노력하면서 착실하게 살기 때문에 누구에게도 신임을 얻고 살았습니다. 나는 아내한테 이야기하였습니다. "여보, 옆집 창고 얻었어. 저 창고에서 지내면 되겠어. 길은 다 있기 마련이야." 안식구도 좋아하였습니다.

나는 창고를 열어놓고 카센터 종업원들과 청소를 깨끗하게 하였습니다. 밑바닥은 시멘트로 콘크리트하여서 습기는 올라오지 않았습니다. 창고가 넓어서 그곳에 잘 자리도 만들어 놓고 식사 준비도 할 수 있게 만들어 놓았습니다. "이 정도면 몇 개월은 거뜬하게 지낼 수 있을 거야." 아내와 나는 얼굴을 마주 보며 서로가 서로를 위안하는 눈빛으로 이야기 하였습니다.

무슨 일이든 아내는 나를 따라 주었습니다. 이튿 날부터 아내와 종업원들까지 동원하여 이사를 하였습니다. 그러나 공장에서 사용하는 기계는 그대로 두고 집을 수리하기로 약속이 되었으니까 카센터는 그대로 일을 하기로 하고 종업원들에게 잠자리가 불편해 미안하다는 이야기를 하였습니다. "너희들이 지내기가 조금 불편하지만 참아다오. 집수리를 잘 해서 깨끗한 데서 살게." "예, 알았어요." 종업원들도 싫은 내색없이 잘 이해해 주고 따랐습니다.

일하는 아이들이 셋이나 되었으므로 종업원들의 잠자리까지 전부 제공하다 보니 안식구가 힘이 너무 들었습니다. 종업원들 기름 빨래까지 전부 안식구가 하여야 하였습니다. 세탁기도 없어서 손빨래로 그 고생을 다했습니다. 아내는 그 많은 고생을 하면서도 불평 한 번 없습니다. 살림살이가 하나하나 늘어나고 자식들도 건강하게 잘 자라고 공부도 잘하고 있으니 그 이상 욕심은 없었던 것입니다. 카센터에서 벌어들인 돈으로 우리 다섯가족이 살고 있고 종업원들의 보수도 그대로 나가고 있으니 안식구는 삶의 재미를 느끼고 살고 있는 것입니다. 고생을 재미로 느끼고 산다고나 할까요.

이삿짐을 창고로 옮기고 창고에서 살면서 애로가 많았습니다. 특히 아이들이 걸핏하면 감기에 걸려서 고생을 많이 하였습니다. 언제나 부모되는 입장에서는 자식들 걱정이 앞서나 봅니다. 아내와 나는 자식들 걱정이 많았습니다. 물론 종업원 아이들도 신경을 많이 썼습니다. 문제는 그것만이 아니었습니다. 헌집을 철거하니 많은 쓰레기가 문제였습니다. 쓰레기를 어떻게 처리할까 걱정입니다. 건축물 쓰레기는 쓰레기장으로 처리할 수밖에 없었습니다. 그 때만 하여도 건축물 쓰레기를 분리하지 않고 혼합 처리할 때였습니다.

쓰레기장은 우리 집에서 얼마 떨어지지 않은 곳에 있으니 쓰레기장에다 버리면 됩니다. 분리처리는 하지 않을 때였으니까요. 목수아저씨가 철거하는 대로 쓰레기장에다 버리면 되니까 철거비용은 들지 않았습니다. 군에서 저수지에다가 쓰레기장을 만들어 놓고 아무 것이나 다 버렸습니다. 군청 청소차도 그곳에다 버렸고 청소부 아저씨들 수레들도 그곳에 다 버렸습니다.

그 때는 쓰레기장에서 기거하는 아저씨들(넝마주이)이 많이 있을 때였습니다. 분리수거를 하지 않고 마구 버리는 때여서 쓰레기장에서 여러 가지 고물을 수거하고 분리하여 모았다가 고물상에 넘겨주는 생활을 하면서 살고 계시는 사람들이 많이 있었습니다.

나는 집에서 나오는 철거 쓰레기를 자동차에 실고 쓰레기장에 다 갖다 버렸습니다. 며칠 동안 철거 쓰레기를 버렸습니다. 나도 고생을 많이 하면서 살았기 때문에 넝마주이 분들의 삶을 다 알고 있습니다. 그 분들이 운행하는 경운기도 수리하여주고 밤이면 그 분들과 술자리도 많이 하였으니까요. 겨울이 되면 그 분들 움막을 찾아가서 술자리도 하여 보았습니다. 양말도 사다주고 겨울 잠바를 사다 준 때도 있었습니다. 그 분들은 사회적으로 삶에 실패하고 인생살이에서 시달림을 받고 운명의 삶을 살고 있는 사람들이었습니다. 지식이 많은 사람도 있고 주정뱅이도 있지요. 그 사람들의 삶은 고달팠습니다. 나는 언제나 그 분들의 삶에 신경을 썼습니다.

철거 쓰레기를 거의 마무리지을 무렵, 쓰레기장에서 큰 사고를 낸 일이 있습니다. 내가 버린 쓰레기가 너무 지저분해서 부피도 줄이고 깨끗하게 하기 위해서 쓰레기를 소각하기로 마음 먹었습니다. 한쪽 구석진 곳에다 버렸기 때문에 쓰레기를 소각하니 깨끗하고 개운하였습니다. 쓰레기 소각이 거의 끝나갈 무렵, 누가 소리를 지르며 뛰어왔습니다. 청소부 아저씨였습니다. “여기서 소각하시면 안됩니다. 불나면 큰일 나요.” 불이 날지도 모른다는 말에 놀란 나는 정신없이 불을 껐습니다. “예, 미안합니다. 하도

지저분하여서 그만 소각하였더니 미안합니다.”

이렇게해서 일이 잘 마무리된 줄 알았는데 아니었습니다. 청소부 아저씨의 말을 듣고 불을 다 끄고 집에 와서 하루 일과를 마치고 밤에 잠든 사이 쓰레기장에서 불이 난 것입니다. 내가 소각한 불씨가 쓰레기 안으로 들어가서 조금씩, 조금씩 타기 시작한 것을 나는 전혀 몰랐던 것입니다. 작은 불씨가 쓰레기장 전체로 번져서 소방대가 출동하고 군수님까지 나와서 난리가 났습니다.

나는 당황하였습니다. 내가 뒤늦게 달려가 보았지만 소용이 없었습니다. 소방차로 불길을 잡았으나 제일 큰 문제는 넝마주의 아저씨들이 분리하여 모아놓은 재생 물건들이 전부 타버리고 그 분들이 사용하는 경운기까지 타버렸다는 것입니다.

큰 사고였습니다. 제 잘못으로 불이 난 것이므로 혼자서 다 변상하여야 하는 문제였습니다. 해결할 방법이 없습니다. 그곳에서 고생하는 아저씨들은 내가 잘 알고 지내는 분들이었습니다. 나도 그 분들처럼 살았기에 자주 만나서 술도 한잔씩 하며 지내는 처지였습니다.

나는 그곳에서 지내는 두목 아저씨를 찾았습니다. “아저씨, 어찌하면 좋겠습니까? 미안합니다. 나를 살려 주십시오.” 내가 저지른 실수였습니다. 아저씨는 곤란한 모양입니다. 다른 사람이 일을 저질렀으면 많은 돈을 요구하여도 얼마든지 받아낼 수 있지만 하필이면 나라서 어떻게 말도 못하고 있었습니다.

그 분들의 대표되는 어른을 나는 항상 존경하고 자주 만나는 처지였습니다. 성격이 엄격하고 삶의 존엄성이 뚜렷하신 분이었습니다. 그 대표되는 어른의 아들이 한 분 계시는데 아들이 찾아와서 아버님께서 하시는 말씀이 그 사람한테 너무 많은 돈을 받아 내지 말라고 명령을 하셨다고 했습니다. 이 문제는 얼마든지 돈을 요구할 수 있고 재판을 하여도 많은 돈을 받아 낼 수 있다는 것입니다. "아버님께서 명령하시기를 조금만 받으라 하셨습니다." 하지만 조금이 오백만 원이었습니다. 너무나 큰 돈이었습니다. 물론 그 분들이 더 많은 돈을 요구하여도 나는 요구대로 보상하여 주어야 했습니다. 내 과실로 그 분들의 재산을 손실시켰으니까요.

어르신을 찾아가 인사를 정중히 하고 미안하다는 사과 말씀을 드렸습니다. "아저씨, 정말 죄송합니다. 이렇게 아저씨한테 손해를 드려서 어떡하면 좋겠습니까?" "그래요, 사람은 다 그렇게 사는 거야. 사람의 삶은 이런 세파 속에서 허우적거리는 거야." 이 현실이 운명의 씨앗이란 것이었습니다. 둘이서 술을 마실 때는 인간의 삶의 진리를 한 번도 말씀이 없으셨는데 그 날은 조용한 어조로 하나하나 삶의 진리를 나에게 이야기하는데 나는 저절로 고개가 숙여졌습니다. "예, 저도 그 동안 피어린 눈물 속에 살다가 이제 이렇게 삶을 찾은 것은 주변의 많은 분들이 도움의 손길을 주신 덕분입니다. 어른께서 용서하여 주시니 앞으로 더욱 더 열심히 살겠습니다." "그래요, 처지가 비슷한 사람이라는 생각에 아들한테 이야기한 거요. 이따가 아들이 올 테니 그 돈 아들에게 주고 더 열심히 살아요." "예, 감사합니다."

그 보스 분도 나에게 확실한 신분을 밝히지는 않았지만 사회적으로 많은 시달림 속에 살면서 비록 넝마주이를 하지만 인생의 길을 참되게 열어가며 살고 계시는 분으로 여겨졌습니다. 현재는 파리가 우글거리고 있는 쓰레기장에서 살고 계시지만 말씀 한마디 한마디가 삶의 철학을 능히 깨달은 분처럼 보였습니다. 신분은 절대 밝히지 않으시고 '잘 살아봅시다. 깨끗하게 살아봅시다.' 하고 말씀하시는 분입니다. 쓰레기장에서 살고 계시면서 '깨끗하게 살아봅시다.' 하시는 말씀을 잘 이해하여 보십시오. 깨끗한 환경, 깨끗한 집에서 깨끗하게 살자는 것이 아님을 나는 깨달았습니다.

천막촌에서 하루를 지내는 그 분의 모습에서 나는 많은 것을 배웠습니다. 나는 나에게 이야기 하였습니다. '그래, 깨끗하게 살아보자. 삶의 진리를 찾아서~.' 요즈음 험난한 사회 윤리와 도덕이 땅에 떨어진 세상에서 어느 누구도 그 윤리를 지키지 않는 세상에서 그 분만은 윤리와 도덕을 지켜보기 위해 애쓰시는 것 같았습니다.

지금도 그 분의 말씀을 가끔씩 생각하여 봅니다. 사람이 태어나서 여생을 사는 동안 많은 시련이 따르기 마련입니다. 돈이 많은 사람도 가난한 사람으로 변할 수 있고 건강한 사람도 교통사고로 장애자가 될 수 있는 운명의 현실은 아무도 장담 못합니다. 거친 삶속에서 사람이 살면서 어려운 일을 많이 겪게 됩니다. 어려운 삶을 잘 풀어 나아 가다보면 삶의 재미가 다가옵니다. 살면서 어려운 일을 겪게 됩니다. 어려운 삶속에서 희망의 용기가 나오는 것이 인생의 법인 것입니다.

삶은 바다와도 같다고 봅니다. 높은 파도가 몰아칠 수 있고 잔잔한 물결이 일 수도 있습니다. 나는 항상 내 마음을 달래고 있습니다. 세상 살면서 도리를 지키는 자가 되어 달라고 내 자신에게 항상 부탁합니다. 혹시 자만심을 가질까 두렵습니다. 고생하며 유지해 온 삶속에서 돈을 몇 푼 번다고 자신을 잃으면 사람 노릇을 못합니다.

집수리 할 때도 목수 아저씨께 진심으로 "아저씨 집이라고 생각하고 잘 수리하여 주십시오." 하고 부탁드렸습니다. 이 집은 사실 내가 피땀으로 이루어 낸 집입니다. 누가 사준 집도 아니고 부모가 물려준 집도 아닙니다. 죽음의 문턱에서 허우적거리다 전북일보 김 종석 선생님의 은혜로 이 집까지 만들었으니 내 생명과 같은 집이었습니다.

여름 날씨라서 집수리 하는 데 별 어려움은 없었으나 쓰레기장에서 불이 난 사건이 너무나 가슴 아팠습니다. 이 글을 쓰고 있는 이 순간에도 쓰레기장에 살고 계시던 아저씨가 나한테 동정어린 사랑을 주신 부분에 대해 고마움을 전하고 싶습니다.

하루 이틀 지나 세월이 흐르니 집은 점점 제 모습으로 되돌아오고 젊은 총각처럼 근사하고 의젓하게 지어졌습니다. 집을 수리하고 보니 멀쩡한 새 집으로 변했습니다. 누구에도 비할 바가 없는 우리 보금자리가 되었습니다. 이제 이 집에서 성공하여 아들도 장가가고 딸도 시집보내고 막둥이는 유학을 보내는 부푼 꿈이 주마등처럼 스쳐갑니다. 집수리가 거의 마무리 되어 도배만 하면 끝이 납니다.

나는 어렸을 때 육간 기와집에서 살았던 기억이 납니다. 크나큰 집에서 부모의 사랑을 독차지하며 자랐고 누나들의 보살핌으로 살았습니다.

그러나 수리한 이 집은 높은 빌딩은 아니지만 나에게는 호텔과 같은 느낌이었습니다. 내 삶이 기구하게 이루어져서 죽음의 문턱에 깊이 들어갔다가 세상에 다시 나왔으니 내 마음에는 이 집이 호텔과 다를 바 없습니다. 이제까지 호텔에 한 번도 가 본적이 없지만 텔레비전에서 본 호텔 방과 같은 생각이 들고 마음이 편했습니다. "여보, 어때? 이정도면 충분히 살겠지. 여기서 살면서 돈 많이 벌어 이 보다 더 좋은 집으로 옮기는 거야."

방 도배를 마치고 방앗간 창고에서 이삿짐을 옮기며 가구 정리를 마쳤습니다. 깨끗한 방에 누워 있으니 제일 먼저 김 종석 기자 선생님이 떠오릅니다. 그 때 그 분이 나를 구원하지 않았으면 오늘 이토록 행복한 순간을 맛볼 수 없었을 것입니다. "하나님 감사합니다. 하나님께서 보내 주신 김 종석 기자 선생님의 사랑으로 오늘 밤 깨끗한 방에 누워 있습니다. 감사합니다."

나도 모르게 눈물이 흐릅니다. 나는 하나님에게 기도할 줄도 잘 모릅니다. 그러나 내 마음에서 저절로 '하나님' 하고 부르며 감사하는 마음의 기도가 나옵니다.

집수리도 다하고 가구 정리도 어느 정도 되었습니다. 새방에는 가구들이 많이 들어와야 하는데 아직까지 방을 꾸밀 생각까지는 못하였습니다. 또 새 가구도 살 마음이 없습니다. 보통의 여자들은 새 집에 들어가면 좋은 가구도 들여놓고 싶어 하겠지만 아내는 절약이 생활화가 되어 사치는 전혀 생각도 하지 않습니다. 방 안에는 중고 텔레비전과 옷장, 책상이 전부입니다. 주방에서 쓰는 냉장고도 중고품으로 사용하였습니다. 종업원들의 기름빨래와 내가 입은 기름빨래도 전부 손으로 세탁을 하였습니다.

집수리를 모두 마치고 새 집처럼 느끼며 살고 있을 때 서울에서 처제가 찾아 왔습니다. 아내보다 아래인 막내 처제입니다. 언니인 아내가 고생하고 있다고 소식은 들어 알고 있었지만 찾아오는 것은 이번이 처음 길이었습니다. '언니!' 하며 찾아 와준 처제가 무척 고맙게 느껴졌습니다. "예, 어서 오시오." 나는 처제가 찾아주는 것이 너무 감사했습니다. 그동안은 고생하고 살고 있는 언니가 안쓰러워서 한 번도 오지 않은 것입니다. 마침 집수리가 되었을 때 찾아 온 것이 다행이라 여겨집니다. 비가 줄줄 샐 때 왔으면 어떻게 되었을까 생각하니 천만다행이라는 생각이 절로 들었습니다.

처제는 언니가 불쌍하다고 느껴진 모양입니다. '좀 더 나은 사람하고 결혼하지 하며!' 언니에게 조용히 잔소리를 하는 것 같습니다. 나는 알고 있습니다. 왜 처제의 마음을 모르겠습니까? 돈도 없고 이목구비도 갖추지 않은 사람과 살고 있는 언니가 불쌍해 보이는 것은 어쩌면 당연한 일입니다.

나는 그 날 밤 처제에게 나의 솔직한 마음을 얘기했습니다. "처제, 언니를 이렇게 고생시켜 미안해요. 이제 고생은 얼마 남지 않았어요. 조금만 더 노력하면 좋은 길이 열릴 겁니다. 처제, 정말 미안합니다." "예, 알아요. 형부가 무슨 말을 하는지 잘 알아요. 그러나 언니가 고생하고 사는 것을 보니 괜히 화가 나서 그래요." 처제도 진심으로 말했습니다.

나는 혼자서 처제의 이야기를 생각해 보았습니다. 사람 살고 있는 길은 모두 다른데 처제는 서울에서 남편 잘 만나서 고생을 하지 않고 살기에 우리의 삶을 잘 모릅니다. 동서되는 사람은 공무원이고 깨끗한 환경에서 살기 때문에 시골 사람들의 삶을 이해 못하는 것이었습니다.

그날 밤 처제는 언니와 하루 밤을 보내고 서울로 떠나면서 언니한테 세탁기를 사주고 갔습니다. 나와 결혼하여 아이가 셋이나 될 때까지 세탁기 하나 없이 손빨래로 살았으니 아내의 손이 얼마나 아프고 겨울에는 손이 얼마나 시리겠습니까? 요즘 사람들은 이해하기 어렵겠지만 사실이었습니다. 어려운 난관을 이겨가며 사는 삶은 다 그런 것입니다.

그렇게 언니 집을 다녀 간 후 처제는 얼마 살지 못하고 세상을 떠났습니다. 몸이 안좋았던 처제가 세상 떠날 때가 다 되어서 언니집이라도 한 번 찾아보기 위해 왔던 것입니다. 처제의 운명이 그렇게 짧은 것이었는지, 나는 아내와 서울에 가서 처제의 마지막 떠나는 길을 눈물로 배웅했습니다.

사랑하는 아내, 황당하기만 한 폭력사건에 휘말리다

MBC 방송국에서 원고료를 받고 상패도 받아 가지고 전북 김제역 앞 통운회사 내 정비공장으로 다시 와서 내일의 희망을 위하여 우리 가정은 그런대로 행복한 삶의 세월 속에 묻혀 살고 있던 어느 날, 예고도 없었던 해고를 당하여 정처 없이 부안으로 삶의 터전을 옮기게 되었고 아내와 우리 가족은 많은 노력으로 카센터 자리에 집과 공장 기계까지 사서 행복한 삶을 약속하며 종업원들까지 채용하여 힘든 과거를 거울삼아 열심히 노력하고 있었습니다.

지금부터 제가 하려는 얘기는 카센터를 운영하면서 아내가 당했던 폭력얘기입니다. 외상으로 타이어를 교환한 용달 기사한테 아내가 당한 폭력이었습니다.

아내가 시장가는 도중에 용달차 기사를 만나 타이어 값 외상을 재촉하였던 사실 뿐이었는데 기사가 술에 취하여 카센터까지 찾아 와 행패를 부리는 것을 아내가 막으니까 기사는 아내를 폭행하며 길가 시멘트 바닥에 밀어서 아내가 뒤로 넘어지면서 일어난 사고였습니다. 너무나 어이없는 폭력을 당하여 아내가 죽을 뻔 했던 사건이 일어나서 나는 어찌 할 바를 모르고 당황하였습니다.

아내는 도로 위에 쓰러져 있었습니다. 나는 화가 치밀어 올라 운전기사를 쫓아갔으나 도망가서 붙잡지를 못했습니다. 내가 운전기사를 잡기 위하여 쫓아 가는 사이 사람들이 모여들어 '병원으로 빨리….' 하고 소리를 지르는 순간, 아차 하는 생각이 머리에 스쳤습니다.

아내한테 뛰어 가니 김 상권이라는 청년이 아내를 등에 없고 병원으로 달리기 시작했습니다. 부안에는 종합 병원이 없어서 개인 병원으로 찾아 갔는데 의사 선생님이 아내를 보더니 빨리 전주 예수병원으로 가라고 소리를 지르셨습니다. 나는 아내를 택시로 옮겨 전주 예수병원으로 향했습니다. 부안에서 전주까지 30km나 되는 거리라 시간이 한 시간도 더 걸렸습니다. 나는 다급한 마음에 기사님께만 '빨리 빨리' 다그쳤습니다.

아내는 의식을 완전히 놓아 버렸고 숨도 쉬다가 멈추다가 하더니 맥을 놓아버립니다. 다급해진 나는 아내의 코를 입으로 쭉쭉 빨았습니다. 몇 번을 힘을 주어 빨아대니 숨이 터지는가 싶더니 또 조금 가다가 숨이 멈추면 또 몇 차례 코를 힘 있게 빨면 숨이 터지고 하다가 간신히 예수병원 응급실에 도착하여 산소 호흡기를 꽂고 간신히 숨이 터졌습니다. 나는 맨발로 병원 응급실까지 간 것입니다.

안식구가 숨이 터지는 것을 확인한 나는 미친 듯이 "하나님 감사합니다. 하나님, 감사합니다." 울부짖으며 감사기도를 드렸습니다. 병원 복도에서 무릎을 꿇고 앉아서 기도만 하였습니다. 진정한 마음으로 울면서 "하나님, 감사합니다."를 외쳤습니다.

응급조치 후 담당 신경과 선생님이 오시더니 그 때 상황을 대강 물어 보셨습니다. 나는 간단히 설명해 드렸습니다. 기사가 밀어서 안식구가 뒤로 넘어져 정신을 잃어버리고 숨도 멈춘 상태라 코를 빨아주면 간신히 숨이 터지곤 하여 여기까지 온 것이라고. "네, 알았고요, CT 사진을 찍어 봅시다."

의사선생님은 여기저기 사진을 찍고 세부적인 진찰을 하였습니다. 아무것도 모르고 안식구는 토하기만 했습니다. 하지만 먹은 게 없는지라 토해도 아무것도 나오지 않았습니다. 뇌가 손상되어 호흡이 곤란해 토한다고 의사선생님이 설명하셨습니다. 아내는 내가 옆에 있어도 모르고 눈도 뜨지 않고 있습니다. 나는 가슴이 저리고 아파서 어찌할 바를 몰랐습니다.

이틀 후 종합 진찰결과, 뇌혈관이 터져 피가 뇌에 고여 있어서 토를 하고 정신을 못 차린다고 조금 더 경과를 지켜봐야 한다는 것입니다. 경과를 지켜본 다음, 뇌수술을 하느냐 아니면 주사로 치료하느냐 결정을 하자는 것이었습니다. 안식구가 어찌되면 내 인생은 다시 절망으로 빠지고 말 것입니다. 그 동안 고생 끝에 이제 겨우 한 발짝 걸음마를 시작하려는데 이런 일을 당하였으니 운전기사 놈을 죽이고 싶은 마음이었습니다. 너무나 화가 났습니다. 나는 의사 선생님한테 매달렸습니다. "선생님, 아내를 살려 주십시오. 죽으면 불쌍해서 안 됩니다. 꼭 살려 주십시오. 하나님 살려 주십시오." 나는 누구에랄 것도 없이 그저 간절한 마음으로 매달렸습니다.

산소 호흡기로 숨을 쉬고 주사로 치료한 지 닷새가 지나자 숨이 제대로 돌아 와 산소 호흡기를 제거하고 본인이 스스로 숨을 쉬기 시작했습니다. 의사 선생님도 이제야 조금 안심하는 눈치였습니다.

일주일 후 의사 선생님이 보호자와 상담을 요구하셨습니다. "아주머니는 수술도 할 수 있고 수술하지 않고 치료도 할 수는 있습니다. 그러나 아직은 장담을 못합니다. 치료하면서 자세히 지켜보도록 하지요." 의사선생님의 말씀을 듣고 나는 수술을 절대 반대하였습니다. 뇌수술이 잘못되면 영영 회복이 불가능하다는 생각 뿐이었습니다.

주사 치료로 고여 있는 피를 녹여 버리게 하는 치료법으로 결정을 보았습니다. 나는 아내 곁에 있기 위해 공장은 종업원들에게 부탁하고 아이들 학교도 큰애가 알아서 동생들 밥도 지어 먹이고 학교도 보내라고 당부하였습니다.

이 주차에 접어들자 아내는 토를 하지 않고 눈을 지그시 뜨기 시작합니다. 눈을 뜨고 사방을 두리번거립니다. "여보, 나야!" 내가 부르는 소리에 안식구가 정신이 나는 모양입니다. "여기가 어디야, 왜 이리 머리가 아파, 왜 이렇게 머리가 아프지?" "응, 조금 다쳐서 그래." 아내는 정신이 조금씩 돌아오는 모양입니다. 의사 선생님한테 경과 이야기를 하니까 "예, 회복되는 중이니 그대로 치료합시다." 하시면서 안심시켜 주십니다. "예, 감사합니다."

그 동안 안식구 때문에 고통이 많았던 나 역시 몸이 많이 안좋아졌습니다. 나는 그 허 기사를 잡아서 형사 고발하기로 마음먹고 진단서를 첨부하여 고소장을 썼습니다. 경찰서에 고소장을 접수하면 형사 입건이 됩니다. '도망가면 얼마나 도망갈까. 꼭 잡아서 영창에 보내야겠어. 나쁜 놈, 여자를 상대로 그렇게 폭력을 쓰는 놈이 어디 있단 말인가?' 생각할수록 화가 치밀어 올랐습니다.

계속 도망만 다니던 허 기사는 내가 고소장을 접수할 움직임을 보이자 안되겠다 싶었는지 자기 안식구와 같이 병원을 찾아 와서 싹싹 빌어댔습니다. "잘못했으니 용서하여 주십시오." "용서라고! 나쁜 놈! 여자를 폭력으로 이렇게 만들었어, 너는 안식구도 없느냐? 당신 안식구만 중요하고 내 안식구는 이렇게 만들어 놓아. 나쁜 놈, 너는 콩밥 좀 먹어 봐야 정신을 차리지."

내가 분함을 이기지 못하고 펄펄뛰자 허 기사 안식구가 더 애원을 합니다. "아저씨, 형사 입건하시지 마시고 제발 살려 주십시오. 살려주십시오." "우리 집 안식구 물어내요. 건강한 사람으로 만들어 내란 말이요. 이 나쁜 놈아." 언성이 높아지니 환자들이 짜증을 냅니다. "밖에 나가서 싸우시지요. 환자들이 있으니 여기서 싸우시면 안 됩니다." 간호사 아가씨가 권합니다.

밖으로 나와서도 역시 고성이 오고갔지만 별다른 진전없이 허 기사와 그 안식구는 집으로 돌아갔습니다. 나도 마음을 가다듬고 찬찬히 생각을 해보았습니다. 화가 나는 건 사실이지만 그 사람까지 고생시키면 그 가정 생계유지는 누가 시킬까 혼자서 고민하여 보았습니다. 별다른 해답이 나오지 않았습니다. 나는 하나님한테 매달렸습니다. 기도 할 줄도 모르는 나는 하나님을 자꾸 불러 보았습니다. "하나님, 어찌하면 좋겠습니까?"

허 기사 그 사람은 너무나 폭력이 많은 사람입니다. 가정에서도 폭력이 많았답니다. 지금 살고 있는 부인도 두 번째 부인이라고 주위에 있는 분들이 귀띔을 해주었습니다. 술만 마시면 행패가 심한 사람이라는 것이었습니다. 나는 그 사람에 대해서 아무것도 몰랐던 것입니다. 술을 먹으면 그런 폭력이 나온다는 것을 나는 도저히 이해를 할 수가 없었습니다. 나이도 지긋이 먹은 사람인데 왜 그렇게 인생의 진리를 모르며 살면서 헛된 삶속에서 허우적거릴까. 그 사람의 인생이 왜 그렇게 되었을까? 어려서부터 너무나 폭력적이고 폭행이 몸에 배어 있는 듯한 느낌이었습니다. '이 사람을 구속하여 형무소에 보내 자신을 회개할 수 있는 시간을 만들어 줄까, 아니면 용서를 하여줄까.' 어떻게 해야 할지를 모르겠습니다.

며칠 동안 허 기사 안식구가 계속해서 찾아왔습니다. "아저씨, 안녕하신지요? 안식구는 좀 어떠하신지요?" "예, 조금 좋아졌어요. 감사합니다." 아내가 차도를 보인다고 하자 허 기사 아주머니도 약간의 안도의 숨을 내쉬는 것 같습니다. "아저씨, 이야기 할 수 있는 시간을 주십시오."

안식구가 잠든 사이에 허 기사 부인하고 밖으로 나와 이야기를 하였습니다. "아저씨, 이 못난 저를 보고 허 기사를 살려 주십시오. 우리 남편이니 사정하며 애원합니다. 남편이 그렇게 폭력성이 있는 줄도 모르고 시집 왔는데 집에서도 가끔씩 폭력을 써요. 물론 아저씨 입장으로는 형무소가 아니라 죽이고 싶은 마음이겠지만 어찌합니까? 살려 주십시오. 전에도 이런 일 때문에 자주 싸움을 많이 했어요." "아주머니, 보십시오. 자동차 타이어 교환한 지가 몇 개월이 지나 그 돈 내라고 한 말이 잘못된 게 무엇입니까? 그 차 가지고 다니면서 돈 벌었으면 감사하다고 빨리 돈을 계산하여야 하지요. 수리한 차로 돈 벌어서 혼자만 술 먹고 밥 먹고 사는 사람이 어디 있단 말입니까." "그래요, 돈 벌어서 집에도 돈을 거의 안 가져 와요. 혼자서만 쓰고 술 먹고 다니지요." "아주 행동이 나쁜 사람이구만, 아주머니 그런 사람은 고생 좀 시키십시다. 아주머니를 보아서는 용서하여 주고 싶은데 아주 이번에 버릇을 고쳐야겠어."

나는 아주머니 이야기를 듣고 다시 화가 났습니다. "아저씨, 그래도 그 사람 형무소 가면 우리 식구는 굶어 죽어요. 나를 보아 한 번만 살려 주십시오." 아주머니는 나를 붙잡고 매달립니다. "치료비하고 손해 배상까지 하여 드릴 터이니 살려 주십시오. 그리고 간호도 내가 하겠어요." 애원하며 울고 있습니다.

나는 화가 가라앉은 후 "아주머니, 어서 가셔요. 내일 이야기

합시다." 보내고 나 혼자서 생각하여 보았습니다. '이 고소장을 어떻게 할까, 취하하여 줄까,' 수 십 번이고 하나님한테 물어 보았습니다. 그러자 하나님께서 응답하여 주셨습니다. "그래, 용서하여 주어라, 그 사람을 용서하는 것이 좋은 일이다." 말씀하십니다. "예, 하나님 잘 알았습니다." '폭력자를 사랑으로 안아주면 너는 복 받을 것이다.' 라고 하늘에서 소리치는 것 같은 느낌이 들었습니다. "예, 알았습니다. 용서하여 주겠습니다." 마음속으로 용서하여 주자고 판단을 내리니까 마음이 그렇게 편해질 수가 없었습니다.

나는 허 기사의 폭력을 보면서 이런 생각을 하여 봅니다. '악은 악을 낳고 그 악은 또다른 악을 낳는다. 언제나 악을 사랑하여 주고 보살펴 줄 수 있는 마음을 먹어야 악의 악순환을 막을 수 있다.' 고 생각하며 내 마음을 달랬습니다.

며칠 후 허 기사 부인이 다시 찾아왔습니다. 음료수, 빵 등 여러 가지 요깃거리를 많이 사들고 병문안을 온 것입니다. "안녕하세요. 아주머니는 어떠신지요?" "예, 많이 좋아졌어요. 이제 말도 하고 가끔씩 집 걱정도 하는 것이 많이 좋아졌습니다. 의사 선생님도 좋아 하셨고요." "그래요, 감사합니다. 만약에 아주머니가 잘못되면 평생 아픔이 이어질텐데 하나님이 보살펴 준 것입니다."

사람들은 교회를 다니지 않아도 다급하면 하나님을 찾습니다. 하나님은 위대하신 것이 분명합니다.

아주머니는 조금 있다가 "아저씨, 이야기 좀 하게요." 하면서 나를 밖으로 이끌었습니다. 밖에 나와 조용한 곳에서 음료수 하나씩 앞에 두고 또 사정하며 애원합니다. "우리 서방 살려 주십시오. 아무리 심성이 좋지 못한 서방이지만 그 사람이 형무소 가면 우리 식구 굶어 죽어요. 술을 마시면 행패를 부리지만 술을 안 마실 때는 사람이 순해요. 내가 치료비를 다 지불할게요. 빚이라도 얻어서 치료비를 지불할 테니 합의하여 주십시오." 간절히 매달리는 허 기사 안식구를 보며 나는 어제 밤에 하나님하고 용서하여 주기로 약속한 생각을 떠올렸습니다. "그래요, 아주머니 말씀을 들어 보니 그렇군요."라고 말했습니다. "나도 그 때 심정으로는 별짓이라도 다 하고 싶은 마음이 굴뚝같았지만 그다지 독하지 못하여 용서하기로 했습니다. 허 기사는 인생 헛살았어요. 삶을 빨리 깨달아야 하지요." 아주머니도 고개를 끄덕이며 맞장구 쳤습니다. "옆에서 아무리 얘기해 줘도 소용없어요. 자신이 느껴야 해요."

나는 고소장을 아주머니 보는 앞에서 찢어 버렸습니다. "없던 일로 할 테니 내일 허 기사를 데리고 오십시오. 나도 지금 바빠요. 공장 일도 엉망이고 아이들도 보살펴야 하고, 할 일이 너무 많습니다."

허 기사 부인이 감사하다고 고개를 숙여 인사하고 돌아갔습니다. 용서하여 주기로 마음먹고 허락하니 내 가슴이 뻥하고 뚫어지는 느낌을 받았습니다. 아내만 다시 회복한다면 그 이상 바랄 것이 없겠습니다. 아내도 이제는 토하지도 않고 죽도 조금씩 먹는 데다 치료가 많이 진행되었습니다. 나는 다시 아내를 구원으로 얻은 셈입니다. 하늘의 천사님이 아내를 살려 주었다는 생각이 들었습니다.

이튿날 허 기사가 나타났습니다. 아무리 용서하기로 마음먹었지만 막상 허 기사를 보니 순간 눈동자가 뒤집혔습니다. "이 나쁜 놈아, 인간의 탈을 쓰고 살면서 어디 그런 행동을 한단 말이야. 사람은 올바르게 살아야만 하는 거야. 이 나쁜 놈아! 내가 힘으로도 너 같은 것은 던져 버릴 수 있어. 사람이 선량하게 살면서 방법을 찾아야지 그런 행동을 하면 나중에 불행한 거야. 올바르게 살아." 나는 화가 나서 한참동안 흥분하여 허기사를 나무랐습니다. "형님, 죽을 죄를 지었습니다. 용서하여 주십시오. 이제 절대 술도 안 먹겠습니다." "술 먹고 안 먹고는 당신 자유야. 그런데 술 먹었다고 그런 행동이 나온다는 것은 살면서 잘못 배운 탓이야. 술이 아니라 아랑주를 먹었어도 사람은 사람인거야. 나는 아무리 술을 마셔도 그런 행동은 하지 않아. 오히려 내 몸을 낮추고 지내지. 술을 먹으면 더욱 더 조심하는 습관을 가지고 마음속으로 내 자신을 다스려야 하는 거야. 인생살이 하는데 배움이 많고 적고를 떠나서 생활하는 습관인거야. 언제나 기분대로 행동해서는 안 돼. 신체적으로 건강한 사람이 세상을 왜 못살아. 자신을 달래며 살 길을 개척하면 얼마든지 희망의 끈이 잡히는 거야. 맨 날 술이나 마시고 어영부영 살면 안 되지."

한참동안 교육을 시켰습니다. "요즘 용달 일도 많고 열심히 하면 재미나게 아주머니하고 살 텐데. 말을 들으니 완전 빵점짜리 가정이더구만. 아무리 못돼도 한 팔십 점은 돼야지. 빵점이 무엇인가. 언제 내 책을 한 권 가져가서 읽어 보소. 나는 자네 보다도 훨씬 나쁜 환경 속에서도 이렇게 살았어. 아주머니를 보아 합의를 하여 줄 테니 내일 합의서 용지와 보증인을 데리고 오소."

나는 허 기사를 보내놓고 나를 한 번 돌아보았습니다. '나는 지금 어떻게 살고 있는가, 몇 점짜리인가, 내가 나 자신에게 점수를 준다면 몇 점일까, 살면서 백점짜리는 얼마나 될까….' 물론 백점짜리 사람이 되기는 어렵겠지만 노력은 다해야 한다고 봅니다. 내일 허 기사가 나를 찾아 올 때는 폭력배가 아니라 착실한 사람으로 가정에서 백점 맞는 가장이 되어 있기를 간절히 바랐습니다.

이튿날 허 기사는 아주머니와 새로운 남자 한 사람과 함께 병원에 나타났습니다. "형님, 서류 여기 있습니다."하고 건네기에 합의서 내용을 찬찬히 읽어보았습니다. 합의서에는 형사 사건을 합의해주는 내용뿐이었습니다. 치료비나 손해배상, 후유증 장애가 가장 큰 문제인데 합의서 내용에는 이런 언급이 전혀 없었습니다. 나는 서류를 되돌려 주면서 합의서를 누가 썼는지 물었습니다. 아무 말이 없었습니다. 그들은 내가 장애가 있으니 아마 바보로 알았나 봅니다.

화가 나서 합의해 줄 수 없으니 돌아가라고 하자 허기사 부인이 사정을 했습니다. 할 수 없이 사법대서소에 가서 법률적으로 빈틈없이 작성을 하여 치료비 일체와 간호 또한 허기사 부인이 책임지기로 하고 합의를 하였습니다.

합의 후 집으로 돌아 와보니 모든게 엉망이었습니다. 아내가 없는 자리가 이렇게 무서운지 새삼 알게 되었습니다. 그 많은 살림을 해결하고 살았으니 그 노동이 말할 수 없는 노동이라는 것을 말입니다. 계산이 안 되는 노동력이었습니다.

칠 주 만에 아내가 퇴원하였습니다. 그렇게 건강하던 아내가 겨우 정신을 차리고 말을 하기 시작했습니다. 빨리 원기 회복을 시켜 주기 위해선 영양 보충을 해주어야 하는데 그동안 통 해보질 않아서 죽 하나도 제대로 끓이지 못하니……. 할 수 없이 시장에 가서 죽을 사다 주기도 하였습니다.

시간이 흐르자 아내는 점차 기력을 회복하여 손수 끓여 먹기 시작했습니다. 참으로 미안한 생각이 많이 들었습니다. 약국에 가서 영양제 주사인 알부민을 사가지고 홍 내과 병원에 찾아가 그간의 상황을 말씀 드렸더니 알부민은 좋은 영양제라고 하시면서 주사를 맞으라고 하셨습니다. 출장비를 드릴 테니 간호사를 보내 달라고 하였으나 고맙게도 무료로 주사를 놓아 주었습니다. 세상은 아주 나쁘지만은 않다는 생각이 들었습니다.

이튿날 아내는 '이제 살 것 같다.' 고 하면서 자리를 털고 벌떡 일어나 정신도 맑고 아주 좋다고 하며 주방에 가서 식사 준비도 하였습니다. 애들도 모두 좋아서 어쩔 줄을 몰랐습니다. 그러나 완전히 회복된 게 아니니 조심해야 한다고 애들도 걱정을 많이 했습니다.

운전기사의 폭력 때문에 평안하고 재미났던 가정이 이렇게 혼란스러울 수가 없었습니다. 다행히 뇌에는 이상이 없었지만 두 달 가까이 누워 있었으니 원기가 회복되는 것이 쉽지는 않았습니다. 아내는 원기를 찾으려고 스스로 많은 노력을 기울였습니다. 아내를 옆에서 보기만 해도 힘이 되었습니다. 아내가 활동을 시작하니 모든 일이 활기를 되찾기 시작했습니다. 카센터도 잘 되어가고 종업원들도 더 열심히 일을 하여 고맙고 아이들도 웃는 얼굴이 되었습니다. 내가 겪었던 쓰라린 고통이 지난 듯하더니 아내가 또다시 이런 시련을 겪다니 정말이지 얄궂은 운명입니다.

큰 풍파가 지나가고 부안에서는 「대영카센터」가 많이 알려져 일감이 늘어났습니다. 워낙 성실하게 일을 하고 친구도 많이 사귀고 동네에 궂은 일을 도맡아 처리하다보니 자연적으로 손님이 많게 되었습니다. 친구들 모임 계에도 참석하고 관광모임에도 따라 다녔습니다.

나는 그동안 세상의 어두운 뒷편에서만 살아서 관광을 한 번도 다녀 본 적이 없었습니다. 아내와 나는 정말이지 평생 처음으로 관광버스를 타고 관광을 했습니다. 오 십이 다 되도록 관광버스를 타 본 기억이 없으니 그 동안 어떻게 살았는지 이해가 될 겁니다. 아내도 역시 처음으로 관광 다니는 계모임에 가입한 것입니다. 차 안에서 즐거운 멜로디가 경음악으로 흘러나오는 소리를 듣고 있으니 순간 가슴 속이 시원하게 뚫리는 듯 했습니다. 그동안 고생을 하면서 살아 온 기억뿐이 없고 군인 제대 후 이 즐거운 멜로디를 한 번도 들어 본 일이 없습니다.

어깨춤이 절로 나고 기분이 상쾌하였습니다. 하늘로 훨훨 나는 기분이었습니다. '관광이란 것이 이런 기분이구나.' 하는 생각이 들며 그 동안 쌓였던 스트레스가 말끔히 씻어지는 기분이었습니다.

아내와 나는 노래를 불러 본 적도 춤을 춰 본 적도 없지만 귀동냥으로 들은 흘러간 옛 노래가 연이어 전파를 타는데 맞추어 춤을 추고 노래도 부르고 신나게 놀았습니다. 처음이라 더 재미있고 즐거웠습니다. 새롭게 사귀게 된 친구들과 술잔도 기울이며 맛있는 음식도 실컷 먹어보았습니다.

여행을 다녀온 후 혼자 조용히 생각해보았습니다. 일 할 때는 열심히 일을 하고 놀 때는 재미나게 노는 것이 사람 사는 행복이라는 생각이 들었습니다. 혼자서만 우울하게 살아 왔기에 그동안 느끼지 못했던 삶의 즐거움을 이 기회를 통해 조금이나마 알 것 같았습니다. 아내도 집에만 있다가 나들이를 하니 가슴이 툭 터지는 느낌이라고 합니다. 재미있게 살아가는 방법도 익혀서 멋지게 사는 것도 인생의 중요한 부분이라는 것을 새삼 깨달았습니다.

또 하나의 시련,
큰 아들, 재호의 알 수 없는 병!

우리 식구들은 아내가 당한 뜻하지 않은 위기 속에서도 잘 극복하고 살았습니다. 카센터에서 돈도 제법 벌고 하여 매달 조금씩 저축도 하고 종업원들의 월급도 꼬박꼬박 밀리는 일없이 매달 제날짜에 지불하였습니다. 회계는 아내에게 맡겨놓으니 매월 수입과 저축을 얼마나 하는지 틀림없는 계산이 나옵니다.

나는 종업원들과 한 자리에 앉아서 약속하였습니다. "너희들이 우리 공장에 와서 기술을 배우기 위하여 고생하는 것이니 고생이라 생각지 말고 열심히 하여라. 자동차를 정비하는 것은 한치의 오차도 없어야 한다. 언제나 움직이는 기계이기 때문에 하나라도 실수하면 큰 사고가 있을 수 있으니 일 할 때는 딴 생각을 버리고 오직 기계에만 신경을 써야 한다. 그리고 영수는 우리 집에서 일한 지 제일 오래되었으니 상건이와 상열이는 영수 형 말을 잘 듣고 말썽부리면 안 된다."

나는 종업원들을 남이 아니고 내 가족처럼 생각하고 종업원들에게 신경을 많이 썼습니다. 내가 수입이 많으면 보너스로 월급 외에 더 주고 일요일 날 휴무일이지만 당번에 걸려 일을 하게 되면 별도로 돈을 챙겨 주었습니다. "이 번 주일은 누가 휴무지?" "예, 영수 형입니다." 영수는 매우 착실한 과장이었습니다. 아무리 어려운 일이라도 절대 인상을 쓰지 않고 항상 열심히 하였습니다. 영수와 함께 상진이 그리고 상열이는 주로 타이어 수리를 많이 하였습니다.

자동차는 타이어가 제일 중요하다고 해도 과언이 아닙니다. 타이어가 펑크 나면 움직일 수도 없고 무척 위험하기 때문입니다. 구십 년대만 해도 타이어의 질이 좋지 않고 도로 사정이 나빴습니다. 읍의 중심부만 일부 포장되고 나머지는 전체가 비포장 도로였던 시절이었습니다. 비포장도로를 달리다보면 덜거덕거리고 자동차 타이어는 하루에 몇 번씩 펑크가 나기 일쑤였습니다.

특히 시내버스가 제일 문제였습니다. 자가용이 거의 없는 때라 군민들은 모두 버스로 이동하고 버스가 발이 되는 시대이기 때문에 시내버스가 제일 바빴습니다. 시간을 지켜야 하는 운수업이라 버스 기사가 제일 애로가 많았습니다. 버스에 조수와 차장이 따라 다닐 때니까 조수되는 청년들은 너무나 고생이 많았습니다.

사정이 이렇다 보니 버스 타이어가 펑크가 나면 손님을 한 차

가득 싣고 도로가에 세워 놓고 타이어 수리를 몇 분 안에 해결해야 했습니다. 차안에서는 손님들이 야단입니다. "이거 뭐하는 거요? 바빠서 죽겠는데 차를 세워놓으면 어떡하는 거요?" "예, 조금만 기다려 주십시오." 한 사람은 공구로 자동차를 들어 올리고 한 사람은 타이어 교체를 신속하게 해야 합니다. 빨리 하면 5분 안에 해결이 됩니다. 시내버스는 시간제로 운영되기 때문에 서로 경쟁을 합니다. 자기 시간이 넘어가면 그 코스는 다른 사람에게 넘어 갑니다.

그러므로 가장 빠른 시간을 요하는 정비가 타이어 수리입니다. 그래서 나중에는 시내버스 전용 보조 타이어를 미리 만들어 두었다가 버스가 들어오면 속성으로 해결하였습니다. 이렇게 보조 타이어를 이용하니 1분 안에 작업이 끝났습니다. 그래도 워낙 펑크난 버스가 많아서 바쁘기는 여전했습니다. 그래서인지 하루 일과가 끝나면 호주머니 속에는 돈이 가득찼습니다.

인간과 돈은 꼭 따라다니는 존재인가 봅니다. 돈이 없으면 사람 노릇을 못하고 돈으로 풍요로운 삶을 만들기 때문에 돈은 인간생활에 있어 아주 중요한 요소입니다. 돈은 생명을 찾을 수도 있고 생명을 잃게 할 수도 있습니다. 만약 내가 그 고생을 할 때 돈이 있었으면 그 고통은 당하지 않았을 것입니다. 인간의 삶은 돈으로 움직인다 해도 과언이 아닐 것 같습니다. 물론 돈이 인간의 삶을 좌우하는 제1조건은 아니지만 그만큼 돈에 좌우되는 게 인간의 생활인 것입니다.

우리 가정은 카센터를 하면서 아이들을 셋이나 얻고 화목한 가정을 이루고 살게 되었습니다. 이제는 아내도 완전 정상을 찾아 남들이 부러워 할 정도의 부잣집은 아니지만 우리 세 식구 나름대로 잘 지내고 있었습니다.

그런데 어느 날, 큰 아들이 초등학교 삼 학년 때의 일이었습니다. 학교에 갔다 온 아들이 엄마한테 "엄마! 나 머리가 아파, 너무 아파."하는 것이었습니다. "응, 그래!" 엄마는 아이가 감기가 걸렸다고 생각하고 감기약을 먹였습니다. 우리 집은 애들이 감기에 자주 걸렸기 때문입니다. 그러나 밤이 되자 큰 아들이 열이 많이 나고 토하고 야단이었습니다. 밤이라 병원에 가지도 못하고 뜬 눈으로 꼬박 밤을 새우고는 이튿날 근처 병원을 찾아가서 진찰을 하였습니다. 감기에다가 먹은 것이 체한 것으로 진단이 나와 약간의 약을 받고 집으로 돌아 왔습니다. 의사선생님이 별거 아니라고 하여 내심 안심을 했습니다.

그런데 밤이 되자 열이 내리기는 커녕 몸이 불덩이처럼 뜨거웠습니다. 밤새 고열에 시달리고 아침 일찍 다른 병원을 찾아가니 의사 선생님이 빨리 전주에 있는 소아과 전문 병원으로 가라고 하셨습니다. 큰 병원으로 가라는 말씀에 불길한 예감이 들어 바로 택시를 잡아타고 전주로 달렸습니다.

기사가 내려준 곳은 전북 도청 앞에 있는 소아과 전문 병원이었습니다. 나는 급한 마음에 아들을 업고 병원으로 들어가서 빨리 좀 봐달라고 애원했습니다. 의사선생은 전혀 놀라지도 않고 뚱한 얼굴로 "왜 그러시죠?"하고 묻습니다. "예, 부안에서 왔는데요. 애가 밤새 계속 열이 나고 토하여 부안에서 여기까지 찾아

왔습니다." 의사선생님은 별로 급한 일이 아니라는 듯이 이리 와서 애를 눕혀보라고 하더니 여기저기 진찰을 했습니다. "열이 많은데요." "예, 열이 많이 납니다. 잘 좀 살펴 주십시오." "그럼 입원 시켜놓고 치료합시다." "예, 입원을 해서라도 잘 좀 부탁합니다."

아내도 희망을 걸고 입원을 결정하여 병실로 재호를 옮겼습니다. 간호사가 와서 주사를 하기 시작했고 재호는 아프다고도 하지 않고 참는 모습이었습니다. 나는 전주까지 왔으니 잘 치료할 것으로 믿고 아내를 남겨두고 집으로 왔습니다. 집에 딸과 막내만 있으니까 돌보아야 할 사람이 필요하니 어쩔 수 없었습니다.

아내는 재호 간호에 힘쓰고 나는 집안일을 맡아서 하였습니다. 병원에 입원하여 치료받고 있으니 하루 이틀 지나면 곧 낫겠지 하고 나는 집에 있는 애들만 생각하였습니다. 당시는 지금처럼 의술이 발달하지도 않고 전문종합병원도 몇 군데 없는 형편이라 나는 아이들을 둘이나 땅에 묻어야 했던 지난 기억이 아프게 남아 있었습니다. 또 다시 그런 쓰라린 경험을 되풀이하지 않기를 간절히 기도하며 지냈습니다.

큰 아들이 입원한 지 열흘 정도 지나서 나는 좋아졌겠지 하고 시간을 내어 전주 병원에 갔습니다. 병실 문을 열고 들어가니 아내가 울고 있었습니다. 왜 우는지 당황하여 연유를 물어 보니 아내는 대답도 하지 않고 울기만 하였습니다. 아들 재호도 울고 있었습니다. 나는 순간 깜짝 놀라 "왜, 재호야! 왜 그래?" "아빠, 너무 아파요." "그래 치료하면 다 나을 거야. 염려하지 마라."

"아니요, 아빠 집으로 가요." "무슨 소리야. 여기 병원에서 치료해야 완쾌되지."

아내는 그 때서야 울음을 멈추고 이야기를 했습니다. "여기 병원에서도 병명을 모르는 것 같아요. 열이 나면 열 내리는 주사 주고 또 열이 나면 주사 주고 하다 보니 재호가 탈진이 되었어요. 재호가 그래서 자꾸 집에 가자고 하니 어떡하면 좋아요? '엄마 나 죽어도 집에 가서 죽을래.' 하고 보채기만 하니…." 아내는 울먹이며 말을 잇지 못합니다.

나는 의사 선생님을 찾아보았습니다. "저희 아이, 병명이 무엇입니까. 병명이 없습니까?" "그러니까요. 원인을 알 수가 없어요." 의사도 연신 고개만 흔들고 자신이 없는 눈치였습니다. 아차 싶었습니다. 서울로 가도 뚜렷한 방법이 없는 것처럼 말씀하시니 하늘이 무너지는 느낌이었습니다.

'김제 정비 공장에 있을 때 자식을 둘이나 땅에 묻었는데 이게 또 무슨 일인가? 어찌 하나님은 나에게 이 많은 슬픔을 주시는지요.' 아픈 현실을 어떻게 해야 할지 몰라 가슴만 까맣게 타들어갔습니다. 나에게만 유독 큰 아픔을 주는 하나님이 야속하기만 하였습니다. 다급할 때는 형제간에 의논도 하며 살았으면 하는데 나는 너무나 외로운 처지였습니다. 누나가 셋이 있고 동생도 셋이나 다 살아 있지만 불쌍한 나는 얼굴 한 번 제대로 못 보고 살고 있습니다. 나는 이 세상에 없는 동생인 것입니다. 그렇게 죽는다 해도 한 번도 도움의 손길을 준 적이 없습니다. 내가 그 죽음의 구덩이에서 헤맬 때 나를 산에다 버린 형제이니 무슨 말을 하겠습니까.

그렇지만 나는 그 죽음의 구덩이에서 살아서 나왔습니다. 아무리 윤리와 도덕이 없는 사회라도 죽지도 않은 육신을 산에다 버리다니…. 그래도 그 고통과 슬픔을 이기고 살아오면서 이 고통을 세상에 널리 알리고 나처럼 고통 받고 살고 있는 분들에게 용기와 희망을 주기 위하여 이렇게 글을 쓰기 시작했습니다.

내가 이 삶을 묻어 둔다면 현재 고통을 느끼며 절망하고 계실 여러분들이 계실 것 같아 그분들에게 희망을 드리기 위해 글을 씁니다. 내가 겪은 내용으로 생활 수기를 써서 MBC방송국을 통하여 세상에 소식을 전한 것입니다. 1973년 MBC 방송국을 통하여「절망은 없다」방송으로 여러분들에게 희망을 드렸던 것입니다.

이 아픈 사연 속에 살아온 나에게 또 다시 슬픈 시련이 다가왔으니 왜 하나님을 원망하지 않겠습니까? "하나님, 살려 주십시오. 큰 아들, 재호를 살려 주십시오. 저에게는 얼마든지 시련을 주셔도 좋지만 아들에게는 건강을 주십시오." 큰 소리로 기도하고 나는 다시 희망을 갖고 의사선생님을 찾았습니다. 그러나 의사선생님도 미안한 표정을 지으며 확실한 이야기를 하지 못했습니다.

나는 할 수 없이 큰아들을 데리고 부안으로 왔습니다. 너무 큰 시련이었습니다. '아니야, 재호는 살 수 있어. 하나님은 우리 아들을 절대 버리지 않아. 하나님은 살아계시는데….' 하며 미친 듯이 중얼거렸습니다. 내게는 믿음 하나뿐이었습니다. 내 아들 재호는 절대 죽지 않는다는 믿음 말입니다.

병원에서 병명도 모르고 퇴원을 하자 아내는 큰 충격을 받아 매일 울고만 있습니다. 나는 곰곰이 생각해 보았습니다. 병원에서 병명을 모르니 다른 방법은 없고 한방으로 치료하면 어떨까 생각하고 우리 집 주변에 있는 광명한의원을 찾아 갔습니다.

평소 그리 친하게 지내는 분은 아니셨지만 다급한 마음에 한의사 선생님께 매달렸습니다. “우리 아이가 초등학교 삼학년인데 병원에서 병명도 모르고 계속 열이 나고 토합니다. 우리 아들을 꼭 살려 주십시오. 선생님!” 제 눈빛이 너무 간절했는지 한의사 선생님은 약을 한 첩 지어주시면서 빨리 가서 이 약을 달여서 한 수저만 먹여보고 토하지 않으면 한 모금씩 먹여 점점 양을 늘려 보라는 것이었습니다. 약을 먹고 토하지 않으면 치료할 수 있다고 했습니다. 나는 치료할 수 있다는 말씀에 너무 기뻐 약을 들고 뛰어 와서 아내에게 이 약을 달여서 재호에게 먹여 보라고 일러 주었습니다.

울며 고민하던 아내는 제가 약을 들고 오자 희망을 갖고 급히 약단지에 약을 달였습니다. 아내는 바쁘게 반 컵 정도 해서 가지고 들어 왔습니다. “재호야, 이것은 주사가 아니고 약이니 마시면 된다.” 아내는 한약 물을 수저로 조금 떠서 아들 입에다 적셔주니 아들은 입맛을 다시더니 약을 천천히 받아먹었습니다. 곁에서 지켜보던 나는 약을 먹고 토하면 어쩌나 하고 걱정하고 있는데 한 수저를 받아 먹은 아들이 토하지 않고 나머지도 잘 받아먹었습니다.

한참 후 약을 다시 한 컵 정도 가지고 와서 식혀서 마시게 하였습니다. 누워 있던 아들이 일어나서 약을 마시겠다고 했습니다. 몸을 지탱하지도 못하는 아들은 엄마한테 의지하고 약물을 받아 마셨습니다. 약을 받아먹는 아들을 보고 아내는 다행스런 마음에 눈물이 그렁그렁한 눈으로 아들을 바라봅니다. 약을 먹은 아들은 기운이 없는지 다시 눕습니다. 그런데 신기하게도 약물을 토하지 않습니다. 아마도 하나님께서 내 기도를 들으시고 신비의 약물을 보내신 것 같습니다.

"재호야 한잠 푹 자거라." 그 때서야 아들 재호는 깊은 잠이 들었습니다. 한참을 자고 나서 깨어난 아들은 약물을 또 달라고 하여 물마시듯 마시고 식은 땀을 줄줄 흘리더니 또 다시 깊은 잠에 빠져들었습니다. 아내와 나는 밖으로 나와 이야기를 하였습니다.

아내에게 한의사 선생님이 약을 먹고 토하지 않으면 치료할 수 있다고 했다는 말을 전했습니다.

아내도 나도 이제는 아들을 살릴 수 있다는 믿음이 생겼습니다. 다시 한의원을 찾아갔습니다. "선생님, 그 약 다 먹었습니다. 처음에는 한 수저 두 수저 먹이다가 이제는 한 컵을 마시고 잠이 들었습니다." "그래요, 그럼 되었습니다. 치료할 수 있어요. 그게 열병입니다."

한의사 선생님은 밝게 웃으시며 치료할 수 있다고 거듭 말씀하십니다. 병원에서 찾아내지 못한 것을 한방에서 치료할 수 있다니 신기하고 신비로운 약입니다. 한의사는 약 세 첩을 지어 주시면서 “이 약을 다 먹으면 나을 겁니다.” 하십니다. 한의사 선생님의 말씀을 듣고 있던 나는 고마움에 눈물을 펑펑 흘렸습니다. 집으로 돌아와 다시 한약을 달였습니다. 재호는 잠에서 깨어 이제는 밥을 찾습니다. 그러나 아직은 죽을 먹이고 한약을 먹였습니다.

한의사님이 지어주신 약 세 첩을 먹고 나니 재호의 병은 감쪽같이 나았습니다. 나는 지금도 그 약이 무슨 약인지 잘 모릅니다. 선생님 말씀처럼 열병이라는 것만 알고 신비로운 약이라고만 생각할 뿐입니다.

큰아들 재호는 치료가 잘되어 건강한 몸으로 학업에 열중하여 학교성적도 상위권을 맴돌게 되었습니다.

나는 행복감에 젖어 더욱 열심히 일을 합니다.

내게는 늘 멀게만 느껴지는 처갓집이지만…

그동안 시련과 절망 속에서도 굴하지 않고 열심히 살다보니 가정에도 평화가 오고 사업도 점차 안정이 되어 갔습니다.

그러다보니 어느 때부터인가 마음에도 조금씩 여유가 생겨났습니다. 처갓집도 가고 싶고 친구도 만나보고 싶어집니다. 그 동안 살아오면서 너무나 많은 시련들 때문에 항상 눈과 귀를 가리고 살았다는 것이 맞는 표현인 것 같습니다. 이제는 제법 평탄한 길로 들어선 듯한 느낌이 들때쯤 아내도 나와 같은 생각이 들었나 봅니다.

평소 전혀 그런 얘기가 없던 아내가 언제 친정 언니 집에 한번 가자고 합니다.

"그래요, 내일이라도 한 번 갑시다. 언니가 많이 아파서 고생을 하고 있다는데 한 번 가봅시다."

갑작스럽게 아내와 나는 처 식구들이 살고 있는 처형 댁을 찾아갔습니다. 처형들과 처조카들이 반갑게 맞이하여 주었습니다. 아내와 결혼은 하였지만 처갓집 식구들과 만나 본 적이 없는지라 얼굴조차 제대로 모르는 처형들입니다.

큰 처형, 둘째 처형, 셋째 처형까지 모두 근교에 살고 있습니다. 집안을 보니 고생들을 많이 하고 계시는 것 같았습니다. 우리보다 먼저 살림을 시작한 처형들인데 발전이 없이 살고 계신 듯싶었습니다.

상호간에 인사와 안부를 전하고 둘째 처형 댁에 찾아가니 처형께서 위독하였습니다. 둘째 처형은 나를 보더니 엉엉 우십니다. 살림을 보니 가난한 살림이 분명하였습니다. 처형께서는 '나는 지금 죽어도 한이 없지만 딸자식을 결혼도 시키지 못한 것이 한이 된다' 고 하시면서 하염없이 울기만 하셨습니다. 나도 별반 잘 살지는 못하지만 처형 처지를 보니 동정심이 울컥 솟았습니다.

"처형! 조카는 내가 결혼시켜 줄 테니 걱정하지 마십시오." 나는 그동안 돌보지 못한 처갓집에 대한 미안함과 인생의 끝자락을 붙잡고 있는 것 같은 처형이 불쌍하여 너무 큰 약속을 한 것입니다.

약속한 지 얼마 안 되어 처형이 돌아 가셨습니다. 아무 것도 없는 가정이라 치상하는데도 애로가 많았습니다. 근근이 치상을 마치고 집에 돌아와 처형 댁 생각을 하니 너무나 마음이 아팠습니다.

나는 아내한테 이야기 하였습니다. "여보, 조카 순자를 결혼시킵시다. 처형하고 약속한 것도 있으니 우리가 서둘러서 결혼시키는 게 도리일 것 같아요." "우리가 무슨 재주로요." "저기 농기구 센터에 총각이 하나 있는데 착실한 총각이니 그 총각을 조카사위로 중신합시다."

아내는 아무 생각이 없다가 처조카를 결혼시키자고 하니 조금 멍한 느낌인가 봅니다. 그래도 나는 마음 먹은 김에 "상철이 총각이 착실하니 내가 이야기 하여 보겠소."하고 서둘렀습니다.

이튿날 상철이를 불러 "자네, 결혼 해야지?"하고 운을 떼었습니다. "예, 그런데 아가씨가 있어야지요." "소개시켜 줄 아가씨가 있으니 집에 가서 어머님께 잘 말씀 드려 봐."

상철이 총각은 산에서 홀 어머님을 모시고 살고 있었습니다. 어머니와 동생 둘이서 살고 있고 온순하고 얌전하였습니다. 기술도 농기계에는 전문이기에 먹고 사는 데에는 별 고생이 없을 것 같은 생각에서 조카와 결혼을 서둘러 보았습니다.

나는 내 자식 결혼시키는 마음으로 서둘러서 결혼까지 성사는 시켰으나 처형 댁에는 아무 것도 없는 실정이었습니다. 셋방살이 방 하나에 많은 식구들이 살고 있는데 누가 도와 줄 사람도 없어서 내가 전부 부담하였습니다.

우리도 넉넉한 살림은 아닌지라 우선 이부자리와 시계를 마련하고 조그마한 방까지 마련하여 살게 하여 주었습니다. 아내도 처음에는 걱정만 하다가 먼저 간 언니를 생각해서인지 자신의 딸처럼 많이 도와주었습니다.

그런데 문제가 생겼습니다. 처조카를 만들어 놓고 집에서 살게 하였더니 농기계 주인아저씨가 기술자 데려갔다고 난리가 난 것입니다. 나는 처형과의 약속도 지키고 조카를 살리기 위하여 한 것인데 오해를 산 것입니다. "처형은 죽고 오고 갈 곳이 없는 처조카가 너무 불쌍하여 상철이와 결혼시킨 것입니다." 아무리 얘기를 해도 소용이 없었습니다. 그렇게 서로 오해가 풀리지 않아 말도 하지 않고 일 년 이상 세월이 지나서야 간신히 오해가 풀려 내 마음을 알아 줬습니다.

그러나 그렇게 살길을 개척하여 준 처조카내외는 지금은 어디서 살고 있는지 소식조차 모릅니다. 조카가 돈을 벌더니만 허영심에 빠져 다른 곳으로 이사를 갔습니다. 사람은 언제나 의리를 지키며 살아야 하는데….

그래도 나는 지금도 처조카내외를 도와준 것이 참 잘한 일이라고 늘 자부하며 살고 있습니다.

덕분에 그동안 멀게만 느껴지던 처갓집에 대해 못다한 가족노릇을 조금이라도 했다는 안도감도 들었습니다. 처조카 내외도 어느 곳에 살든지 사람노릇하며 잘 살고 있으리라 믿으면서….

아들에 이어 딸아이까지 생사를 넘나들다

딸아이는 오빠와 다섯 살 차이나 납니다. 딸 아이 이름은 혜경입니다. 우리 딸 혜경이가 오빠와 오 년 차이가 나는 것은 혜경이 언니가 배 속에 있을 때 세상을 보지 못하여서입니다.

얼마 전 아들이 크게 아파서 곤욕을 치르고 난 이후로는 재호와 혜경이 모두 건강하게 지내고 줄곧 공부도 잘하여 상도 많이 타고 하여 무척 행복하게 지냈습니다.

그런데 어느 날 딸 혜경이가 시름시름합니다. 소변이 좋지 않기에 전북대학 병원에 가서 진찰을 해보니 신장에 이상이 있다는 것이었습니다. 선천적으로 신장을 연결하는 줄기가 약하게 만들어져 생긴 병이랍니다. 입원까지 하여 치료를 하였으나 별다른 효과를 보지 못했습니다. 결국 전북대학 병원과 인근 병원을 다 돌아다녀본 결과 진단은 '신장아구태' 라고 하였습니다.

그런데 치료가 되질 않았습니다. 하는 수 없이 전북대학 병원에 입원하여 아내가 병실에서 딸을 간호하게 되었습니다. 큰아들 재호가 열병이 낫고 나니 또다시 딸아이가 아파 병원신세를 지게 되다니, 정말 왜 나한테만 이런 시련을 주시는지 하나님이 원망스럽기만 합니다.

아내가 병원에 있으니 아들들 학교를 준비해야 하고 종업원들의 식사문제도 큰일입니다. 하는 수 없이 팔을 걷어 부치고 주방에 들어갔습니다. 공장 일에 식사문제까지 겹쳐 정신이 없었습니다. 나는 종업원들을 불러 얘기했습니다. "내가 이렇게 바쁘니까 너희들 할 일만 똑바로 하고 내 일은 다음으로 미루고 손님에게도 내 일은 지금은 못한다고 말하렴." "예, 알겠어요." 종업원들은 각자 맡은 일에 최선을 다했습니다.

나 혼자서 아내의 빈자리를 채우기란 어려웠습니다. 나는 처조카 딸이 야속하게 느껴졌습니다. 우리 집에서 식사준비를 하면 남편도 식사할 수 있고 우리 집도 편할 텐데 남편 식사만 해주고 나타나지도 않았습니다. 시장비용도 내가 얼마든지 지불할 텐데 얼굴 한 번 보이질 않았습니다. 너무 섭섭하였습니다. 남편이 하고 있는 일이 좀 되니까 완전히 다른 사람이 되어 버렸습니다.

하지만 아무리 섭섭하여도 할 수 없는 노릇이었습니다. 섭섭한 마음을 가슴에 담고 식사문제에 공장 일까지 해결하면서 지냈습니다.

전북대학 병원에서 수 주일 치료를 하였으나 딸 아이의 병세는 차도가 없었습니다.

상황이 이렇다 보니 하루 이틀도 아니고 아내도 지쳐서 병원에 있는 딸을 퇴원시켜서 집으로 돌아왔습니다. 집으로 돌아 온 아내는 딸 때문에 가슴앓이가 심했습니다. 밥도 잘 안 먹고 걱정만 하고 있습니다.

"여보, 그렇게 걱정만 하지 말고 서울대학 병원으로 가 보아요. 거기 가면 무슨 수가 있겠지요." 나는 걱정만 하고 한숨만 쉬는 아내가 안스러워 마음이 아팠습니다.

이튿날 아내는 서울로 떠났습니다. 돈은 벌면 되는 것이고 자식은 다시 얻을 수 없는 귀중한 생명인 것입니다. 서울대학 병원 소아과 신장전문 교수 진찰결과 전북대학 병원 진찰과 동일한 진단이 나왔습니다. "이 병은 장기간 치료하면서 기다려야 하는 병입니다. 신장을 잡아주는 신장 줄이 약하게 태어나서 오래 치료를 하면서 영양 보충을 잘하면 회복되는 병입니다."하는 소견이었습니다.

아내는 어떻게 하면 좋겠느냐고 나한테 전화를 했습니다. 나는 집 생각은 하지 말고 딸만 생각하고 치료에 전념하라고 말했습니다. 그렇게 입원하여 몇 주일 동안 치료하고 상태가 조금 호전되자 일단 통원치료를 하기로 하고 퇴원하여 집으로 데리고 왔습니다.

집에서 약을 먹으면서 쉬고 있던 때 누군가 좋은 약을 가르쳐 주었습니다. '신장아구테' 병에는 까치가 제일 좋은 약이라는 것이었습니다. 까치를 털까지 그대로 푹 삶아서 그 물을 계속 먹이면 빨리 회복한다는 이야기를 듣고 여러 사람에게 부탁하여 까치를 잡아서 알려준 대로 딸에게 먹였습니다. 딸아이에게는 약물이라고 하였습니다.

며칠 동안을 까치 국물을 지속적으로 먹였습니다. 그리고 서울대 병원에 가서 재진료 결과 믿어지지 않을 정도로 많이 좋아졌다는 진단이 나왔습니다. 의사 선생님도 기적이라고 하셨습니다.

"집에서 무슨 치료를 하셨어요?" "아니요, 병원 약만 먹였습니다." 의사선생님은 장기간 치료를 해야 하는 병인데 이렇게 보름만에 좋아질 리가 없다며 신기해 하셨습니다. 아내는 많이 좋아졌다는 의사선생님 말에 연신 고맙다고 인사만 했노라며 얼굴 가득 함박웃음을 지었습니다.

딸 아이가 건강을 회복하자 우리 집에 또다시 웃음 꽃이 피기 시작하였습니다.

작지만 보람을 느꼈던 봉사의 순간들

1973년 MBC 문화방송국 창립 12주년 기념 생활 수기 모집에서 특선을 차지하고 상패와 원고료를 받았습니다. 아침 방송 모닝 쇼에 출연하여 사회자와 대화하면서 "그 동안 고생하면서 삶을 찾으신 임 경철 씨 정말 감회가 깊습니다. 앞으로 어떻게 살겠습니까?" "예, 너무나 많은 고생 속에서 살았습니다. 앞으로 열심히 더 노력하여 내 삶을 찾으면 나와 같이 고생하는 여러분들을 도와 가며 살겠습니다."

나는 방송에서 여러분들과 약속했습니다. 우리 주변에는 어려움이 없이 살고 계시는 분들도 계시지만 돈도 없고 의지할 곳도 없이 슬픔을 안고 사시는 분도 많습니다. 또한 절망하고 포기하는 사람도 많습니다. 이런 분들에게는 누군가가 포기하지 않도록 용기를 주면서 이끌어 주고 뒤에서 밀어주면 어려운 고개를 무난히 넘어 갈 수가 있습니다. 이처럼 어려울 때 힘이 되어주는 것이 진정한 봉사라 생각합니다.

물론 돈으로 봉사할 수도 있지만 꼭 돈만 가지고 되는 것이 봉사는 아니라고 생각합니다.

1975년 김제 정비공장에서 이유도 없는 해고로 다시 빈털터리가 된 우리 가족은 부안으로 오게 되어 갖은 고생을 하다가 구년 만에 카센터를 만들었고 사장으로 일하면서 나도 이제 봉사하며 살아 보겠다고 다짐했습니다. 하나님께서 나를 구원하여 주셨으니 나도 이제 가정을 돌보며 작은 힘이나마 사회에 봉사하며 살자고 나에게 이야기를 하였습니다.

나는 우선 내 주위를 돌아보았습니다. 봉사란 멀리서 찾을 것이 아니라 우선 가까운데서부터 찾아 실천해야 된다는 생각이었습니다.

내가 카센타를 하니 가장 많이 만나는 기사님들 가정에 어려운 일이 무엇인가 하고 생각해 보았습니다. 사람들이 제일 꺼려하는 일이 있습니다. 부모나 할머니, 할아버지, 자식이 죽었을 때 사람들은 어려워하고 두려워하기도 합니다. 나는 주변에 상을 당하였을 때 무조건 달려가기로 마음 먹었습니다.

그러자 사람들이 상을 당하면 언제부턴가 저를 찾습니다.

봉사, 그, 첫 번째 이야기

1980년, 그 때만 해도 장례시설이 아주 열악해 대부분 상여로 장례를 치르고 산이나 공동묘지에다 시신을 안치했습니다. 상가 집에 가면 도와 줄 일이 너무 많습니다. 상주들은 슬픔에 차 다른 생각은 할 겨를이 없습니다. 어떤 가정은 시신을 어떻게 처리해야 할지도 모르는 경우가 있습니다.

한 번은 아는 기사한테 황급히 전화가 걸려왔습니다. "저 강기사인데요. 빨리 좀 오셔야겠어요." 다짜고짜 나를 오라는 말에 "그래, 강 기사. 무슨 일인지 자세히 말 해 봐."하고 물었지만 그냥 빨리 좀 와달라는 말밖에 하지 않았습니다.

일을 대충 마무리하고 자전거를 타고 부랴부랴 찾아갔더니 강 기사는 혼자서 슬픔을 꾹 참고 있는 듯한 표정이었습니다. "아버지가 돌아 가셨어요." "응, 그게 무슨 소리야. 어제까지도 건강하게 잘 다니셨잖아." "예, 건강하셨어요. 너무 갑작스런 일이라 병원에 모시고 갈 시간조차 없었습니다. 어머니께서 빨리 오라고 하기에 바로 집으로 와 보니 아버님이 순간적으로 돌아 가셨습니다." 급성 심장마비로 숨이 멈추어 버린 것으로 보입니다.

돌아가신 분이 누워계신 방으로 들어가 보았습니다. 가족들하고 들어가야 하는데 아주머니는 울고만 계시고 아들은 무서워 나를 따라 오지 않습니다. 혼자 들어가 보니 방은 컴컴하고 육체가 크신 분이라서 방바닥에 그대로 누워 계시는 데 순간 오싹한 기분이었습니다. 혼은 떠나고 육체만 남아서 더 무서움을 줍니다.

나는 수 십 번 보아 온 일이라서 마음을 가다듬고 시신을 만져서 반듯하게 수족을 거두었습니다. 몸이 너무 크신 분이라 혼자 힘으로 하기에는 벅찼습니다. 하는 수없이 나는 땀을 뻘뻘 흘리며 밖으로 나와 혼자서는 시신을 움직일 수가 없으니 같이 좀 도우라고 했습니다. "누구 없는가. 자네, 강 기사가 들어오게나." "저는 못 들어가요. 나는 죽어도 못 들어가요." "무엇이 무서워서 그러는가 자네 아버님인데…." 그래도 강기사는 꽁무니를 빼고 들어오지 못합니다.

나는 다시 혼자 들어가 시신을 만졌습니다. 땀이 비 오듯 온 몸이 범벅이 되었습니다. 다리도 떨렸습니다. 이 날은 유난히 떨리고 힘들었습니다. 돌아가신 아저씨를 만져 보았습니다. 싸늘했습니다.

사람마다 죽은 모습은 각각 다릅니다. 눈을 뜨는 분, 다리를 구부리는 분, 고개를 안쪽으로 꺾는 분, 정말이지 다양한 모습들을 하고 계십니다.

다시 아저씨를 반듯하게 눕혀야 했습니다. 그래야 옷을 입히고 관에 넣을 수가 있기 때문입니다. 그렇지 않고 그대로 굳어 버리면 관에 넣을 수가 없습니다. "아저씨, 가만히 계세요. 이렇게 반듯이 하셔야 옷도 입혀 드리고 하지요." 혼자서 중얼거리며 자세를 바로 잡으려 노력했지만 너무나 힘이 들어 다시 밖으로 나왔습니다. "나 혼자서는 도저히 할 수가 없으니 다른 사람이라도 데려오게." 큰 소리로 이야기 했습니다.

얼마 후 나이가 많으신 아저씨를 모셔 왔습니다. 어렵게 시신을 수습하고 밖으로 나와 보니 많은 시간이 걸렸습니다. 내 몸은 온통 땀범벅이 되어 버렸고 도와준 아저씨도 역시 땀범벅입니다. 나는 대강 씻고서 차려놓은 술상에 가서 막걸리 한 사발을 마셨습니다. 도와준 아저씨도 한 사발 마셨습니다.

마음이 아프나 장례는 잘 치러야 하는데 걱정이 앞섰습니다. 상주가 아무 경험도 없고 사회 물정도 모르는 사람이었기 때문입니다. 지금은 돈으로 계산만 하면 되지만 그 당시에는 유교식으로 해야 해서 할 일이 너무 많습니다. 주위에서 가까운 친척이나 마을 이장님께서 절차적으로 장례를 치르는 것입니다.

강 기사에게 마을 이장 댁에 연락을 하도록 하자 이장님이 누구인지도 모른다는 것이었습니다. "아니, 몇 십 년을 이 마을에서 살았는데 이장을 모르다니 그게 무슨 소리야."

강 기사 댁은 돌아가신 아버님께서 마을 상가 때 조문이 거의 없었던 것입니다. 그리고 강 기사도 둘째 아들로 조문을 거의 안 다녀서 이것이 문제였습니다. 마을에서 도와주어야 장례를 치를 수 있기에 할 수 없이 "내가 이장님을 찾아뵙고 올 테니 집에서 다른 준비를 하게나"이르고 나는 이장 댁을 물어물어 찾아갔습니다.

"이장님, 안녕하십니까? 저는 동중리에 살고 있습니다. 다름이 아니라 군청 밑에 살고 있는 강 생원님이 갑작스럽게 작고하셨습니다. 병원도 못가보고 집에서 돌아 가셨습니다. 강 생원과 자제들이 조문을 다니지 않아서 이렇게 이장님께 죄송하다는 말씀과 장례에 도움을 청하고자 왔습니다. 앞으로는 이런 일이 없도록 하겠습니다. 제가 대신 사과드리겠습니다. 이번 일을 도와주십시오."

이장님은 그 때서야 방송을 하십니다. "군청 밑에 살고 계시는 강 생원이 갑작스럽게 돌아 가셨으니 마을 청년들이 상가 집에 가서 도와주어야겠습니다." 이장님은 몇 차례 방송을 하십니다.

감사하다는 인사말을 남기고 상가 집에 와서 여러 가지 준비를 하고 있으니 마을 청년들이 하나 둘씩 모이기 시작하여 텐트를 치고 밤이면 추우니까 연탄불도 많이 피우고 하여 장례 준비가 일사천리로 진행되었습니다.

삼일 출상으로 장례를 무사히 끝마쳤습니다.

사람이 살아가는데 좋은 일만 있는 법은 없습니다. 태어나서 죽을 때까지 짧은 기간이지만 살다보면 반드시 어려운 일이 생긴다는 것을 알고 다른 사람 어려운 곳도 돌아보며 살아야 한다는 것을 새삼 느끼게 하였습니다.

봉사, 그, 두 번째 이야기

저녁 식사를 마치고 오늘하루를 돌아보고 수입을 확인하고 막 잠자리에 드는데 갑작스레 전화벨이 울렸습니다. 운전기사들은 나를 형님으로 부릅니다. 나이가 조금 적은 사람이나 나이가 나보다 조금 많은 사람도 무조건 형님이라고 부릅니다.

"형님, 빨리 오세요."하는 다급한 음성이 들립니다. 맛이 있는 음식을 만들어 놓고 술이나 한 잔 하자는 전화는 아닌 듯 싶었습니다. 목소리를 들으니 집 안에 어려운 일만 있으면 부르는 형님입니다. '또 무슨 일이 생겼구나.' 하는 예감이 들었습니다.

전화를 한 사람은 운전을 하면서 근근이 살고 있던 기사였습니다. 비록 돈은 없어도 단란하게 살고 있는 젊은 기사였습니다. 다급한 전화를 받고 캄캄한 밤에 손전등에 의지하여 찾아갔습니다. "어서 들어오세요. 형님!" 하고 나를 반기던 기사는 내가 방에 들어가는 순간 느닷없이 울음을 터트렸습니다. "어이, 왜 그래." "아이가 죽었어요."

이불을 들춰보니 아이가 싸늘한 시체로 누워 있었습니다. 나는 너무나 당황하였습니다. 네 살쯤 되어 보이는 아이였습니다. 마치 엄마에게 어리광이라도 부리는 듯한 표정으로 편안한 잠에 빠져 있는 모습이었습니다.

기사는 연애를 하여 이제 살림을 시작한 신혼 방이었습니다. 비록 사글세방이지만 둘이서 행복한 보금자리였는데 아빠 엄마의 눈에 피눈물을 흘리게 하고 말았던 것이었습니다.

나는 어린 아이가 너무 불쌍하였습니다. 무슨 병으로 죽었는지는 모르나 너무나 슬픈 현실이었습니다. "형님, 어떻게 하면 좋아요."

아무리 슬프고 불쌍하지만 죽은 자식이 다시 살아날 수 없는 것이 현실이었습니다. 나도 마음이 아프지만 우선 기사와 아주머니를 안정시키는 것이 제일 큰일이라 생각하고 "어이, 진정해.

이럴수록 진정하고 정신을 차려야 해. 아주머니도 진정하세요. 이놈이 좋은 데서 다시 태어나 훌륭한 사람이 되기 위하여 영혼이 다른 곳으로 간 거라고 생각하세요. 이놈의 영혼을 축복하여 주게 그만 울어요. 진정하세요. 아무리 통곡하고 울어 본들 죽은 자식은 돌아오지 못하고 영혼은 떠난 것입니다."

연애하여 칠 년 동안 살면서 얻은 자식이니 얼마나 슬프겠습니까. 두 사람은 너무나 슬프게 울어 댑니다. "아주머니가 이렇게 이성을 잃고 계시면 나도 가겠습니다." 나는 모질게 말을 하였지만 마음이 찢어지는 것 같았습니다. 생명을 잉태하게 하시고 어찌 이렇게 쉽게 다시 데려가시는지, 나는 마치 내 자식이 죽은 것 같은 느낌으로 하나님을 불러 보았습니다. 나는 교회도 다니지 않으면서 어려운 일이 생기면 내 마음에서 언제부턴가 하나님을 찾습니다. 나에게 시련을 주시고 그 시련을 극복하게 하신 것은 이 세상에 고통을 겪는 형제들에게 아픔을 덜어주라는 하나님의 명령인가 봅니다.

나는 어린 시신을 빨리 매장하여 주는 것이 이 가정을 위한 일이라는 생각이 들었습니다. "아주머니, 정신 차리십시오. 이 아이는 영영 오지 못할 길로 갔으니 이 아이 집으로 빨리 보냅시다. 정신 차리십시오. 이 아이가 전에 입었던 깨끗한 옷이 있으면 내 놓으십시오."

아주머니는 울면서 옷장에서 아껴 두었던 옷을 내 놓으셨습니다. 나는 아이가 입고 있던 옷을 다 벗기고 깨끗하게 빨아 두었던 옷을 입혀 주었습니다. 엄마가 아껴 두었던 옷을 입고는 엄마에게 자랑이라도 하듯이 반듯하게 누워 있는 아이의 모습을 보니 나도 눈물이 왈칵 나왔습니다.

"이 놈아, 엄마한테 자랑하는 거야. 새 옷 입었다고!" 나는 혼자서 중얼댔습니다.

아이의 시신을 방에다 두고 머뭇거리면 엄마는 더욱 더 한 없이 괴로워 할 것 같아서 이불 천으로 둘둘 말았습니다. "가세, 공동묘지로 빨리 가세." "형님, 나는 못가요. 무섭고 괴로워서 못가요." "그럼 어떻게 한단 말인가."

그 때는 화장터가 없어서 공동묘지나 자기 사유지에 시신을 매장할 때였습니다. "자네가 못 간다고 하니 누구하고 가서 매장을 한단 말인가." 아이 아빠가 울면서 못 간다고 하니 이것 참 문제였습니다. 아주머니도 계속 울고만 계시고 이 시간에 도움을 청할 사람도 없습니다. 나 혼자서 아이의 시신을 공동묘지에 매장을 하여야 되는데 정말 문제가 많았습니다.

"그러면 삽은 있는가?" "네, 삽은 있어요." 기사는 울다가 나가서 삽을 찾아 마루에다 놓았습니다. 나 혼자 할 수밖에 도리가 없었습니다. "아주머니, 아이를 내 등에 업혀요!" 나는 죽은 아이를 등에 업고 이불 천으로 내 몸을 둘둘 말았습니다. "아이야, 너의 천국으로 가자!"

나는 아이를 등에 업고 손전등 하나로 공동묘지를 찾아 밤길을 걸었습니다. 불빛 하나 없는 캄캄한 밤길을 걸으면서 나는 하나님을 원망했습니다. '하나님은 어째서 나한테만 이런 일을 시키십니까. 하나님 너무 하십니다.' 하나님은 아무 대답이 없으셨습니다.

적막한 밤길에 들리는 것은 내 발자국 소리뿐이었습니다. 오싹 하여지는 마음에 너무 무서워서 연신 하나님만 부르며 밤길을 걸었습니다. 공동묘지까지는 6km도 넘는 거리입니다. 읍에서 한참 떨어진 곳으로 사람하나 살지 않는 공동묘지였습니다. 평소 아는 길이지만 손전등 하나에 의지해 걸어가노라니 너무나 멀고 먼 느낌이었습니다.

나는 등에 업고 있는 자는 듯한 아이에게 말을 붙이며 걸었습니다. “이놈아, 너희 집에 가면 행복하게 살고 학교도 다니고 열심히 공부하여 훌륭한 사람이 되어야 한다. 알았어!”

아이는 대답없이 조용합니다. “이놈아, 어찌 대답이 없느냐! 아저씨가 물어보면 ‘예.’ 하고 대답을 해야지! 이놈, 잠만 자네. 정신 차려! 나하고 이야기 하게!” 아이를 채근하는 동안 하염없는 눈물이 내 얼굴을 적셨습니다. “아저씨가 너를 업어 주었으니 이름이라도 가르쳐다오. 내 이름이 무엇이지? 네 이름말이야!” 아무리 이름을 물어 보아도 이놈은 깊은 잠에 들고 말았습니다.

나는 이 아이가 죽었다는 생각이 들지 않고 잠에 푹 빠져 있는 느낌이었습니다. 아이하고 이야기하며 찾아간 그 아이의 영원한 천국은 차디찬 땅 천국이었습니다. “너, 이 천국에서 성공하여 훌륭한 사람되고 천국에서 가장 존경받는 영혼이 되어다오.” 나는 내 등에서 잠들어 있는 아이를 땅에다 뉘어 놓고 삽으로 땅을 파서 그 아이의 영원한 보금자리를 만들어 주었습니다.

나는 목매이게 울었습니다. 둘이서 이야기하며 이 곳까지 와서 그 아이만 천국 땅에 두고 혼자서 하염없는 눈물을 흘리며 다시 집으로 발걸음을 옮기는 내 마음은 한 없이 슬펐습니다.

'내가 할 수 있는 봉사의 길이 이 것 뿐인가?' 하는 회의도 들었습니다. 하지만 아이가 편안하게 잠들기를 기도하며 나는 내 소임을 다 했노라 자위해 봅니다.

봉사, 그, 세 번째 이야기

어느 봄날 아침이었습니다. 일찍 일어나서 카센터 문을 열고 공구 점검도 하고 콤프래셔와 오일점검도 하고 있는데 운전기사 한 사람이 헐레벌떡거리며 뛰어 오면서 비틀거렸습니다. 카센터 앞에 오더니 '형님, 형님!' 하며 울면서 나를 불러댑니다. 가게 앞으로 걸어오더니 "형님 나 어떻게 하지요."하며 주저앉습니다. "왜 무슨 일 있어 어디서 펑크라도 난거야?" "아니요, 사람이 죽어있어요. 저기 사거리에서요."

나는 순간 교통사고가 틀림없다는 생각이 들었습니다. "형님, 나 어떡하면 좋아요" 하며 자꾸만 몸부림칩니다. 운전기사는 놀라서 어쩔 줄을 몰랐습니다. "응, 알았어. 진정하고 방에 들어가." 하며 종업원들이 있는 방으로 기사를 밀어 놓고 나는 사거리로 뛰어 갔습니다.

사거리에는 모래를 가득 실은 덤프 자동차가 뒤집혀 반듯이 누워 있었습니다. 자동차 타이어가 하늘을 바라보며 누워 있는 형상입니다. 끔찍한 사고였습니다. 사람들이 "저 밑에 학생, 학생!" "저 속에 학생이 깔렸어!" 하면서 고함을 지르고 있습니다. 나는 그 광경을 보니 눈앞이 깜깜하였습니다. 덤프트럭은 사람의 힘으로는 도저히 뒤집을 수가 없었습니다. 지금은 크레인도 있고 레커차도 있지만 구십 년도만 하여도 그런 장비가 별로 없었습니다.

자동차가 뒤집히면서 일찍 등교하는 학생 하나가 사고를 당한 것입니다. 모래 속에 깔려 있는 것입니다. 나는 빨리 운수회사로 연락하여 다른 차를 가지고 사고 현장으로 빨리 오라고 고함을 지르며 전화를 마치고 사고 현장으로 다시 갔습니다. 구경하는 사람들은 많으나 사람의 힘으로 쓰러져 있는 자동차를 다시 뒤집을 수는 없습니다.

한 시간여 동안 발만 동동 구르고 있으니까 덤프트럭이 왔습니다. 사거리라서 지나가는 차도 많았습니다. 나는 우선 양쪽에서 들어오는 자동차를 수신호로 막아 놓고 팔톤 트럭을 사고현장으로 들어오게 한 후 체인을 넘어져 있는 자동차 옆에다 단단히 매고 잡아당기라고 지시했습니다. 구경하는 사람들한테는 모두 힘을 합쳐 누워 있는 자동차를 손으로 밀게하였습니다.

자동차는 잡아당기고 사람들은 밀고 하면서 수차례 반복하여 자동차를 제 위치에 세웠습니다. 일어선 자동차는 모래를 도로에다 다 쏟아 버리고 자동차만 덜렁 서 버렸습니다. 사람들이 모래 속을 가리키며 다시 소리쳤습니다. "저 속에, 저 속에…." 그 모래 속에 어린 학생이 들어 있다는 소리였습니다.

나는 정신없이 모래를 손으로 파헤치기 시작했습니다. 모래 양이 너무 많아서 힘이 들었습니다. 구경하던 사람들도 뛰어 들어 모래를 헤쳐보니 여학생이 가방을 등에 맨 채로 누워서 죽었는데 피가 범벅이 되어 있었습니다. 나는 불쌍한 어린 여학생을 가슴에 안고 모래 속에서 나와 소리를 질렀습니다. "누가 모포를 한 장 가져와요. 모포를!" 소리를 지르니 슈퍼에서 모포 한 장을 가져왔기에 그 모포로 아이를 둘둘 감아서 가슴에 껴안았습니다.

피가 뚝뚝 떨어지는 학생을 가슴에 안고 택시를 타고 김제 종합병원으로 향했습니다. 택시기사는 빠른 속력으로 병원까지 왔으나 어린 생명은 이미 가버린 상태였습니다. 응급실에 간 학생은 곧바로 시체실로 들어 가 버렸습니다. 의사 선생이 이 아이는 벌써 죽었다는 것입니다.

사람이 짓눌려서 깨져 버렸습니다. 무거운 모래와 자동차가 눌렀으니 그 아이는 납작하게 눌려서 장이나 심장 등등 여러 기관이 파열되었다는 것입니다. 의사 선생님의 이야기를 듣고 너무 슬퍼서 울었습니다. 세상의 삶이 왜 이렇게 되는지요. 하나님의 은총으로 생명의 씨앗을 주셔서 그 삶을 주셨으면 그 사람의 삶을 행복하게 길을 열어 주어야 하는데 왜 이 사람의 생명을 다시 데리고 가시는지 너무나도 슬프고 야속하기만 했습니다.

나는 그 아이를 영안실에 보내 놓고 병원 앞에 주저앉아 울었습니다. 마치 내 자식이 죽은 것처럼 눈물이 많이 나왔습니다. 한 동안을 울다가 정신을 차려 집으로 가야 하겠기에 내 모습을 보았습니다. 온 몸은 피투성이가 되고 얼굴까지 피가 묻어서 옷으로 얼굴을 닦았습니다.

그러나 김제에서 부안까지 가야 하는데 호주머니에는 돈도 한 푼 없고 피투성이가 된 옷을 어떻게 할 도리가 없었습니다. 누구한테 이야기 할 사람도 없고 학생 보호자도 연락이 없어서 도움을 받을 길이 없었습니다. 병원 밖으로 나와서 버스를 기다렸으나 피투성이가 된 나를 어느 누구도 태워주지 않았습니다.

여러 번 시도 끝에 버스가 정차하여 사정 얘기를 하고 집까지 올 수 있었습니다. 돈이 하나도 없어서 버스 기사 분에게 미안하다고 말씀 드렸습니다. 피 묻은 몸으로 집에 돌아온 날 보고 아내는 기겁을 하였습니다. “아침에 사거리에서 난 교통사고 때문에 병원에서 이제 온 거요. 걱정하지 말아요.” 아내를 안심시키고 나는 옷을 벗고 목욕을 하고 사고 현장으로 가보았습니다.

자동차는 없어지고 모래 위에서 학생 어머니가 울고 있었습니다. 너무 안쓰러웠습니다. “아주머니, 아이는 김제 병원 영안실에 있으니 어서 가 보십시오. 내가 데려다 놓았습니다.” 학생 어머니는 울다가 내 말을 듣고 “내 새끼 내놓으시오!”하면서 매달립니다. 나는 말도 못하고 눈물만 흘렸습니다.

아주머니에게 말만 전하고 집에 돌아왔으나 몸에서 피비린내가 가시지 않아 구역질이 심했고 며칠 동안 식사도 못하고 고생하였습니다. 그러나 사고를 낸 운전기사는 그 후로 인사도 없고 연락도 없었습니다.

사람이 어떤 일을 할 때 그 보답을 바라고 하는 것은 봉사가 아니겠지요. 하지만 인간이 짐승과 다른 것은 감사함을 아는 것이 아닐까 싶습니다. 한번쯤 찾아와 '그때 정말 고마웠노라' 인삿말이라도 건넸으면 좋았을 것을 싶은 마음이 드는 것은 어쩔 수 없는 것 같습니다.

봉사, 그, 네 번째 이야기

어느 날이었습니다. 아침 일찍 식사를 마치고 카센터에서 손님을 기다리고 있을 때 전화 벨소리가 울렸습니다. 두 대의 전화가 있는데 이 번호는 주로 출장 전화가 많았습니다. 자동차가 운행중에 시동이 꺼지거나 브레이크 고장 또는 타이어 펑크 등으로 출장 정비가 많은 시절이었습니다.

나는 한 쪽 눈이 없는 장애자이지만 운전면허를 취득하여 자동차를 가지고 다니며 출장정비를 많이 하고 다닙니다. 출장 정비를 나가면 수리비하고 출장비까지 계산하여 돈을 받기 때문에 수리 요금이 많이 나옵니다. 기사들은 그래도 고맙게 생각합니다. 당시에는 견인차가 없어서 거의 다 출장 정비로 자동차를 수리하였습니다. 584-4059 전화라서 출장 정비려니 하고 전화를 받았습니다. "대영 카센터지요? 임 경철 씨 부탁드립니다." "예, 제가 임 경철입니다." "응, 날세. 잘 지내지."

운전기사는 아니고 부안에 와서 사귀고 지내는 친구였습니다. 우리 아내도 친구 아내와 잘 알고 지내는 사이입니다. " 우리 집에 빨리 와 봐!" "응, 누구 생일인가?" "아니, 그게 아니고 할 말이 있어!" '아침부터 술 한 잔 하자는 얘기인가' 하고 생각하며 종업원에게 얘기하고 자전거를 타고 친구 네로 갔습니다.

그 친구는 꽤 멀리 떨어진 곳에서 농사를 짓고 사는 친구입니다. 친구집에 당도하여 문 앞에서 친구를 불렀습니다. 나는 늘 기름 때 묻은 옷을 입고 다니므로 다른 방이나 다른 집에 들어가기를 꺼려하는 습관이 있습니다. "친구, 나 왔어!" "응, 어서 들어와." 친구는 반갑게 맞아 주었습니다. "식사 했나?" "응, 밥 먹었네." "무슨 일이야?" 친구는 말을 꺼내기가 미안한 눈치였습니다. "어제 서울에서 동생이 왔는데 문제가 생겼어. 이걸 어떡하면 좋지. 자네는 무슨 일이든 잘 알고 있으니 상의하는 거야. 그 동안 형님 댁을 한 번도 찾아 주지 않았던 동생이 병들어 죽게 생기니까 저렇게 왔는데 어떻게 하면 좋을까 생각이 나지 않아서 친구를 오라고 한 거야." "어디 있는데?" "저 방에 누워 있어."

친구가 가리키는 방문을 살며시 열어 보았습니다. 친구 동생은 얼굴은 말라서 뼈만 남은 모습입니다. 누워 있는 모습을 보니 꼭 죽은 사람처럼 보였습니다. 내가 문을 여니까 그 사람이 일어났습니다. "누구십니까?" "형 친구 되는 사람일세. 서울에서 왔다고?" "예." 그 사람은 숨을 가쁘게 몰아쉬고 있었습니다. "몸이 많이 아픈가 보네. 병원에 가서 진찰이라도 받아 보았는가?" "예, 서울에서 받아 봤습니다."

서울에서 근근이 살면서 고생하다가 몸에 병이 들자 고향에 가서 형님한테 의지할까 하고 찾아온 것입니다. "서울서는 무슨 병이라고 하였소?" "가슴이 좀…."하고는 말을 잇지 못하고 머뭇거립니다. 나는 금방 알아들었습니다. 가슴이라면 폐병인 것입니다. 폐병이니까 시골에 가서 요양하며 치료하여 보라고 하니까 고향을 찾아 온 것이었습니다. 나는 친구에게 이야기해 주었습니다. "폐병인 모양인데 큰일이다. 우선 홍 내과에 부탁하여 진찰이나 받아 보자." 친구도 어떻게 할 바를 모르다가 내가 오니 용기가 났는지 그렇게 하기로 얘기가 되었습니다.

나는 집으로 전화를 하였습니다. 아내가 전화를 받았습니다. "여보, 재호 학교 안 갔어?" "예, 지금 집에 있어요." 큰 아들이 집에 있느냐고 물은 것은 그 녀석에게 승용차가 있기 때문입니다. 고등학교 때까지는 하숙을 하게 했더니 문제가 많아서 대학에 입학한 다음에는 부모가 데리고 있기로 마음먹고 작은 승용차를 마련해 주었던 것입니다. "재호가 아직 학교에 안 갔으면 친구 집으로 차를 가지고 오라고 해요." "무슨 일인데요?" "자세한 설명은 가서 하기로 하고 급한 일이니 속히 보내도록 해요."

아버지가 말하면 언제든 신속하게 움직이는 아들인지라 전화가 끝난 후 오래지 않아 곧바로 아들이 왔습니다. 방에 누워 있는 친구 동생을 차에 옮겨 싣고서 홍 내과에 갔습니다. 원장님께서 세부적인 진찰결과 폐결핵 3기라고 하면서 여기 병원에서는 입원 시설이 없으니 환자를 받을 수 없다는 것이었습니다.

"폐결핵 3기는 문제가 많습니다. 환자를 격리시켜야 합니다." 다른 사람에게 전염이 되기 때문에 집에 가서도 수건, 숟가락,

밥그릇 등 환자가 사용하는 소지품까지 격리하여야 한다는 진단이 나왔습니다. 상황이 이렇다보니 친구 안식구는 "절대 받을 수 없으니 당신 동생이니까 다른 데로 데리고 가서 살아요. 나는 꼴을 볼 수가 없으니…." 하며 부부싸움이 벌어졌습니다.

그 광경을 본 환자는 모든 것을 알아차리고 형님 집으로 들어가지 않고 시내 거리를 헤매고 다니다가 마을 외딴 집에 방을 구하여 지내고 있습니다.

서울서 벌은 돈으로 우선 치료하고 술을 완전히 끊어 많이 좋아졌습니다. 그런데 차츰 좋아지던 병세가 다시 술을 마시기 시작하여 술주정뱅이가 된 상태까지 안좋아졌습니다. 혼자 살기에 식사도 제대로 안하고 라면이나 술로 지내니 몸은 점점 쇠약하여지고 폐는 더욱 악화되어 영영 폐인이 되고 말았습니다.

친구도 문제가 좀 있습니다. 자기 집에 데리고 있을 수는 없더라도 혼자 사는 동생에게 신경을 써 주었어야 하는데 그대로 방치해 버렸습니다.

형이 있기 때문에 고향으로 온 것인데 형은 쳐다보지도 않았으니 그 사람인들 의지할 곳이 없으니 타락할 수밖에요. 자기 친동생이니 자주 찾아 가고 동생을 지도하고 보살폈어야 하는데 그러지를 못하였습니다. 혼자서 외로우니까 술로 살았고 자기 몸을 관리하지 않아서 병이 더 악화되었습니다.

나도 도중에 몇 차례 만나서 좋은 이야기도 하여 주었으나 그 사람 귀에는 들어오지 않았던 삶의 현실이었습니다. 형도 동생이 방을 얻어 살고 있다는 것을 알고 있으니 더 찾아보고 했더라면 이렇게 악화되는 것은 막을 수도 있었을 텐데 하는 생각이 듭니다.

그 사람은 자기의 삶을 포기하고 죽음의 날만 기다리다가 어느 날 죽음을 맞이하게 되었는데 형이라는 사람이 죽은 줄도 모르고 있다가 집주인 아저씨의 발견으로 수소문 끝에 친구에게 연락이 된 것입니다.

가정에서 어려운 일이 생기면 나에게 찾아오는 사람이 많았는데 어떤 때는 나도 애로 사항이 많았습니다. 언제나 어려운 일만 부탁하니 아무리 봉사 정신이 많다 하여도 정말로 어려움이 많았습니다.

며칠 동안 일을 하여도 보수는 한 푼도 받지 않으니 당연히 부탁만 하면 들어주는 걸로 생각하는 분도 계십니다. 고생을 많이 하면서 살아왔기에 다른 사람들의 슬픈 일을 조금이나마 도와드리면 힘이 될 것 같아서인데 그런 마음을 당연히 봉사하여 주는 사람으로 여기고 고마워할 줄도 모르는 분들을 보면 조금 섭섭하기도 합니다.

그러나 모든 일을 하나님이 시키는 일로 생각하고 기꺼이 하기로 마음을 먹으니 편하여졌습니다.

친구는 주인에게 자기 동생이 죽었다는 말을 듣고는 동생이 있는 곳을 찾아 가는 것이 아니라 나에게 도움을 청하였습니다. 나도 마음이 착잡합니다. 내가 가서 자기 동생 시신을 처리하여 주기를 바라는 친구가 얄밉기까지 하였습니다. 내가 마음이 독하지 못하여 어려운 일을 부탁하면 내 몸이 부서지는 한이 있어도 그 일을 처리해 주는 사람이라는 것을 알고 사람들이 더 부탁을 하는 것 같습니다.

할 수 없이 친구 동생 집에 찾아가서 방문을 열어 보니 방에서 썩은 냄새가 이루 말할 수가 없었습니다. 그 사람이 언제 죽었는지 조차도 모르고 지냈으니 죽은 사람은 완전히 부패되어 있었습니다. 방에는 빈 라면 봉지만 가득하고 소주병이 이리저리 뒹굴어 다니고 있습니다. '이 부패된 시신을 나 혼자 어떻게 하란 말인가.' 친구한테 방으로 들어오라고 하니 들어오질 않고 마당에서만 서성거리고 있기에 소리를 지르며 빨리 들어오라고 하여도 절대 들어오지를 않았습니다. 폐병으로 죽었으니 전염될까 염려 때문에 방에 못 들어오는 것입니다.

나는 병들어 죽어도 좋고 본인은 병들면 안 된다는 속셈인지. 기가 막히지만 속없는 나는 혼자서 어지러운 방을 대충 치우고 시신을 만져보니 썩어서 흐늘거렸습니다.

도저히 혼자 할 수 없기에 장의사로 연락을 하여 시신을 수습하여 입관시키고 밖으로 나오니 땀이 범벅되어 옷이 흠뻑 젖어 버렸습니다.

나는 무슨 일이든 두려워하지 않고 해결하는 성격 때문에 숱한 봉사를 하였습니다. 봉사 나가면 카센터를 많이 비우기에 아내로부터 원망도 받았습니다.

시신을 입관까지 마치고 다음은 전주로 가서 화장을 해야 했습니다. 화장을 하려면 사망진단을 받아서 동사무소에서 승인을 받아야 하는데 시간이 너무 늦어서 다음날까지 기다려야 했으니 애로가 많았습니다.

일정을 마치고 지친 몸을 이끌고 집에 와서 곰곰이 생각해 보았습니다. 비록 몸은 힘들지라도 나의 봉사가 그 사람들에게 조금이나마 도움이 되고 나 자신도 스스로 편안해지고 뿌듯해지며 보람을 느낄 수 있으니 얼마나 좋은 일입니까?

전라북도 대표로 청와대에 가다

나는 그 많은 고통과 시련 속에서도 굴하지 않고 살아 보겠다는 굳은 신념하나로 지금 이 자리에 우뚝 섰습니다. 한 쪽 눈은 실명되어 장애자지만 손과 발은 움직이고 정신력도 살아서 살아 보겠다는 굳은 의지로 싸웠습니다. 자신을 포기하고 삶을 포기하면 그 사람의 인생은 허물어지고 넘어집니다. 언제나 굳건한 정신으로 흔들림 없는 삶을 찾는다면 그 사람의 삶은 행복한 삶이 됩니다.

나는 이렇게 생각합니다. 언제나 나라는 존재부터 생각하였으면 합니다. 내가 지금 서 있는 자리가 어디인지 자신에게 자세히 물어 보면 자신이 답변을 합니다. '오르막길에서 한 발 한 발 땀을 흘리고 있지 않느냐.' 그런데 인생의 고비가 다 지나간 것으로 여기고 분수에 넘치는 생활을 한다면 살아가는 데에 언제든지 다시 어려움이 찾아 올 수 있습니다. 언제나 내일을 준비하는 마음으로 절약하고 헛되게 낭비하지 않으면 어떤 고달픈 일이라도 헤쳐 나갈 수 있는 것입니다.

내일의 희망을 생각한다면 계획성 있는 삶을 설계하여 계획한 대로 꾸준한 노력이 필요합니다. 조금 숨이 고르게 되면 '이제는 순탄한 길뿐이겠지.' 하며 허영심으로 삶이 변한다면 또 넘어질 수 있습니다. 인생은 노력이 꼭 필요한 것입니다. 바닷물이 잔잔하다고 준비도 없이 똑딱 배로 바다를 건넌다면 가다가 언제든 파도와 풍랑을 만날 수도 있습니다. 언제나 풍랑에 대비하여야 합니다. 씀씀이를 조금 줄이고 절약하며 꾸준한 노력 속에서만이 웃는 가정이 올 것입니다. 계획성 있게 생활하였다면 풍랑쯤이야 이겨낼 수 있습니다.

부안에서 삼십여 년이나 카센터를 하였습니다. 그 동안의 삶은 넘어졌다가 일어나고 또 넘어졌다가 일어나는 오뚝이같은 삶이었습니다. 불의의 사고로 잃을 뻔 했던 아내의 생명을 다시 찾았고 큰아들의 건강도 찾았고 딸아이도 건강하게 대학까지 졸업했고 셋째 막둥이도 착실히 공부를 잘하고 있으니 사실 이제는 더 이상 바램이 없을 정도입니다. 그 어려운 삶속에서도 계획 있게 꾸준히 노력하여 돈도 조금씩 저축하고 있는 상태이니 말입니다.

처음 시작은 작은 돈이지만 꾸준히 저축하면 큰 돈이 될 수도 있다고 봅니다. 아내와 나는 절약정신이 뚜렷하여 낭비라는 것은 없습니다. 세탁기 하나 없는 생활이 십 오년이 넘었고 텔레비전도 중고로 장만하고 모든 살림살이를 줄이고 또 줄여서 살았습니다. 이것이 다 우리 가정의 훗날을 생각하기 때문입니다.

이런 우리 집 생활이 주위사람들에게 널리 알려져 읍사무소에서 군청으로, 군청에서 도청으로, 도청에서 청와대까지 전달되었나 봅니다.

어느날 청와대에서 만찬초청을 받아 대통령과 악수하며 사진까지 찍게 된 일을 소개할까 합니다. 내 삶을 자랑하는 것이 아니라 어려운 삶속에서도 넘어지지 않고 오뚝이처럼 일어나서 살면 언젠가는 좋은 일이 온다는 것을 말하고 싶은 것입니다.

어느 날 갑작스런 전화를 받았습니다. "여보세요, 임 경철 씨 댁입니까?" "네, 제가 임 경철입니다. 누구신지요?" "전라북도 도청입니다." "예? 무슨 일입니까?" "임 경철 씨를 확인하였으니 언제 한 번 찾아뵙겠습니다." "무슨 일인데요?" "아니, 찾아가서 말씀 드리겠습니다."

나는 도청으로부터 갑작스런 전화를 받고 마음이 불안하였습니다. 잘못한 일도 없고 카센터에서 열심히 일하면서 살고 있는데 도청에서 찾아오겠다는 전화를 받으니 걱정이 되어 아내에게 이야기를 하였습니다. "여보, 오늘 도청에서 전화가 왔는데 내일 찾아 뵙겠습니다 하고 전화를 끊어 버렸어요. 이상한 일이지?" "당신이 무슨 잘못한 일이라도 있어요?" "아니오. 나는 카센터에서 열심히 일 한 죄 뿐이요."

나는 공연히 하루종일 불안하였습니다. 죄 지은 일은 없으니 무서워 할 것은 없다고 마음 먹었지만 그래도 내심 걱정이 되는 것은 사실이었습니다. 그 날 밤을 거의 뜬눈으로 지새웠습니다. 아침에 일어나서 카센터를 점검하고 종업원들에게 물어 보았습니다. "너희들 일하면서 잘못한 일 없지?" "예, 아무 일도 없었어요." 아침 식사를 마치고 자동차 수리를 하고 있으면서도 어제 도청에서 걸려온 전화 때문에 신경이 바짝 곤두섭니다.

열한시 경에 자가용 승용차가 우리 집 가게마당으로 들어오더니 나를 찾습니다. "예, 제가 임 경철입니다." "아, 그러십니까? 도청에서 왔습니다. 군청에서 아저씨를 추천하셨기에 찾아 온 것입니다." "군청에서 무엇 때문에 저를 추천했다는 말입니까?" "예, 이번 청와대 만찬에 아저씨가 초청되어 서울 청와대에 가셔야 합니다." "내가 무슨 자격이 있다고 대통령궁까지 가요." "아닙니다. 추천서 내용을 보면 아저씨는 훌륭하게 사셨습니다. 그동안 수많은 수모와 시련 속에서도 굴하지 아니하시고 꿋꿋하게 살아오신 삶이 모범이 되어 전라북도에서 아저씨가 추천이 된 것입니다. 내일 다시 모시러 올 테니 이발도 하시고 옷도 깨끗이 입으셔야 합니다."

도청에서 나온 사람들이 돌아가고 나니 공연히 마음이 떨리었습니다. 청와대까지 어떻게 갈까 걱정이 되었습니다. 옆에서 구경하던 운전기사들과 종업원들은 내가 청와대에 초청되어 간다니까 좋아라 하였습니다. "아, 형님이 청와대까지 가게 되었네. 우리 부안의 영광입니다." "전라북도 대표로 청와대까지 가니까 영광이지요. 형님 빨리 이발도 하시고 목욕도 하셔요."

아내도 좋아라고 하였습니다. 처음에는 읍사무소에서 군청으로 추천을 하여 주면 군청에서 심사하여 도청으로 추천하고 거기에서 다시 여러 사람 중에서 심의하여 최종 청와대 방문 일행을 선정한 것입니다.

김대중 대통령이 일반인을 청와대로 초청한 것은 IMF 국가 부도 위기가 다가와 전국적으로 금 모으기 운동이 시작되어 전 국민이 반지 목걸이 귀걸이 등 금으로 만든 물건을 기증하여 외국으로 수출하게 되었고 이로 인해 국가 부도위기를 모면할 수 있었던 것을 기념하기 위해서였습니다.

김대중 대통령께서는 제일 어려웠던 것은 나라 살림살이라고 말씀하셨습니다. 그 때 금모으기 운동이 아니었다면 국가 부도를 면하기 어려웠다는 이야기였습니다.

사람이 살면서 어려웠을 때 고생하며 슬기롭게 잘 넘긴 사람을 추천하여 국민에게 모범이 되어 여러 사람들이 본받으라는 내용에서 내가 추천이 된 것입니다. 어렵게 살면서 넘어지지 않고 계속되는 고생도 이겨내고 살아 온 내가 여러분들의 희망이 되었으면 하는 마음뿐입니다.

이튿날 아내가 아침 식사를 일찍 준비하여 주어서 식사를 하고 기다렸습니다. 옷은 장가 갈 때 사 입은 기성복으로 완전 옛날 양복뿐이었습니다. 장가 갈 때 한 번 입어본 양복이라 몸에 맞지도 않지만 다른 옷이 없어서 그 양복을 입어야만 했습니다. 구가다 양복을 입은 내 모습은 너무나 초라하게 보였습니다. '청와대까지 갈 텐데….'

남루한 내 모양새가 싫었지만 할 수 없었습니다. 날씨가 너무 추워서 외투를 걸쳤습니다. 아무리 천한 기름쟁이지만 옷 한 벌쯤은 준비해 놓고 살았어야 하는데 나는 그렇게 살지 못하였습니다. 밥 먹으면 기름복 차림으로 세월을 보냈으니까 제 모습이 너무 초라하고 촌스러웠습니다.

오전 열 시경 도청 직원이 나를 데리러 왔습니다. "아저씨, 갑시다. 전주역에 가서 열차로 가셔야 합니다." 도청 직원은 나를 데리고 가면서 하나에서 열까지 교육을 시켰습니다. 청와대에 가서는 모든 행동이나 언어를 조심하고 눈빛도 앞만 보고 옆 눈질도 하지 말고 발소리도 내지 말고…. 도청 직원과 함께 정읍에서 오신 아주머니 한 분도 같이 가기로 된 분이 있었습니다.

열차에 몸을 싣고 서울에 도착하니 나와 아주머니를 호텔로 데리고 갔습니다. 나는 태어나서 호텔방은 처음이라 잠도 제대로 오지 않았습니다. 특히 청와대를 간다는 것이 불안하고 걱정스러워 밤에 잠이 오지를 않았습니다. 뜬 눈으로 세우고 아침 식사를 고급으로 대접받고 행정 자치부 앞으로 집결하였습니다. 행자부 앞에서 기다리고 있으니 행자부 직원이 나와서 인원을 확인하기 시작했습니다. 경상도, 부산 직할시, 강원도, 충청도, 제주도 등 전원 인원 확인하고 이름을 확인하고 이름표를 달아 주었습니다. 나에게는 '전라북도 임 경철' 이름표를 달아 주었습니다.

소지품 검사까지 마치고 버스 편으로 청와대 정문까지 도착하니 행자부 직원이 청와대 직원에게 인계하고 그 직원은 돌아갔습니다. 이제부터는 청와대 직원으로 보이는 체격이 크고 건장한 젊은 사람 두 명이 나와서 다시 인원, 이름, 명찰 등 등 전부 확인하고 몸수색도 마치더니 이름 부르는 순서대로 들어가면 되었습니다. 청와대 만찬장으로 이동하여 테이블에 자기 이름이 적혀있는 자리에 앉아 있으니까 얼마 후 대통령이 나오셔서 차례대로 악수를 전부 하셨습니다.

악수를 마치고 연설을 하셨습니다. "이렇게 와 주셔서 감사합니다. 오늘 여러분들을 모시게 된 동기는 여러 분들이 열심히 생활하셨기 때문에 국가 부도 위기를 면하고 이제 새로운 살림을 시작하였습니다. 여러 분들은 각 도 대표로 여기까지 오셨는데 정말 감사합니다. 여러 분들의 노력하는 삶으로 이 나라가 위기에서 탈출하였습니다. 어려울 때일수록 서로 협심하고 절약하는 살림을 하여 주셔서 감사합니다."

길게 느껴지는 연설이 끝나자 한 테이블에 다섯 명씩 자리를 잡고 앉았습니다. 내가 앉은 자리는 전라북도 임 경철이라는 명패가 붙어 있었습니다. 명패 앞에 앉아 있으니까 내 옆으로 정부 각료들이 자리를 잡았습니다. 대통령 옆으로는 경제수석, 여성부 장관, 문익환 목사, 부인, 행자부 각료들께서 자리를 잡았습니다. 나는 일어나서 인사를 극진히 하였습니다. "예, 오셔서 감사합니다." 인사가 끝나고 명함을 주십니다. 나는 건네주는 명함을 받으면 무조건 "임 경철입니다. 예, 임 경철입니다." 하고 답례를 마쳤습니다.

잠시 후 식사가 나오는데 집에서 먹는 밥이 아니었습니다. 간단한 요깃거리정도였습니다. 집에서는 밥 한 그릇 먹고 국도 먹고 배부르게 먹는데 청와대 만찬은 너무 간단했습니다.

식사 시간이 끝나고 사진 촬영이 있었는데 김대중 대통령과 악수할 때 찍고 각료들 하고 테이블에 앉아 있을 때 사진 찍고 청와대에서 기념으로 주는 찻잔 세트를 받고 밖으로 나와 각 도 대표들과 사진을 찍었습니다. 사진 촬영을 끝으로 만찬은 마무리되었습니다.

기념사진은 행정자치부에서 각 도별로 우송하여 준다는 약속을 받고 특별열차를 타고 고향에 도착하였습니다. 집에 오니 아내와 아이들이 "여보, 다녀왔어요?" "아빠, 안녕히 다녀오셨어요?"하며 반겨주었습니다. "응, 그래." 아내는 기대가 컸던 모양입니다. 청와대까지 다녀오면 특별한 선물이라도 가지고 올 줄 알았는데 빈손으로 돌아오니 서운해 하는 눈치였습니다.

"별것 아니야. 대통령하고 인사하고 악수하고 청와대 직원하고 식사하고 그게 전부야. 다른 것은 없어. 상장도 하나 없고 사진 찍은 것은 나중에 보내준대. 이정도야." 그 날 밤은 아내와 대강 이야기 하고 피곤하여 잠자리에 일찍 들었습니다.

아침 일찍 일어나 공장 문을 열었습니다. 종업원들도 깨우고 청소도 하였습니다. 일과가 시작되어 평소처럼 일을 하고 있으니 운전기사들의 입으로 소문에 소문이 퍼져서 찾아오는 기사들마다 어제 일을 묻느라 정신이 없습니다. "형님, 청와대까지 다녀왔다지요?" "응, 어제 다녀왔어." "무슨 상을 받았어요?" "아니야, 상장은 없었고 대통령과 악수하고 사진 찍고 점심 식사한 것이 전부야." 어찌나 물어보는 사람들이 많았는지 일일이 대답해주기도 벅찼습니다.

그렇게 하여 대영 카센터가 널리 알려지게 되었습니다. '063-584-3435' 이 번호는 지금도 쓰고 있습니다. 나는 청와대에서 받은 상장보다 내가 전라북도 대표로 청와대에 초청받은 사실이 중요합니다. 그 어려운 삶 속에 카센터를 하기까지와 카센터를 하면서 봉사 생활과 가정에 어려웠던 삶속에서도 절대 굴하지 않는 꾸준한 노력으로 청와대 만찬에까지 초청받았으니 얼마나 영광이겠습니까.

나는 지금도 내 지갑에 그 당시 만났던 분들의 명함을 가지고 다닙니다. 경제 수석을 지낸 한 덕수 씨는 노무현 대통령 때 국무총리를 하셨던 분인데 한 번도 찾아뵙지 못하였습니다. 청와대에서 명함을 주시면서 필요할 때 꼭 연락하라고 하시던 말씀이 지금도 생생합니다. 한 번은 찾아뵈려고 국무총리실로 몇 번이나 부탁드려 보았으나 비서실에서 거절당하여 한 번도 만날 수가 없었습니다. 불쌍한 서민들은 높으신 어른들의 말씀을 새기고 살아가는데 그 분들은 그 때 그 순간만 넘기면 약속도 없었던 일로 생각하시는 모양인데 그 분들의 마음을 알 수가 없습니다.

나는 생각합니다. 약속이라는 것은 어떠한 일이 있더라도 지켜야 한다고. 나는 약속을 생명처럼 여기고 살아오고 있습니다. 청와대에서 만난 높으신 분들은 명함을 건네면서 "그 동안 고생도 많이 하시며 살아 주셔서 감사합니다. 앞으로 어려운 일이 있으시면 언제든 찾아 오십시요."했습니다. 나는 "예, 감사합니다." 대답하며 높으신 분들이 어려울 때 찾아오라는 말씀을 하나님께서 주신 말씀처럼 가슴에 깊이깊이 새겨 놓았습니다. 나는 그 분들의 따뜻한 말씀을 가슴에 안고 다시 부안으로 와서 그 분들이 하신 말씀을 생각하고 또 생각하며 살았습니다.

지금은 그 말씀들이 인사말처럼 되어 버렸지만 그래도 청와대에 대표로 가게 되어 한 동안은 유명세를 탔던 기억이 새롭습니다.

또 다시 시작된 시련!

어느 날이었습니다. 하루 일과를 마치고 저녁 식사가 끝난 뒤에 시내를 걷고 있는데 갑자기 무언가 심하게 부딪치는 소리가 요란하게 나는가 싶더니 순간 정신을 잃고 넘어져 버렸습니다. 얼마가 지났는지 정신을 차려보니 나는 병원에 누웠는데 머리도 아프고 팔이 움직이지 않았습니다. 옆에 있던 젊은 사람이 "정신이 드십니까?"하고 물었습니다. "예, 여기가 어디지요?" "병원이에요." 정신은 어느 정도 드는데 왼쪽 팔이 말을 듣지 않았습니다. 팔이 부러진 느낌이었습니다. 자전거로 나를 들이 받아버린 것입니다. 전속력으로 달리다 나를 발견하지 못하고 그만 밀어버린 것입니다.

"갑자기 급한 일이 생겨서 빨리 간다는 것이 그만 아저씨를 발견 못하고 들이 받아 버렸습니다. 아저씨, 죄송합니다. 치료는 다해 드릴 테니 용서하여 주십시오." 옆에 있던 젊은 청년의 이야기였습니다.

치료도 치료지만 문제였습니다. 내가 누워 있으면 우리 공장은 휴업을 하여야 하는데 이것이 큰 문제였습니다. 얼마 후 의사 선생님이 오시더니 "천만 다행입니다." 하시고는 뇌는 이상이 없고 타박상에다 왼손 팔 쪽이 상하였다고 합니다. 왼 손을 움직이지 못하였습니다.

나를 받은 젊은 친구는 다른 마을 이장을 맡고 있다고 자기소개를 자세히 하였습니다. "아저씨, 치료는 모두 하여드리겠으니 너무 화를 내지 말아 주십시오." "화는 무슨 화요. 당신이 고의로 한 것도 아닌데. 그런데 우리 집으로 연락이나 하여 주세요."

얼마 후 아내가 찾아와서 야단입니다. "당신이 이렇게 누워계시니 이제 공장은 어떻게 할까요? 공장 문 닫으면 큰 일 나는데…." 그 소리를 들은 가해자는 놀라서 아무 말도 못하고 얼굴만 빨개졌습니다.

아내한테 한참 추궁당한 가해자는 "아주머니, 정말 미안합니다. 제가 실수로 이런 사고를 만들었으니 제가 다 책임지겠습니다." "어떻게 책임진단 말이예요. 다친 사람이 문제지, 무슨 책임을 진다는 말이요. 우리 아저씨가 누워 있으면 공장 문을 닫아야 하니까 하는 말이예요." 나는 아내를 안심시켜 주었습니다. "여보, 너무 걱정은 하지 말아요. 다 되는 수가 있겠지. 어서 가요. 입원하고 있을 테니 어서가요." 아내를 달래서 보내 놓고

"젊은 친구, 당신도 어서 가시오. 입원하고 있을 테니 어서 가시오. 내일 경과를 보고 다시 이야기합시다."하고는 젊은이도 집으로 돌려보냈습니다.

혼자서 이런저런 생각을 하고 있는데 의사선생님이 오셨습니다. "아저씨, 팔뚝이 많이 상했습니다. 오늘 치료 후 내일이라도 깁스를 하여야 합니다. 오래 걸리겠습니다."

나는 걱정이 많았습니다. 정말로 공장이 문제입니다. 내가 누워 있으면 공장 일이 문제입니다. 시내버스, 군청 차량, 일반 회사 차량, 덤프트럭, 택시 등 등 모두 나에게 타이어수리도 하고 기타 수리도 거의 내가 처리했기 때문에 내가 없으면 일에 보통 지장이 있는 게 아니었습니다.

다음 날 가해자 이장이 왔습니다. "아저씨, 어떠십니까?" "예, 다른 데는 이상이 없고 왼손 팔뚝이 많이 상하여서 오늘 깁스를 한답니다. 그래서 큰 문제네요. 공장 때문에요." 이장은 너무 놀라서 벌벌 떨고 아무 말도 못하고 있습니다. 치료비에다 공장 손해배상까지 한다면 일 년 농사로도 해결 못한다는 생각으로 그 사람은 잔뜩 겁을 먹고 있는 것 같았습니다. 그래도 심성은 착한 사람인지 "아저씨, 잘 치료하세요. 내가 잘못하여 이런 사고가 나서 여러 가지로 불편을 끼쳐드려 너무 죄송합니다."하고는 연신 고개를 숙였습니다.

오후 두 시쯤 간호사가 나를 데리고 깁스실로 갔습니다. 대기하고 있던 의사 선생님이 왼팔에 깁스를 하였습니다. 그동안은 비록 한 쪽 눈은 장애지만 손과 발은 건강하였는데 이렇게 왼 팔까지 깁스를 해 놓았으니 나의 운명도 참 기구하다는 생각이 들었습니다. 그 동안 그 많은 시련으로 벌을 세우시더니 이제 또 이렇게 벌을 주시니 내가 죄를 지어도 아주 많이 지은 모양입니다. 이렇게 생각하니 기왕 벌을 받을 바에야 달게 받을 각오를 하게 되었습니다. 그래도 나는 절대로 넘어지지 않고 일어날 것이기 때문입니다. 내가 할 일이 얼마나 많은데 이대로 넘어지면 안 됩니다.

나는 다짐을 하였습니다. 저 암흑의 굴속에서도 떠오르는 태양을 보고 기어 나왔습니다. 나의 지난 과거를 다시 한번 돌아보며 절대로 절망하거나 포기하지 말자고 거듭거듭 다짐하게 됩니다.

나에게 시련은 끊임없이 이어지는 생명 같은 것인가 봅니다. 이제는 친구 같다는 느낌마저 들 지경입니다. 그래도 살아야 하겠기에 이 거리 저 거리 다니며 문전걸식으로 생명을 이어가던 나의 시련은 「절망을 없다」 제1편에 자세히 나와 있습니다.

숱한 시련은 끝나는가 싶으면 또 다시 시작되고 또 극복하고 살만하면 시작되곤 했습니다.

이번에 내가 당한 사고도 또 다시 시작된 나의 시련이라는 생각이 들었습니다. 하지만 나는 넘어지지 않습니다. 내게 절망이란 없으니까요.

깁스한 상태로 공장 일을 할 수가 없어 오랫동안 어려움을 겪었지만 종업원들과 아내의 도움으로 오뚝이 삶을 이어갈 수 있었습니다. 언제나 그랬듯이 나는 시련을 극복하고 새로운 삶을 향해 한 걸음 한 걸음 나아갔습니다.

자식들의 삶을 지켜보며…

아내는 나를 잘 따라 주었습니다. 둘이 사는 동안 고생으로 시달린 아내의 삶이었지만 하나님께서 귀한 생명을 잉태하게 해주셔서 아내는 모든 어려움을 참아내며 더욱 잘 해 주었습니다.

가정에 시련이 오면 희망의 용기를 불어 넣어 주는 아내의 희생정신이야말로 세상에 그 어느 것과도 비교할 수 없을 정도로 값진 것입니다. 아내는 자신의 몸에서 태어난 자식들 때문에 온갖 고생을 참으며 살아 왔습니다.

아내와 나는 우리 가정에 어떠한 삶의 고통이 따른다 해도 묵묵히 견디며 살았지요. 둘이서 끊임없이 노력하지 않으면 하나님께서 주신 생명을 지키지 못하기 때문에 어떠한 시련도 극복하고 넘어져도 다시 일어나고 자식들을 보듬어주며 살아왔습니다. 내 삶이 너무나도 풍파가 많았기에 자식들만은 고생시키지 않으려고 참 많이도 노력하였습니다.

그러나 돈도 여유도 없는 가정에서 태어난 자식들이라 고생도 많았습니다. 부유한 가정에 태어났더라면 자식들은 행복한 삶을 누리며 자랐겠지요. 아내와 나는 그래도 자식들만은 우리 품안에서 지키기 위해 많은 노력을 하였습니다.

부안에 와서도 우리 가정은 바람 잘 날이 없었습니다. 수많은 시련을 겪으며 자식들을 키웠습니다. 그래도 큰 아들이 초등학교에 입학 하였을 때까지만 해도 내가 병마와 싸울 때가 아니라 학교에 잘 다녔습니다. 부안에 있으면서 정비 공장을 다시 다닐 때니까 아들 녀석이 학교 다니는 데는 문제가 없었습니다.

동진 정비 공장에 있을 때 큰 애가 초등학교에 입학하였습니다. 아내는 구내식당을 하고 나는 정비공장에서 일을 할 때였습니다.

동진에서 부안읍까지는 6km나 되는 거리여서 걸어서는 못 다니고 여중학교 학교버스로 통학을 하였습니다. 학교 기사분이 나하고 잘 아는 선배 운전기사 분이라서 우리 아들을 부탁한 것입니다. 여학생들 통학버스였지만 그래도 어린 아들은 누나들 틈에 끼어 잘 다녔습니다. 아내는 큰 아들 학교준비로 매일 수고했습니다. 버스가 오면 아들을 태워 보내고 곧바로 식당 식사 준비를 하였습니다.

동진 정비공장에서 오랜 세월을 보내지는 못했습니다. 정비 공장 사장의 농간에 넘어간 나는 정비공장에서 나와야만 하였고 아내는 식당을 못하게 되어 다시 짐을 싸 가지고 부안으로 이사 왔습니다. 그래도 노력하여 우리가 살 수 있는 집이라도 있었기에 다행이었습니다. 큰 아들은 초등학교에 다녔고 둘째 딸은 세 살 때 쯤이었습니다.

다시 부안으로 이사 온 나는 살 길을 찾아야 하겠기에 부안 시내를 누비던 중에 타이어 가게를 구하게 되어 먹고 사는 데에는 별로 고생이 없었습니다. 큰 아들도 부안으로 이사 오니 즐겁게 뛰어놀고 재미있게 살았습니다.

타이어 가게는 일이 많았습니다. 처음에는 사글세로 있다가 착실히 저축하여 전세로 살았습니다. 전셋집에서 다시 시작하는 마음으로 열심히 살아 타이어 가게와 집 전체를 살 수 있었습니다. 땅까지 샀습니다. 평수가 칠십네 평정도 되어 타이어 가게를 무난히 할 수 있는 자리였습니다.

여기서부터의 내용은 「절망은 없다」 제1편 마지막 부분에 파이팅하고 끝을 맺은 이후에 이어지는 부분입니다.

타이어 가게 전체가 우리 집이었습니다. 자동차 정비도 수입이 좋았지만 타이어 수리 사업도 좋았습니다. 혼자 힘으로는 일이 많아서 처리 못할 지경이라 종업원도 채용하였습니다. '이제는 우리에게 별다른 시련이 없겠지.' 하면서 아내와 나는 행복한 생활에 젖어들었습니다.

어려서 병명도 모르고 죽다 살아 난 큰아들은 성장하면서 개구쟁이로 변했습니다. 또래 친구들을 많이 사귀어 학교에 다녀오면 온 종일 공부도 하지 않고 운동장에서 공을 차고 산에 가서 놀고 아이들하고 장난하는 것을 좋아하였습니다. 학교가 끝나자마자 가방을 던져 놓고 밖으로 나가는 일이 재호에게는 매일 일과였습니다.

아들이 공부를 하지 않는 것을 제일 걱정하는 아내는 날마다 아들과 싸우는게 일과였습니다. "재호야, 재호야! 숙제하고 나가 놀아라. 놀 때 놀더라도 숙제라도 해야지." "엄마, 나 숙제 다 했어." 엄마에게 대충 거짓말로 때우고 그 날 그 날 세월을 보냈습니다. 아내는 언제나 걱정을 하였습니다. "여보, 당신이 야단을 쳐 봐요. 저렇게 놀기만 하면 어떻게 되겠어요." "그냥 두시오. 때가 되면 공부 할거야. 지금 저렇게 놀고 있을 때 이야기 하면 반발이 생길 거야. 그냥 두시오."

나는 아내에게 너무 조바심을 내지 말라고 말했지만 아내는 아들이 공부를 게을리하는 것이 언제나 제일 걱정이었습니다.

그렇게 놀기만 하던 아들녀석이 초등학교를 졸업하고 중학교에 진학했습니다. 학교는 집에서 얼마 떨어지지 않아 가까운 곳이었습니다.

"중학교에 진학했으니 이제는 공부 열심히 해야 한다." 나는 중학교에 진학한 아들녀석을 불러 앉혀놓고 따끔한 말 한마디를 하였습니다. "예, 알았어요." 고분고분 대답하는 아들녀석을 바라보며 아내는 흐뭇해 합니다.

아내는 요즘 사는 재미를 느끼는 듯 했습니다. 큰 아들은 중학교에 입학하고 딸도 초등학생인 데다 막둥이 아들까지 두었으니 뒷바라지가 어려움이 많았지만 아내는 우리 가족이 아무 탈없이 지내는 것만으로도 행복해 했습니다.

아내는 내 자식들만은 아빠처럼 고생을 시켜서는 안 되겠다는 굳은 신념이 있었습니다. 아내의 바램 때문이었는지 큰 아들 재호는 중학교에 입학한 이후로 공부를 시작하더니 계속 상위권의 성적을 유지했습니다. 중학교 때 좋은 점수가 나와야 고등학교를 전주로 가서 계속 공부를 할 수가 있습니다.

이런 내용을 알기라도 하듯이 어릴 때 개구쟁이였던 아들은 중학교 때부터는 공부에 재미를 붙여 언제나 상위권 학생이 되었습니다. 전주에 있는 고등학교로 진학하는데 문제가 없는 실력이었습니다.

나는 하나님께 감사하였습니다. '하나님께서 구원해 주신 아들이 건강하게 자라서 중학교에서도 상위권 실력을 유지할 수 있도록 키워 주심에 감사합니다. 어렸을 때 하나님이 주신 신비의 약으로 살아난 아들이 이제 건강하고 공부까지 잘하는 아들로 만들어 주셔서 감사합니다.' 할 줄도 모르는 기도문이 입에서 줄줄 나왔습니다. 아내도 아들녀석이 기특한지 자주 대화를 합니다. "너 열심히 공부하여야 한다. 아빠가 그 고생을 다하여 너를 가르치니까, 알았지." "예, 알겠습니다."

중학교를 졸업할 때가 되어 전주에 진학시험을 보러 가게 되었습니다. 진학시험에 합격해야 전주에서 고등학교를 다닐 수 있는 것입니다. 아들 재호는 자신합니다. "갈 수 있어요. 선생님이 말씀하시기를 저는 충분히 합격을 한다고 해요. 전주에서 다닐 수 있답니다." "그래, 그렇지만 방심하지 말고 시험 잘 보아라."

"예, 잘 다녀오겠습니다."

아들은 걱정하는 우리를 오히려 안심시키고 전주에 가서 시험을 보고 돌아왔습니다. "시험 잘 보았느냐?" "예, 잘 보았어요. 별 거 아니에요." "그래, 고생했다."

걱정으로 어떻게 지난 지도 모를 며칠 후 발표가 났습니다. 합격 통지서에 전북대학교 부설인 전북 사대 부고가 적혀 있었습니다. 사대 부고는 명문학교로 소문이 난 학교였습니다. 아내와 나는 아들이 어찌나 고마운지 눈물이 날 지경이었습니다. 다른 아이들은 실력이 안 되어 부안에서 학교를 다니는데 전주로 가서 공부하게 되었으니 얼마나 고맙고 기쁜 일이었겠습니까. "그래, 우리 아들 장하다. 그래, 그래, 내 아들 장하다." 아내는 연신 흐뭇한 표정을 지었습니다.

우리는 행복한 걱정을 하여야 했습니다. 전주에서 고등학교를 다니게 된 것은 너무나 잘 되고 행복한 일이지만 온 식구가 전주로 이사를 할 수는 없고 아들이 공부할 거처를 마련해야 했습니다. 아내가 "재호는 내가 데리고 있을 수가 없으니 당신이 전주에 가서 하숙집을 알아 봐요. 주위 환경이 깨끗한 곳으로 찾아보아요."했습니다.

아내 말대로 전주 사대부고 주변을 찾아가 대문에 '하숙생 구함' 이라고 써붙인 집들을 찾아 들어가 보았습니다. 학교 앞이라 타지에서 공부하러 온 학생들이 많았습니다. 남녀 공학이라 여학생도 꽤 많았습니다. 이 집 저 집 다니다가 마음에 드는 집을 찾아서 주인을 만나 보았습니다. "아저씨, 하숙하려고요?" "예,

우리 아들이 이번에 사대 부고에 입학 해서요. 어느 방이지요?"
"이 층 방입니다." 학생들이 밀집해 있는 하숙촌이었는데 방이 마음에 들어 계약을 했습니다.

입학 날이 되어 아내와 나는 하숙집에 찾아가 학교 갈 준비를 다 마치고 아주머니한테 잘 부탁하였습니다. 아들은 입학식을 잘 마치고 입학시험을 치렀는데 그 시험에서도 좋은 성적을 받았습니다. 담임 선생님께서 "아버님, 재호 실력이 좋습니다. 이 실력 그대로만 노력한다면 서울 대학도 문제없이 진학할 수 있습니다. 기분이 좋습니다."하시면서 나보다 오히려 더 좋아하십니다. 나도 흐뭇한 마음에 앞으로 잘 지도해 달라며 담임께 단단히 부탁을 하고 집으로 돌아왔습니다.

아내에게 선생님께서 말씀하신 내용을 전달하니 "예, 그래요. 그래야지요. 누구 아들인데요. 구원을 얻은 당신 자식인데요. 공부 열심히 하여 좋은 대학 다녔으면 정말 좋겠네요. 감사합니다." 아내는 누구에랄 것도 없이 모든 것이 감사할 뿐이라는 표정이었습니다. "그래야지요. 그 놈들이라도 성공해야지요."

나는 기쁜 마음으로 더 열심히 일을 하였습니다. 내가 이 자리까지 오기까지는 말로는 다할 수 없는 불행했던 나의 삶이었지만 지금 이 순간은 지난 고통을 다 잊어버리고 세상에서 제일 행복한 사람이 된 듯한 기분이었습니다.

큰 아들이 고등학교에 입학하고 딸아이도 중학교에 입학하였습니다. 막둥이 아들도 어느덧 초등학생입니다.

세 아이들이 나이 차이가 많습니다. 큰애와 둘째가 오 년 차이가 나고 둘째와 막내도 오 년 차이가 납니다. 아이들 간에 나이 차이가 많이 나는 데는 말 못할 이유가 있습니다. 중간 중간에 자식들을 땅에 묻어야만 하였던 것입니다. 그 슬픔을 누가 헤아려 주겠습니까. 첫째 아이와 셋째 아이를 돈이 없어서 살리지 못하고 저세상으로 보내야만 했던 것입니다. 당해보지 않은 사람은 상상도 못할 슬픔입니다. 사람으로서는 겪지 말아야 할 가장 큰 슬픔입니다.

나는 이 기구한 운명의 굴레를 벗어버리기 위하여 내 삶과 싸워서 승리한 사람입니다. 아들이 공부 잘하고 딸도 건강하여져서 중학교에 다니고 있으니 그 이상 무엇을 바라겠습니까. 우리 가족이 이대로 행복하길 빌 뿐입니다.

나는 큰 아들이 고등학교 다니면서 공부를 열심히 잘하고 있겠지 하며 믿고 하숙비만 매월 지불하고 학교도 한번 가보지 않았습니다. 부안에서 전주까지 60km정도니 찾아 가기도 쉽지 않고 학교에 잘 다니고 있으니 그동안 해왔던 것처럼 공부도 잘하는 줄로만 믿었습니다.

그런데 일 학년 때는 그대로 공부를 잘하였는데 이 학년 부터는 실력이 맨 하위 학생으로 변한 것을 모르고 있었던 것입니다. 이 학년 담임선생님 전화를 받고 나는 너무나 놀랐습니다. “재호가 공부를 하지 않는 것 같습니다. 실력이 계속 떨어지니 아버님께서 하숙집을 한번 찾아가 보십시오.” 나는 담임의 전화를 받고 너무나 놀랐습니다. 전주에서 하숙하면서 일요일 날 되면 집에 오면 용돈 주고 하숙비를 주면 부모의 임무는 끝나는 것으로 알았습니다. 내가 고등교육을 받아 보지 못하였으니 공부에 대하여 잘 몰라 큰 실수를 한 것입니다.

아이들 공부를 시킬 때는 부모가 감시감독을 철저히 하여야 하는 것인데 자식들의 교육에 대해서 너무 몰랐던 것입니다. 그것이 큰 실수였습니다. 돈 벌어서 자식에게 돈만 주면 부모노릇을 다하는 것으로 알았습니다.

나는 아들이 하숙하고 있는 하숙집 근처에서 밤을 새워 지켜보았습니다. 학교에서 자율학습하고 돌아오면 밤 여덟시 경에 귀가하는데 나는 아들이 돌아올 때까지 거리에서 지켜보았습니다.

그런데 다른 학생들은 모두 하숙집으로 귀가하는데 내 아들만 오질 않아서 이상히 여기고 여기저기 주위를 살펴보았더니 이게 무슨 일입니까? 옆 도로변 포장마차에서 학생들 소리가 나기에 가만히 열어보니 내 아들 재호하고 다른 학생 두 명이 술을 마시고 앉아 있습니다. 그 순간 하늘이 무너지는 것 같았습니다.

"너희들 지금 무엇 하는 거야? 학생이 술을 마셔. 이놈들, 아주 못된 놈들이구만. 다른 학생들은 모두 하숙집에 들어가서 공부하는데 너희들은 술을 마시고 있어." 호통을 치며 "너희들 모두 빨리 나와."하고는 그 아이들을 데리고 하숙집에 왔습니다.

나는 하숙집 아주머니한테 화를 내었습니다. "아이들이 술을 마시는 것을 보셨으면 연락을 주시지 않고 그대로 보고만 계셨단 말이요? 아주머니 믿고 와 보지 않았던 것이 문제였지요."

"죄송합니다. 원래는 착한 아이였는데 요즘 다른 학생이 오더니 이렇게 된 것 같습니다." 다른 방 학생들이 다 나와 웅성거렸습

니다

"재호, 너 이리와. 집에 가자. 학교는 무슨 학교야. 집에 가서 일이나 하여라." 나는 화가 나서 책가방과 소지품을 모두 밖으로 꺼내고 용달차를 불렀습니다. 나는 화가 나서 소리를 질렀습니다. "이 새끼, 빨리 차에다 짐 실어. 아주머니, 재호 짐 전부 차에다 실어요. 오늘 밤 데리고 가겠습니다." 주인 아주머니는 나를 말렸습니다. "아저씨, 참으셔요." "참다니요, 공부하라고 하숙시켰더니 술 마시고 다니는 놈은 학교에 보낼 필요가 없어요. 빨리 실어요."

내가 너무 흥분하니까 아들 재호가 무릎을 꿇고 빌기 시작했습니다. "아버지, 용서하여 주십시오. 한 번만 용서하여 주시면 다시는 그러지 않고 공부 열심히 하겠습니다." "아니다. 너를 믿을 수 없어. 함께 술 마신 친구 놈들은 어디 갔느냐?" "도망갔어요." "이 새끼들 어디로 도망친 거야. 너 언제부터 그 아이들과 사귄 거야. 그런 놈들과 어울려 다니면서 술만 마시고 다니니 무슨 공부가 되겠느냐?" "이제 다시는 안 먹을 게요." "아빠는 너를 믿을 수 없으니 집으로 가자."

나는 너무 화가 나서 큰 소리를 질러댔습니다. 하숙집 아주머니도 미안하다고 계속 사정하시고, 한참을 소리 지르고 나니 약간은 화도 누그러져 "그래, 오늘 밤은 이만 하겠으니 내일 보자. 그럼 이만 자거라."하고는 밖으로 나와 거리를 걸었습니다.

그 시간에는 부안에 가는 버스도 없어서 무작정 시내쪽으로 걸었습니다. 목적지도 없이 걷다 보니 전북대학교 정문쪽으로 걸어 왔나 봅니다. 여기저기 술집에는 젊은 청년들이 가득가득 차 있었습니다. 여학생도 있고 남학생도 있었습니다. 거의 대학생들이었습니다. 대학생들이 밤이면 술도 먹는 모양입니다. 나는 놀랐습니다. 지금껏 공부하는 학생들은 술을 마시지 않는 것인 줄 알았는데 와서 보니 그게 아니었습니다. 그래도 대학생은 성인이기 때문에 한 잔씩 하면서 토론도 하고 있지만 고등학교 학생은 절대 안 되지요.

나는 그 학생들을 보고 내 자식생각을 했습니다. '고등학교 때는 열심히 공부하여 대학 진학에 전념해야 하는데…. 이것을 어떻게 하면 좋을까.' 고민하면서 근처 선술집에 가서 소주 몇 잔 마시고 다음날 학교 수업이 시작되었을 때쯤 학교로 찾아갔습니다. 아들 반을 물어 교무실에 가서 담임선생님을 만났습니다. "임 재호 아버지입니다. 안녕하십니까? 이렇게 이른 시간에 찾아뵈어서 죄송합니다." "아닙니다. 그렇지 않아도 한 번 아버님을 뵙고 싶었습니다. 재호한테 이야기는 들었습니다. 카센터 하신다고요." "예, 부안에서요. 진작 찾아뵈었어야 도리인데 이제서야 찾아뵙게 되었습니다." "재호가 일 학년 때는 공부를 잘 했는데 이 학년 되면서 실력이 떨어져서 저희도 고민이 많습니다. 잘 오셨습니다."

나는 담임선생님께 어제 밤 이야기를 차마 하지 못하였습니다. 하교 길에 술을 마셨다고 말하면 퇴학도 받을 수 있는 상황이었기 때문입니다. "못된 친구를 사귀어서 그런 것 같습니다. 어젯밤에 잘 타이르고 많은 이야기를 하였습니다. 앞으로 열심히 하겠다고 다짐을 받았습니다. 이제라도 열심히 하겠다고 하니 선생님께서도 다시 좋은 지도 부탁드리겠습니다." "예, 잘 알겠습니다. 아버님께서 이렇게 찾아 주시고 협조해 주셔서 감사합니다. 재호는 원래 착한 아이이니 잘 지도하여 보겠습니다." "그럼 선생님만 믿고 이만 가보겠습니다. 안녕히 계세요."

담임선생님께 작별 인사를 드리고 부안 집에 오니 아내는 왜 이제 오냐고 야단입니다. 어제 저녁에 몰래 찾아가서 재호를 보니 밤늦게 친구들과 술을 마시고 있었다는 이야기를 하였더니 아내는 놀라서 얼굴이 파랗게 질려 버렸습니다. 한참 동안 말문이 막혀 있다가 "여보, 그래서 어떻게 하였어요?" "선생님까지 만나서 잘 부탁드리고 왔는데 선생님한테는 술을 먹더라는 이야기는 못하였어요." "그럼요, 어떻게 술 이야기를 하겠어요. 큰일이 나겠지요." "친구를 잘못 사귄 것 같아요. 그 놈들과 어울리지 못하게 해야 할텐데 걱정이예요. 어젯밤 그 학생들은 도망갔어요. 붙잡았으면 혼을 내주었을텐데 잡지를 못했어요."

나는 집에 와서 생각을 많이 하였습니다. 자식들은 부모가 데리고 있으면서 가정교육도 시키고 사람 사는 방법도 가르쳐야 하는데 전주에다 하숙만 시키면 다 되는 것으로 잘못 생각한 것입니다. 나는 그 때부터 전주 사대부고 담임선생님인 송 선생님을 자주 찾아뵈었습니다. 아들 재호가 다시 정신을 차려서 공부에 열중할 수 있는 길을 만들려고 송 선생님께 매달렸습니다. "송 선생님, 우리 자식 좀 잘 지도하여 주십시오. 저는 다른 사람들과 다릅니다. 온갖 역경과 괴로움을 견디며 살아온 인생입니다. 이제서야 이렇게 사람사는 듯이 살고 있습니다. 자식들 잘 되기만 바라며 사는 절 봐서라도 선생님께서 내 자식을 잘 지도하여 주십시오." 나는 송 선생님께 매달렸습니다. 시간만 있으면 송 선생님을 찾아가 식사라도 대접하며 부탁을 했습니다. 그 때부터 송 선생님께서 재호에게 특별한 관심을 기울여주신 덕에 아들 재호가 다시 공부를 시작하여 삼 학년부터는 실력이 조금씩 올라가 대학을 진학하였습니다.

초등학교 때부터 공부를 잘하여서 중학교까지 곧잘 해왔는데 고등학교부터는 부모와 떨어져서 생활하다 보니 그 때부터 공부에 별로 신경을 쓰지 않았던 것입니다. 결국 희망했던 서울대학은 가지 못하고 지방대학 물리학과에 합격하였습니다. 그래도 정말 다행이었습니다. 그때만 하여도 지방대학도 못가는 학생들이 많을 때였습니다.

자식들은 부모가 데리고 있어야 부모로부터 삶을 배우는 것임을 나는 깨달았습니다. 그래서 아들 재호의 대학생활은 집에서 통학을 시켜야겠다고 마음먹었습니다. 전주까지는 버스 편 시간이 맞지 않아서 승용차를 사주면서 통학을 하도록 했습니다.

부모 마음은 항상 걱정이 많았습니다. 대학 다니는 아들이지만 항상 걱정이 앞서 신경이 많이 써졌습니다. 아들이 타고 다니는 자동차는 내가 손수 정비를 하여 주기 때문에 별다른 고장은 없었습니다.

아들은 대학에 진학한 후 열심히 공부를 하였습니다. 나이가 먹으면서 철이 조금씩 들어가는 모양입니다. 일 학년 때 장학금을 타왔고 학교에서 모범생이 되었습니다. 어떤 부모나 다 내 자식이 최고라고 생각하시지요. 이것이 다 부모의 마음이겠지요. 그러나 나는 더욱 더 특별하였습니다. 그 많은 시련 속에 가정을 만들어서 사랑하는 아내도 맞이하고 자식들이 셋이나 되니 나에게는 큰 영광이자 희망이었습니다.

아내도 역시 남편의 고달픈 삶속에서 자식들이 태어났으니 그 자식들은 남편처럼 고생을 시키지 않으려고 자신을 희생하면서 자식들한테 신념을 다 바친 것입니다. 나는 이렇게 생각합니다. 사람이 살면서 누구에게나 기회가 온다고 봅니다. 나에게 찾아오는 기회를 모르고 넘어 가는 사람도 있고 그 기회를 꼭 잡아서 자신의 삶을 찾는 사람도 있습니다.

사람 일은 한 치 앞도 모른다고들 합니다. 그렇지만 자기가 자신의 삶을 자세히 보면 어느 정도는 앞길이 보입니다. 기회는 한 번 저버리면 영영 돌아오지 않습니다. 자신의 삶을 잘 들여다보면서 기회가 생기면 빨리 잡아서 자기 삶을 그대로 이어주어야 합니다.

이 글을 쓰고 있는 나는 너무나 거센 풍랑에서 살아남기 위하여 엄청난 힘이 들어갔습니다. 비록 나는 이런 모진 삶을 살았지만 자식만은 그런 삶에서 허덕이지 않게 대학을 보내자는 것이 나의 꿈이자 희망이었던 것입니다.

아들이 대학 때는 세상의 이치를 어느 정도 깨달아서 장학생으로 공부를 하다가 삼 학년 때부터 장학생은 못 되었지만 그래도 나는 감사하게 생각했습니다. 아들이 대학을 졸업한 후 학교에서 유학을 가도록 추천되었는데 내 형편이 여의치 못해 유학의 길까지는 지원을 해주지 못했습니다. 물리학과이기 때문에 유학 가서 공부하여 박사학위를 받아야 자기의 삶이 열리는데 못난 부모를 만나 아들의 앞길이 막힌 것 같아 늘 죄스런 마음이 있습니다.

가정 형편상 유학을 단념한 아들은 취업을 여러모로 알아 봤으나 길이 없었습니다. 지방대학을 나온 것과 지방이라는 지역적인 부분도 취업에 많은 애로 사항으로 작용했습니다. 젊은 청년들이 사회진출을 하는데 지역적인 차별은 없어져야 한다고 생각합니다. 어느 곳에서 태어났어도 공정하게 객관적으로 평가받아야 한다는 생각입니다. 그래야 사회의 발전도 있을 것이며 공정사회를 구현하는 길이라 봅니다.

지역적인 정서와 돈이 많고 적음과 권력에 따라 직장까지 좌지우지하는 시대는 벗어나야 할 우선적인 과제입니다. 나는 공정하지 못한 세상이 무척 싫습니다. 돈 없고 배경이 없으면 그 사람은 취업하기가 하늘에서 별 따기인 세상이 되어버렸습니다. 안타깝고 가슴 아픈 현실입니다.

삶은 모든 사람이 다 다른 것입니다. 방법도 다르고 생각도 다르지만 삶은 자기 스스로 개척해야 합니다. 스스로 어려움을 극복해야 합니다.

다행히 큰 아들은 나의 의지를 좀 닮았는지 우체국에 취직되어 열심히 일하고 있습니다. 항상 착실하게 열심히 노력하며 살고 있습니다. 마음씨 고운 처녀와 연애결혼을 하였고 아들도 생겼습니다. 아들은 차츰 나이가 먹다 보니 이제는 철이 들어서 아버지의 삶도 깨달은 듯 싶습니다.

이제까지 큰 아들 얘기만 썼습니다.

이제부터는 사랑하는 딸 이야기를 써 보겠습니다. 현재 딸의 나이는 서른일곱입니다. 결혼하여 착실한 신랑과 행복한 가정을 꾸리고 살고 있습니다. 슬하에 딸도 있고 아들도 있습니다. 그런 내 딸이지만 어렸을 때는 많은 어려움이 있었습니다. 아빠의 운명이 편안하지 않은 터라 자식들도 고생이 많았습니다.

오빠가 초등학교 삼 학년 때 열병을 앓아서 생사를 헤매다가 하나님의 구원으로 생명을 다시 찾아서 건강하게 학교를 다니며 공부도 잘하였을 때 딸아이는 초등학교에 입학하여 재미나는 학교생활에 여념이 없었습니다.

그 때는 사업도 번창하여 생활하는 데에 큰 어려움이 없었습니다. 성격이 명랑해서 집에서도 아빠사랑, 엄마사랑을 다 받고 오빠도 동생을 잘 챙겨 주었습니다. 종업원들도 딸인 혜경이를 예뻐하여 주었습니다. 딸은 아빠의 고달픈 마음을 풀어주는 애교도 많은 귀염둥이 딸이었습니다.

초등학교 이 학년 때입니다. 딸아이가 언제부터인지 시무룩하며 지냈습니다. 어디 아픈 데가 있는 것처럼 보여서 병원에 데리고 가서 종합 진료를 했습니다. 역시 딸아이가 몸이 안 좋았습니다. '신장아구테' 라는 병명이었습니다. 신장을 이어주는 줄기가 약하다는 것입니다. 태어날 때 건강하게 태어나지 못하여 생긴 병이라는 진단이었습니다. 항상 불안한 삶을 살아온 아내의 몸에서 태어난 때문입니다. 남편 직장문제며 아들건강 문제 등으로 환경적으로 불안한 삶이었기에 임신 기간에 안정이 되지 않아 부족한 아이로 태어난 것입니다.

그러나 주어진 운명이기 때문에 딸을 치료해야만 했습니다. 딸아이의 치료과정은 너무나 복잡하고 쉽게 낫지를 않았습니다. 전주 종합병원에 입원하여 치료했으나 전혀 차도가 없었습니다. 아내는 딸을 데리고 가서 병원에서 입원 치료 하는 바람에 나는 종업원의 식사까지 책임을 져야 했습니다. 내가 고생하는 것이야 상관없지만 딸아이의 병세는 전혀 변화가 없었습니다.

달리 방도가 없는 나는 큰 아들 때처럼 하나님께 매달렸습니다. 한참을 입원 치료를 하였으나 별로 좋아진 것이 없어 결국 퇴원하고 말았습니다.

그래도 그냥 있을 수는 없는지라 나는 다시 딸을 데리고 서울대학 병원에 가서 재진료를 받아보았지만 같은 진단을 받았습니다.

국내 최고의 병원이니 충분히 치료가 될 것으로 믿고 오랜기간 치료하였지만 이곳에서도 치료가 되지 않고 결국은 그냥 퇴원하고 말았습니다. 나중에 집에서 민간요법이 많은 도움이 돼서 완치가 되었습니다.

그 후 딸아이는 중, 고, 대학교까지 무사히 마쳤습니다. 그러나 딸아이 역시 학교 졸업 후에 직장을 구하려고 많은 노력을 해보았으나 역시 이 부분이 가장 힘든 부분이었습니다. 대학에서 컴퓨터 학과를 졸업했기 때문에 취직이 쉽게 되리라 생각했지만 현실은 그렇지 않았습니다. 딸도 역시 돈 없고 힘없는 아빠로 인하여 취업하기가 무척 어려웠습니다.

교수님 추천서를 가지고 가도 번번이 낙방을 했습니다. 너무나 마음이 아팠습니다. 오랜 시간이 흐른 후에 안 사실이지만 모든 취직에는 적당한 돈거래가 있었던 것이었습니다. 나는 그런 사회의 현실도 모르고 그저 사람이 착하고 열심히 살면 되는 것이라고만 생각하며 살았습니다. 그렇기 때문에 자식들의 직장이 어려웠던 것입니다.

언젠가 이런 일도 있었습니다. 딸아이가 초등학교 컴퓨터 선생님으로 취업하려고 한 적이 있었습니다. 어느 초등학교 컴퓨터 선생 자리가 생겼는데 그 교수님이 마침 교감 선생님과 잘 아는 처지라서 서로 충분히 말씀을 드리고 추천서까지 써주셨고 또한 딸아이가 면접까지 마친 상태였습니다. 모든 일정이 끝나고 내일부터 출근하라고 하여 딸아이나 집안 식구들도 모두 좋아서 어쩔 줄을 몰랐습니다.

집에서 온 식구가 축하파티까지 마치고 다음 날 학교에 출근하니 "어젯밤에 다른 사람이 출근하기로 되었으니 돌아가십시오." 하는 교감 선생의 말씀이 있었습니다. 이게 말이 되는 얘기입니까? 딸이 면접을 마치고 집으로 돌아온 후 검은 돈이 건네진 것입니다.

다른 직업도 아니고 아이들을 가르치는 일을 하는 선생님을 뽑는 게 아닙니까. 하루 아침에 인사를 번복하고 다른 사람을 쓰는 행위야말로 이해를 할 수가 없었습니다.

그렇게 취업의 쓴 잔을 마시고 딸아이는 깊은 상처를 받았습니다. 딸 뿐만 아니라 우리 가족 모두 치유될 수 없는 깊은 상처를 받게 된 사건입니다.

우리 사회가 이래서는 안 된다는 생각입니다. 정의가 살아서 숨 쉬는 세상이 언제나 올지요. 이렇게 피해를 본 사람이 비단 나뿐만이 아니라는 생각에 이 글을 쓰면서도 마음이 착잡합니다.

딸아이는 한 동안 취업을 하려고 하지 않다가 잠시 중소기업에 근무하다 결혼하여 지금은 행복하게 살고 있습니다.

부모님 산소를 찾아 이장을 하다

나는 울었습니다. 마음이 아팠습니다. 내가 부모님 산소를 찾았을 때는 부안에서 카센터를 하면서 내 삶이 어느 정도 질서가 잡히고 아이들도 건강하게 자라고 있을 때였습니다.

그동안 살아내느라 힘겨워 찾아보지 못했던 부모님 산소라도 찾아보고 성묘라도 드리기 위하여 부모님 산소를 찾았습니다. 어렸을 때 어머님이 먼저 돌아 가셨고 팔 개월 만에 아버님마저 돌아가셨으니 어린 나에게는 피눈물 나는 서러움이었습니다. 부모님이 돌아가신 후 우리 사 남매는 어린 몸으로 고아로 살아가면서 슬픔이 많았습니다. 어머님 슬하에서 어리광으로만 살아온 우리 남매들이었습니다.

우리 집은 마을에서 외곽에 위치한 외딴 집이었습니다. 밤이면 어린 우리 남매들은 무서웠습니다. 하지만 무서워도 참고 돈을 벌어야만 보리쌀이라도 팔아서 먹고 살 수 있었습니다. 어린 여동생은 나보다 더 철이 없을 때였습니다. 나는 그래도 중학교 삼학년이 되어 나이도 열일곱 살입니다. 어린 동생들을 내가 책임지고 먹여 살려야 하는 처지가 되어 학교도 못가고 공사장에서 지게를 지고 일을 하여 보았습니다. 젊은 청년들은 하루 일하면 보리쌀 두 말도 팔 수 있는데 나는 어깨가 짓무르도록 지게를 지어도 간신히 보리쌀 두 되밖에 팔 수 없는 정도였습니다.

시골이라서 다른 일은 할 것이 없었습니다. 할 수 없이 어린 동생들을 데리고 서울로 올라가 거리에서 많은 고생을 하였습니다. 부모가 없는 우리 사 남매에게 어느 누구도 구원의 손길을 내밀어 주지 않았습니다. 그래도 여동생들은 여자라서 가정집에서 아이를 돌봐주고 밥은 먹고 있었지만 나는 남자라 별다른 직업을 찾지 못하여 배고픈 세월을 보냈습니다.

그러다가 5.16혁명 후 군대에 지원하였습니다. 스물한 살에 군대에 가면 밥도 배부르게 먹고 제대하면 취직이 잘된다기에 자원입대하였습니다. 나는 군 생활에 충실하게 근무했고 육군 항공학교에서 레아 통신 교육까지 받고 부대에서 무사히 제대하였습니다. 제대 후 내 삶이 기구하게 전개되어 삶에 대한 몸부림 속에서 허우적거리다 보니까 부모님의 은혜도 잊어버리고 생존 경쟁 속에서 싸웠습니다.

그러다가 정신이 조금 들자 부모님 생각이 났습니다. 그동안 너무 불효하였다는 죄책감에 빠져 상심하다가 부모님 산소를 찾아 뵌 것입니다.

아버님 산소자리는 개발되어 돼지 사육장이 되어있었습니다. 아버님 작고 시점에는 야산이라서 아버님 시신을 모셨던 자리였습니다. 그곳이 돼지 사육장이 될 줄은 꿈에도 몰랐습니다. 돼지 사육장이라서 파리 떼가 너무 우글거리고 잡풀이 우거져서 처음에는 아버님 산소를 찾을 수가 없었습니다.

여기저기 둘러보다 간신히 잡풀 속에 있는 봉분 하나를 발견했습니다. 잡풀에 쌓인 묘지는 정말로 처참한 현실이었습니다. 묘지라서 그 곳은 차마 파헤치지 못한 것이었습니다. 나는 돈사 주인아저씨를 찾아서 인사를 드렸습니다. "수고하십니다. 주인아저씨 되는지요? 저는 저 묘소의 아들입니다." "그래요, 이곳은 내가 허락 받아 개발한 곳인데 저 묘소 때문에 애로가 많았습니다." "죄송합니다. 못난 자식이라서 이런 일이…. 그래도 그 동안 지켜주셔서 감사합니다. 이 사실을 알았으니 제가 아버님을 다른 곳으로 모시겠습니다."

나는 주인아저씨께 사과 말씀을 드리고 아버님 묘에 있는 풀을 베어 드렸습니다. "아버님! 아버님에게 불효를 드려 죄송합니다. 용서하여 주십시오."

나는 서러움에 복 바쳐 펑펑 울면서 벌초를 하였습니다. 그 동안 사는 게 너무나 고달파 찾아뵙지를 못하였습니다.

내가 어렸을 때입니다. 중학교 삼 학년 이 학기 때쯤이었습니다. 마침 내가 학교를 가지 않을 때입니다. 어머니께서 갑자기 "아이고 배야, 아이고 배야."하시며 방에서 데굴데굴 굴렀습니다. 아버지께서는 놀라서 어찌 할 바를 모르시면서 허겁지겁 하셨습니다.

시골이라서 병원도 없었고 교통도 말할 수 없이 불편할 때입니다. 전북 익산까지가 20km가 넘었습니다.

아버님께서 나를 부르셨습니다. '저 넘어 마을에 가면 한의원 침쟁이 아저씨가 계시는데 빨리 가서 모시고 오라' 는 아버님의 명령이었습니다. 나는 곧장 뛰어 갔습니다. 마침 한의원 아저씨가 계셨습니다. "아저씨, 우리 엄마가, 우리 엄마가…." 하며 나는 가쁜 숨을 내쉬었습니다. 마을까지 뛰었으니 너무나 숨이 찼습니다. "우리 엄마가 아파요, 배가 아프다고 막 뒹굴어요." "너희 집이 어디냐?" "예, 세가무덤에서 왔어요." "응, 저쪽 너머 외딴집, 이발소 집!" "예, 예!" 나는 그 때까지도 숨이 가라앉지 않았습니다. "어서 가거라. 내가 곧장 가마" 아저씨는 나보고 먼저 가라고 말씀하셨습니다.

집으로 돌아온 나는 "아버지, 곧 오신데요."하고 말씀드렸습니다. 그러나 아버님은 더욱 더 당황하셨습니다. 방에서는 어머님께서 여전히 소리를 지르고 계셨습니다. "아이고 배야, 아이고 배야!" 나는 어머님께서 소리를 지를 때마다 어찌 할 바를 모르며 "어머니, 한의사 선생님이 곧 오신데요. 조금만 참아 주세요."하는 말씀밖에 드리지 못했습니다. "아버지 어디 가셨느냐, 아버지 오라고 해!" "밖에서 한의사 선생님을 기다리고 있어요." 어린 나는 어머님을 돌보아 드리지 못하는 자신이 너무나 슬펐습니다.

기다리던 한의원 아저씨가 오셨습니다. 아버님은 한의사 아저씨와 함께 어머니가 계시는 방으로 들어 가셨습니다. 나는 마음이 조금은 놓였습니다. '이제는 우리 어머니가 안 아프겠지. 한의원 아저씨가 오셨으니까.' 하고 어린 나는 어머니가 빨리 낫기를 바랄 뿐이었습니다.

얼마 후 한의원 선생님이 방에서 나오셨습니다. 갑자기 조용하였습니다. 한의원 아저씨가 우리 어머니를 안 아프게 하신 모양입니다. 나는 한의원 선생님이 너무 고마웠습니다. 동생들한테 "어머니 드리게 흰죽이라도 끓여."라고 말했습니다.

한의원 아저씨는 가셨고 아버님께서 나오신 조금 후 어머니께서는 다시 복통을 일으켜 소리를 지르셨습니다. "아버지! 어머니가 또 아프신가 봐요?" 나는 아버님께 뛰어가 어머니가 아프다고 말씀드리고 오니 방 안이 조용하였습니다. '이제야 어머니가 잠이 드셨구나.' 생각하니 조금 안심이 되었습니다. 주무시는 줄로만 알았습니다.

나는 어머니가 계시는 방문을 살며시 열고 들어갔습니다. 그런데 어머니는 주무시고 방에서 무슨 똥냄새가 났습니다. 나는 이상해서 아버지를 불렀습니다. "아버지! 엄마가 이상해요" 아버지가 방으로 들어오셨습니다. 나는 이상한 느낌에 어머니를 흔들어 보았습니다. 내가 흔들어도 아무 반응이 없자 아버지도 어머니를 흔들어 보았습니다. 그런데도 어머니께서는 아무 반응이 없으셨습니다.

어머니께서 돌아가신 것입니다. 똥냄새도 돌아가실 때 보시는

변 냄새였습니다. 나는 너무나 허망하고 떨렸습니다. 조금 전까지만 해도 배가 아프다며 나를 부르시더니 지금은 아무 말씀이 없습니다. 아버님께서 흔들어도 아무 대답이 없으시고 그대로 누워만 계셨습니다. '사람의 죽음이 이렇게 허무하게 끝나는구나.' 생각하니 나는 너무나 슬퍼서 어머님을 움켜잡고 서럽게 울었습니다.

우리 어머니는 나를 그렇게도 사랑하셨고 내가 중학교 다닐 때 전주에서 행상을 하시며 내 뒤를 보아 주셨던 어머님이었습니다. "너만 공부 잘하면 엄마는 최고 좋아. 더 바랄게 없단다." 어머님은 나를 위하여 전주에 방을 얻어서 나를 학교에 보내 주셨던 분이십니다.

사랑하는 우리 어머님! 너무나 불쌍합니다. 사람의 육신은 숨이 떨어지면 그대로 육신만 남는 것을 알았습니다. 어머님께서 숨이 떨어진 지 몇 분 후 몸이 뻣뻣하여졌습니다. 육신에서 영혼이 떠나면 그 몸은 나무토막처럼 뻣뻣한 것입니다. 나는 어머님을 안고 한없이 울었습니다. 어머니는 나를 보배처럼 아끼신 분이었습니다. 딸자식 여섯 명과 그 사이 중간에 아들 하나 있으니 어머님은 나를 보물처럼 여기고 사셨던 분이었습니다.

아버님도 "여보, 여보!" 하며 어머니를 애타게 불러봤지만 대답이 없으셨습니다. 나는 어머니의 변을 깨끗이 닦아 냈습니다. 몇 시간만에 졸지에 당한 일이라 아무런 생각을 할 수가 없었습니다. 그 때 어머님의 병명은 급성맹장염인데 한의원 아저씨는 오진하여 상한 병이라고 아버지가 치료하여 주는 병이라고 하였으니 선무당이 사람 잡는 셈이 되고 말았습니다.

한의원 의술이 너무나 무지하기 짝이 없었던 것입니다. 한심스러운 수준이었습니다.

그렇게 갑작스럽게 어머님이 떠나시고 나는 중학교를 포기하였습니다. 학교는 꿈도 꾸지 못하고 집에서 놀고 있으면서 아버지를 도와 농사일을 하면서 지내기를 몇 개월 하지 않아 아버지께서도 황달로 돌아가셨습니다. 못난 아들이 철이라도 들었으면 그 때 어떻게 하든지 어머님이나 아버님이나 모두 살렸을텐데 내가 너무 어렸고 철이 없어서 두 분을 모두 잃어버리게 한 것처럼 자책감으로 더욱 더 가슴이 아팠습니다. 익산까지만 가서 병원을 찾았으면 두 분은 살 수 있는 병이었습니다.

양친 부모님이 돌아가신 그 후부터 어린 여동생들과 배고픈 설움을 겪으면서 살아 왔습니다. 어렸을 때 그 고통스런 삶을 근근이 살다가 군대까지 제대하고 살 길을 개척하다가 또다시 고통의 구렁에서 헤매며 살던 중 김 종석 기자 선생님의 은총으로 목숨을 건져 내 운명은 새로운 싹이 돋아 카센터까지 오게 되었습니다.

카센터를 하면서도 어려움은 많았습니다. 자식들의 투병 생활, 아내가 폭력을 당하여 죽을 뻔했던 사연, 내가 당한 사고, 집수리 도중 불이 난 사건 등 여러 가지 고난으로 어려운 생활이었지만 아내의 투철한 생활력 때문에 우리 가정은 삶을 유지하였습니다. 우리 삶에 어떤 어려움이 닥쳐와도 나와 아내는 합심하여 그 고통을 이겨냈습니다.

아내의 절약정신으로 우리 가정은 조금씩 발전하였습니다. 아내는 한 푼 두 푼 절약하고 아껴 쓰는 습관이 몸에 배여서 저축이 조금씩 늘어나 어려울 때 쓸 수 있는 여유자금을 준비해 둔 덕에 우리 가정은 위기가 닥쳐와도 물리치고 모면하는 삶을 살 수 있었습니다.

추석날이 다가와서 아버님, 어머님 산소에 가서 벌초를 하여 드리겠다는 마음에 낫을 가지고 고향에 갔습니다. 그 고향은 내가 움막에서 사경을 헤매던 곳이었습니다. 「절망은 없다」 제1권 2장과 3장에 있는 내용처럼 죽지도 않았고 정신도 멀쩡한 나를 산에다 움막을 만들어 놓고 그 곳에다 버렸던 고향이었습니다. 보기도 싫은 고향이지만 부모님 산소가 있는 고향 땅이라서 가지 않을 수가 없었습니다.

아버지 산소는 돼지 양돈장에 있고 어머니 산소는 밭농사 짓는 웃머리에 있었습니다. 두 분 부모님께서는 너무나 나쁜 환경에 계셨습니다. 파리 떼가 우글거리고 잡풀에 쌓여서 산소조차 찾을 수 없는 묘소였습니다.

나는 울었습니다. 내 생명은 부모님께서 주신 것인데 그런 생명을 주신 부모님을 이곳에 계시게 한다는 것은 자식된 도리로서 엄청난 죄를 짓는 것 같았습니다.

"아버님, 어머님, 못난 자식이라 이 지경까지 오게 되었습니다. 조금만 참아 주십시오. 불효자식 용서하여 주십시오. 바로 다른 곳으로 모시겠습니다."

나는 곧바로 부안으로 와서 아내한테 자세한 이야기를 하였습니다. "우리는 깨끗한 방에서 살고 있는데 아버님과 어머님은 그 더러운 곳에 누워 계시니 어떠한 일이 있어도 땅을 사서 이장합시다. 그동안 부모님께 너무 많은 죄를 지었습니다."

목메인 말로 아내한테 이야기 하니 아내도 바로 동의를 하였습니다. "지난 달에 적금이 만기되어 돈이 조금 있습니다. 어디 조용하고 따뜻한 땅이나 알아보세요."

얼마 후 추석날이라 성묘 차 고향 영상리 첫째 누나 댁을 찾았습니다. 그 누나가 나를 움막에 버린 누나였습니다. 그래도 핏줄이기에 추석 성묘를 마치고 큰 누나한테 찾아간 것입니다. "아버지와 어머니를 따뜻한 곳으로 이장을 해야겠으니 조용하고 따뜻한 땅을 사 주십시오." 누나와 매부가 알았다고 하셨습니다.

몇 개월 후 전화 연락이 왔습니다. 땅이 있으니 빨리 와 보라고 하시기에 나는 하던 일을 멈추고 곧장 고향으로 가 보았습니다. 보여주신 곳은 내가 어렸을 때 뛰어 놀던 밭이고 낯 익은 땅이라서 마음에 들었습니다. 나는 바로 승낙하고 땅을 사기로 결정했습니다.

그런데 아버님과 어머님 유골 매장은 밭이기 때문에 아무 지장이 없었으나 매매 후 등기 이전문제가 있었습니다. 농지 매매법에 12㎢가 넘는 땅은 나에게 이전을 못하게 되어 있었던 것입니다. 그러나 이전 등기 문제 때문에 부모님 산소를 그대로 놓아둘 수는 없는 급한 실정이기 때문에 바로 매매계약을 체결하고 명의는 큰 매부 앞으로 하였습니다. 그러나 나는 만약을 위해서 작은 매형을 증인으로 만들어 놓았습니다. 욕심 많은 큰 매형이 나중에 자기가 산 땅이라고 하면 할 수 없이 빼앗기는 처지가 될까 염려스러워 작은 매형을 보증인으로 만들어 놓은 것입니다.

땅 구입이 끝난 후, 부모님과 약속한 말이어서 겨울에 이전하기로 아내와 결정을 보았습니다. 그렇지만 겨울에는 눈이 많이 오니 걱정이 앞섰습니다. 아무리 급하다고는 하지만 눈 속에서 이장을 할 수는 없기 때문에 걱정을 많이 하였습니다.

이장할 날은 다가오는데 눈이 많이 쌓여서 걱정을 많이 하고 있는데 웬일인지 이장 날 이틀을 앞두고 갑작스럽게 날씨가 따뜻한 봄날로 변하였습니다. 쌓였던 눈이 사르르 다 녹아 버리고 날씨가 매우 따뜻했습니다. 하나님께서 축복을 주신 느낌이었습니다.

고향마을 청년들에게 부모님 이장을 부탁하였습니다. 와서 하루 수고하여 주면 품삯을 잘 드리기로 약속을 하고 아내와 나는 누나 집에서 이장하는 날 먹을 음식을 만들었습니다. 이장하는 날 큰아들, 딸, 막둥이는 일찍 오라고 얘기하고 아내와 나는 미리 영상리로 와서 이장 날 먹을 음식을 준비한 것입니다.

이장하는 날이었습니다. 마을에서 제일 나이가 지긋하신 어른을 팀장으로 하고 그 분의 지시대로 이장할 산소인 아버님 묘소부터 찾아갔습니다. 재물을 진열하여 놓고 절을 한 후 "아버님, 따뜻하고 편안한 곳으로 모실 테니 걱정하지 마십시오." 하고 인사를 한 후 아버님 유골을 찾았습니다. 처음 찾아 뵈었을 때는 묘지에 그렇게 잡풀이 우거져 있더니 겨울이 되니 묘소에는 잡풀도 없었지만 땅속에 아버님 유골이 노란 색깔로 뼈가 그대로 있었습니다. 마을 어른들이나 형들이 "야, 땅 좋다. 경철아!"하고 말씀하셨습니다. 아버님 계시던 땅은 아주 좋은 땅이었습니다.

그러나 돈사 때문에 이장은 꼭 하여야 하니 유골을 잘 정리하여 순번대로 백지로 포장하셨습니다. 태어나서 처음 보는 이장 모습이었습니다.

아버님 유골은 지게에다 옮겨지고 어머님 산소에 가서 인사드리고 해체 작업을 하는데 어머님이 계시는 자리는 물이 가득 차 있었습니다. 마을 어른들이 어머님 자리는 나쁘다고 하였습니다. 명당이라는 것은 물도 없고 유골이 그대로 있어야 명당이라고 하셨습니다. '아, 그렇구나.' 나는 그 때서야 이치를 조금이나마 깨달았습니다.

아저씨들의 바쁜 일손으로 어머님 유골도 잘 정돈하여 두 분이 나란히 들어가실 장소로 왔습니다. 그곳은 포크레인으로 작업을 하여 준비가 완전히 다 되었습니다. 유골만 도착하면 곧바로 안치하여 모실 수 있도록 만들어 놓았습니다.

주변 분들의 도움으로 아버님, 어머님 이장이 아주 순조롭게 마무리되었습니다. 나는 기분이 좋았습니다. "아버님, 어머님! 이제는 이 자리에 함께 계십시오. 따뜻하고 조용하고 깨끗하니 편하게 계십시오." 재물을 차려놓고 절을 하였습니다.

그렇게 바쁘게 일을 하다가 정신없이 시간이 갔습니다. 그런데 일을 마무리하고 정신을 차려 주위를 둘러보니 일찍 오기로 한 자식들이 그 때까지 도착하지 않아서 이상하게 여겨 아내한테 아이들을 물어 보았습니다.

"어찌 아이들이 안 보이는 거요?" 안식구는 얼굴이 파랗게 질려 있었습니다. "왜요, 무슨 일이 있어요?" 그 때서야 아내가 울면서 큰 아들이 자동차 사고를 당하였다는 청천 날벼락 같은 소리를 하였습니다. "그게 무슨 소리요?"

내가 오라는 시간을 맞추어 동생들을 깨워서 급하게 나오다 교통사고를 당했다는 것입니다. 소식을 듣고 택시로 부안까지 달려서 병원에 가 아들녀석 둘이 누워 있는 모습을 본 순간 하늘이 무너지는 느낌이었습니다. "이게 무슨 일이야? 어째서 그랬어?" 내가 큰 아들에게 사고 경위를 묻는 사이 아내는 울면서 딸을 찾고 있었습니다. 큰 아들과 막둥이는 보이는데 딸이 없으니 아내는 더 놀라 딸만 찾았던 것입니다. 그런데 딸은 여자라서 다른 병실에 누워 있고 상태는 더 많이 다쳤습니다. 운전하던 큰 아들은 얼굴이 피투성이었고 뒤에 있던 딸과 막둥이는 다리가 부러지고 여기저기 많은 부상이 있었습니다.

가해자는 경찰서로 연행되어 있었습니다. 겨울이라서 양지쪽은 녹았지만 음지쪽 도로는 눈이 녹지 않아서 빙판이었습니다. 앞차가 빙판길에 미끄러져 아들의 차를 정면으로 받아 버린 것입니다. 대형 사고였습니다.

나는 나에게 말했습니다. '이럴 때일수록 진정하고 잘 생각하여 일을 처리하자' 고. 자꾸만 나에게 부탁하면서 우선 정신줄을 놓고 있는 아내를 안심 시켰습니다. "여보, 진정해요. 모든 일은 내가 알아서 처리할 테니 진정 해." 나는 아들을 다른 병원으로 데리고가 다시 진찰하고 치료를 시작했습니다.

사고를 대략 수습하고 자동차가 있는 정비공장을 찾아가서 사고 원인을 보니 정면에서 충돌했는데 그나마 살아 있는 것이 천만 다행이었습니다.

아버님, 어머님 묘소를 이장한 날, 이런 대형사고를 당하다니 정말이지 눈 앞이 깜깜했습니다. 그동안 부모님 산소를 돌보지 않은 불효의 죄를 묻는 것 같은 느낌이 들었습니다. '아버님, 어머님? 이제 못난 자식을 용서하십시요.'

그 처절했던 과거를 다시 한번 되짚으며…

제 인생에 있어서 「절망은 없다」 제1편에 나오는 얘기들은 도저히 빼놓을 수 없는 일들입니다. 지금의 내가 있기까지의 처절한 과정이었으니까요. 그 때의 얘기를 군인시절부터 잠시 되짚어 볼까 합니다.

훈련소에서 육군 통신 병과로 훈련을 마치고 배출 대에서 기다리던 중 어느 날 갑작스럽게 호명을 했습니다. 나를 포함하여 몇 명을 호명한 뒤 '육군 항공학교'라고 설명을 하였습니다. 육군 항공 학교가 무슨 부대인지 모르는 나는 이 원풍 형에게 물어 보았습니다. "형님, 항공 학교가 무슨 부대입니까?" "나도 잘 모른다." 원풍이 형은 고향 형인데 그 동안 서울 사진관에서 일하다가 우연히 훈련소에서 다시 만나게 되었습니다. 고향 형이라 훈련소에서 한 내무반에서 훈련을 같이 받았던 형입니다.

얼마 후 군용트럭이 도착해 육군 항공학교로 호명받은 이십여 명을 태우고 달리기 시작했습니다. 배출 대에서 기다리고 있던 조교들이 "너희들은 특과로 간다."고 말했습니다. 항공학교는 특과 군인이랍니다.

부대에 도착하자 정문에 육군 항공학교 간판이 보입니다. 우리를 인솔한 군인은 어딘가로 가고 다른 병사가 나와서 이름, 성명 등을 확인한 후 연설을 했습니다. "여러분들! 훈련소에서 기초 교육을 받느라 고생 많이 하였다. 그러나 지금부터는 기초 전기학 교육을 받아야 하니 정신바짝 차리고 열심히들 배우기 바란다."

내무 생활은 규율이 매우 엄하였습니다. 정신교육부터 레이더의 원리를 단기간에 걸쳐 배워야 하기 때문에 규율과 통제가 엄격하였습니다. 보통 8주에 이 모든 과정을 섭렵해야 합니다. 우리가 항공학교에 떨어진 것은 학력 때문이었습니다. 영어 단어를 배워야 하기에 중등 교육이라도 받아야 해서 나름대로 선발해서 데려 온 것입니다. 옴의 법칙부터 라디오까지 만들어야 하는 교육이었습니다. 그래야 전파의 원리를 배울 수 있기 때문입니다.

레이더가 전파의 원리로 만들어졌기 때문에 기초전기학을 졸업하고 다시 레이더 공부까지 교육은 약 15개월에 걸쳐서 이루어졌습니다. 레이더 부대까지 도착한 세월이 약 15개월, 부대 도착하여 다시 15개월 동안 근무하다가 제대하였습니다.

군인 제대 후부터 인간으로는 경험하지 않았으면 하는 아픈 사연들이 많습니다. '군대에서 제대하면 모든 삶이 다 풀리겠지' 하는 희망으로 제대했는데 내 운명은 그게 아니었습니다. 인간 생활에는 거미줄처럼 엉켜야 하는 인맥이 꼭 필요했는데 내게는 그것이 없었던 것입니다.

제대 후 집에 갈 수도 없는 몸이고 누가 반겨 줄 사람도 없고 정말 막막했습니다. 누가 일자리를 바로 주겠습니까? 서로 인맥을 통하여 일자리가 이루어지는데 뿌리가 없으니 믿어 주지 않았습니다.

이리 저리 헤매다 연탄공장에서 잠시 일을 했고 경기도 법원리에 있는 떡 방앗간에서 일을 하다가 허리가 부러지는 사고가 났습니다. 이 사고로 인해 내 인생은 절망의 나락으로 떨어지게 된 것입니다. 그때 사고 내용은 '절망은 없다' 제1편 책에 자세히 나오는 이야기이므로 2편에서는 간단히 요약만 하려고 합니다.

떡 방앗간 샤우드, 철봉대라고 하는 곳에 목이 걸려서 빙글빙글 돌았으니 허리뼈가 어떻게 되었겠습니까? 방앗간에 전기가 안들어 오기에 전구를 갈아끼우기 위해 올라갔다가 순간적인 실수로 철봉대에 휘말려 버린 것입니다. 기계를 세우고 나를 끌어 냈는데 그 때 왜 나를 병원으로 안 데려가고 방에다가 뉘어놓고 사람 똥물(인분탕)만 먹였는지 지금 생각해도 억장이 무너지는 일입니다. 나는 당시에는 그렇게 하면 다친 데가 완치되는 줄만 알았습니다. 방앗간 주인도 내가 고아이기 때문에 쉽게 여겼고 나도 역시 그 때는 병원에 가야겠다는 생각도 못할 때였습니다.

꼼짝 못하고 누워있으니 다른 종업원들이 "형! 이대로 누워있기만 하면 어떻게 해!"하며 발만 굴렀지 주인은 아무 반응이 없었습니다. 하루 이틀 세월만 지나지 별다른 치료가 없었습니다. 할아버지께서 만들어다 주시는 인분탕이 약이었으니까요. 지금 생각하면 내가 미련하여서 그랬는지 아니면 멍청해서 그랬는지 나도 모르겠습니다.

누워있는 세월이 2개월이나 지났어도 주인은 말 한마디가 없습니다. 그대로 죽어도 누가 말 한마디 할 사람이 없으니까 주인은 그 약점을 노린 것이겠지요. 나는 너무 억울하지만 누구한테 원망도 못하였습니다. 일을 못하면 그 집에서 나와 주어야 한다는 것뿐이지요. 나는 마음을 굳게 먹고 방앗간 집을 나가야겠다고 생각했습니다. "복천아, 나, 나가겠다." "형, 이 몸으로 어디를 간단 말이예요." "그럼 이대로 어떻게 누워있노."

나는 법원리에서 버스에 몸을 싣고 용주 골로 다시 왔습니다. 낯익은 곳이라서 타향이라는 생각은 안 들었습니다. 연탄 배달할 때 다니던 곳이라서 그런가 봅니다.

처음에는 몇 푼 안 되는 돈이라도 있으니 그 돈으로 생활하면서 지냈으나 돈이 떨어지니 갈 곳이 없었습니다. 몸도 마음대로 움직이지 못하는 처지라서 달리 찾아 갈 곳은 없고 넝마주의들이 살고 있는 움막을 찾아갔습니다. 하루 밤 신세를 져 볼까 하여 연탄배달할 때 잘 알고 있었던 움막을 찾아 갔더니 누워있는 사람, 술 먹는 사람, 그 안은 시끌벅쩍하였습니다.

나는 아픈 몸을 지팡이에 의지하고 거적문을 가만히 열었습니다. "누구요?" 하고 술 마시던 사람이 물었습니다. 보스인 듯한 아저씨가 나오더니 불쾌한 눈치를 드러내며 아래 위를 훑어보았습니다. "용주 골에서 연탄공장 다니다가 법원리 떡 방앗간에서 일을 했는데 이렇게 되어 어디 갈 곳이 없는 신세가 되었습니다. 밤에 잠이라도 함께 잘 수 있도록 허락하여 주십시오." 하고 애원하였으나 "안 됩니다. 당신 몸으로는 여기서 살 수 없어요." 하고는 "고물이라도 주워 올 수 있어야 할 텐데 그런 몸으로는 안 되니 가시오."하고 딱 잘라 말하는 것이었습니다.

하지만 달리 갈 곳이 없는 나는 계속 매달렸습니다. "아저씨, 저는 갈 곳이 없습니다. 제발 받아주십시오." "다른 곳으로 가서 혼자 지낼 곳을 마련해 봐요. 아무데나 만들면 집이니까. 인생이란 다 그런 것 아니겠소. 누구는 넝마주이생활이 좋아서 이렇게 살고 있는 것이겠소? 어쩌다 보니 불우한 환경에 처해서 이런 생활 하는 겁니다. 당신도 문제요. 그런 몸으로 어떻게 살겠소. 몸뚱이라도 마음대로 움직여야 얻어먹고라도 살 수 있지. 그런 몸으로 어떻게 살 수 있다는 것이오. 당신, 일가친척도 없소?" "예, 혼자입니다." "허! 큰일이구만. 그럼 오늘은 늦었으니까 여기서 자고 가시오. 하지만 내일부터는 안 됩니다."

움막 속에는 벼 짚을 밑에다가 많이 깔고 가마니만 그 위에 깐 채 지냅니다. 그 당시 용주 골에는 미군 부대에서 흘러나오는 쓰레기가 많이 있었습니다. 쓰레기에 돈 되는 것이 더러 나오니까 그 것을 주워다 팔아 그 분들이 술도 먹고 지냈습니다. 내가 건강할 때는 그 분들의 삶을 지나쳐 버렸는데 막상 이곳을 들어와

보니 '인간의 삶이란 이런 것이구나.' 하는 생각이 들었습니다.

내게 삶이란 참으로 기구한 것이었습니다.

밤이 깊으니 술에 취하여서 많은 사람들이 들어왔습니다. 그러나 아무리 술에 취하였어도 보스가 있으면 조심조심 하는 눈치였습니다. 나는 한쪽 구석에 누워 있었습니다. '이사람, 누구요?' 하고는 여러 사람이 물어 보았습니다 그 때 보스가 "가만 둬, 건드리지 말아."하면서 명령하니 아무도 나를 건드리지 못하였습니다.

그렇게 시끄럽던 움막속도 어느 덧 모두 잠이 들었습니다. 조용한 밤이었습니다. 나는 누워 이것저것 생각하니 참 기가 막혔습니다. 온갖 고생 다하다가 이제 몸마저 성치 못한 채 넝마촌 움막에 누워 있는 자신을 생각하니 그저 기가 찰 따름이었습니다. '어째서 난 이렇게 기구한 운명을 타고 났을까. 차라리 약이라도 먹고 죽는 것이 제일 좋은 방법이 아닐까?' 별별 생각이 다 들었습니다.

아무리 생각해 보아도 앞으로 살아 갈 날이 너무나 절망적이었습니다. '이제 몸도 이렇게 불구가 되었으니 어떻게 살아간단 말인가. 내가 죽으면 누구든지 묻어 주기는 하겠지.' 이 생각 저 생각 해 보아도 답이 보이지 않았습니다.

아침이 되니 밤에 잠자던 식구들이 하나 둘씩 어딘가로 뿔뿔이 사라지고 방이 조용해 졌습니다. 조금 지나자 보스가 나를 깨웠습니다. 움직이기 힘든 몸을 간신히 일으켜 앉으니 보스가 동정어린 눈빛으로 나를 바라보았습니다. "당신 처지도 불쌍하구먼.

그러나 목숨이 끊어질 때까지는 살아야 할 거 아니요. 낮에는 구걸이라도 하고 밤에는 잠이라도 잘 구덩이라도 있어야 할 텐데 걱정이구만. 이게 다 인간의 운명이요."하고 측은한 눈길로 쳐다보셨습니다. "예, 알았습니다." "산 목숨이니 나가서 밥이라도 얻어먹고 오시오."

나는 쫓겨나다시피 밖으로 나와서 지팡이에 의지한 채 한발 두발 발걸음을 옮기며 깡통을 내밀었으나 차마 말이 나오지 않았습니다. "밥 좀 주십시오." 입가에서만 맴돌지 통 말이 되어 나오지 않는 것이었습니다.

아침에 몇 집을 기웃거려서 밥을 겨우 얻어 한쪽 구석에 서서 배를 채우고 다시 어젯밤에 잤던 넝마촌으로 찾아 갔습니다.

"다녀왔습니다." "밥이나 먹었소? 그래 구걸해보니 어떻습니까?" "예, '밥 좀 주십시오.' 하는 말이 통 안 나오더군요." "아직 배가 덜 고파서 그래. 이런 식으로 조금만 더 살아봐요. 사람이 독이 오르면 무서움, 두려움, 체면, 아무것도 보이지 않는 법이지. 목숨이 끊어질 때까지 살다가 그렇게 죽는 거야. 그러다가 운이 좋아서 몸이 좋아지면 다시 직장을 구하는 거고. 죽는 일도 그리 쉬운 것은 아니야. 여기서는 아이들 때문에 지내지 못하니 자리를 잡아." "그럴만한 곳이 아무 데도 없어요." "왜 없어. 만들면 되지. 몸이 불편하여 움직이지 못하니 내가 자리를 만들어 주지."

넝마주이 보스는 아이들을 데리고 나가며 "당신도 이리 따라와."합니다. 얼마를 가더니 "이곳이야. 아무리 비가 오고 추워도 이곳을 막으면 살 수 있을 거야."하고는 두목이 부하한테 지시했습니다. "벼 짚을 가져다가 저쪽을 단단히 막고 바닥도 벼 짚으로 깔아줘."

나는 보스가 부하들한테 지시하는 동안 지팡이에 의지한 채 바라볼 뿐 거들지도 못했습니다. 여기저기서 벼 짚을 주워다가 자리를 만드는 것을 보며 "아, 이제 이곳이 내 안식처구나." 생각하니 한 없이 눈물이 나왔습니다.

"이 사람 고생을 아직 덜하였구먼. 눈물이 뭐여, 눈물이. 그 정신으로는 이런 생활도 못하는 거여." 내가 우는 것을 본 두목은 시골 사투리로 나를 나무랐습니다. "악이 오르면 두려움도 없어지는 거여. 이곳에서 지내다가 몸이 나아지면 다시 살 길을 마련해 봐. 조금 있으면 추워지니 얼어 죽지 않으려면 단단히 각오혀."

아무리 메마른 사회라고 하지만 그래도 넝마주의 두목은 나를 도와서 집을 마련하여 준 셈입니다. "이제 이 속에서 살아야 하니 참고 견디면서 살 길을 찾아 봐."하고 충고하여 주는 두목이 내겐 너무나 고마운 분이었습니다.

없는 사람이 없는 사람의 사정을 더 잘 안다는 말이 맞는 것 같았습니다. 넝마주이 두목은 내게는 인생 선배님이었습니다. 진정으로 고맙고 존경심까지 들었습니다. '삶의 진실이 이런 것이구나.' 하는 생각도 들었습니다. 비록 기구한 운명이긴 하지만 인간의 목숨이란 참 소중한 것이라는 생각이 머릿속을 스쳤습니다. '이곳이 이제 내 목숨이 끊어질 때까지 살아야 하는 곳이

다.'

나는 지팡이를 밖에다 놓고 기어들어가 봤습니다. 가만히 누워 있으니까 바람도 없고 따뜻한 느낌이 들었습니다. '건강하던 몸이 하루아침에 이렇게 되었으니 누구한테 하소연 할까. 다 내 운명인 것을….' 아직 청춘인데 이대로 죽기는 너무나도 억울했습니다. 그러나 몸이 말을 안 들으니 어찌 할 길이 없었습니다.

'이제는 이곳이 삶의 안식처야. 그래, 몸이 회복될 때까지 문전걸식이라도 하면서 살아보자.' 하는 생각이 마음속으로 굳어졌습니다. 몸이 회복되면 다시 취직하겠다는 생각이었습니다.

나는 누워서 곰곰이 생각하여 보았습니다. '어째서 다리에 이다지도 힘이 없을까.' 떡 방앗간에서 철봉 샤우드에 휘말렸다가 살아났지만 다리에는 다친 데가 없는데 다리에 힘이 없다는 것이 도저히 이해가 가지 않았습니다. 단순히 다쳐서 '내 몸이 이런 것이구나.' 하고 생각할 뿐이었습니다.

그래도 방앗간에서는 좋지는 않지만 따뜻한 방에서 이불을 덮고 생활하며 배부르게 먹고 살았는데 불구의 몸으로 이런 곳에서 지내게 되었으니 얼마나 기가 막히고 절망적이었겠습니까? 소리 없이 흘러나오는 눈물을 주체할 수가 없었습니다. 어느 누구한테 이 기구한 운명을 탓하겠습니까? 다 나한테 다가온 운명인 것을….

그날 밤을 뜬 눈으로 지새우고 아침이 되어 밖으로 기어 나오니 밝게 비치는 햇빛에 눈이 부셨습니다. 아침인 듯 사람들이 많이 오고 갔습니다. '모두 살길을 찾아 삶의 터전으로 가겠지.'

혼자서 중얼거리며 '나는 살 때까지는 뱃속에다 무엇이든 넣어야지.' 하고 생각하였습니다.

배가 고파오기 시작해서 한발 한발 지팡이에 몸을 의지하고 용주 골 길거리로 나갔습니다. 용주골은 밤이면 북적거려도 아침 거리는 조용했습니다. 연탄배달하던 때 용주골 거리는 잘 익혀 두었기 때문에 누구 집, 누구 집인지 훤히 알고 있었습니다. 용주 골에 처음 왔을 때 나를 도와주시던 식당 아주머니 집은 어디에 있고 누나 집은 어디에 있는지 알고 있지만 내가 이런 몸으로 어떻게 찾아 갈 수가 있겠습니까? 온 몸에 벼짚 부스러기가 묻었고 머리는 산발한 이런 꼴로 다녀야만 되는지 한발 한발 움직이는 순간마다 한심한 마음이 들고 내 가슴은 터지는 것 같았습니다.

그러나 죽는 날까지는 배를 채워야만 했습니다. 대문 밖에서 가느다란 소리로 '밥 좀 주십시오' 하고 소리를 내면 얼굴이 화끈거렸습니다. 부끄러움일까, 인간의 자존심일까, 나오지 않는 소리를 억지로 용기를 내어 '밥 좀 주시오.' 하면 집에서 개짓는 소리도 나고 아무 소리도 없을 때도 있었습니다.

인심 좋은 아주머니는 먹던 밥이라도 주셨지만 어떤 아주머니는 욕설을 퍼붓기도 하였습니다. '아침부터 재수 없게.' 하는 소리가 뒷덜미를 때렸습니다. '다 같은 인간의 운명인데 누구는 호의호식하며 지내는데 거지에 이런 꼴로 생명을 유지해 가는 내 삶은 도대체 왜 이럴까.' 수학 문제보다 참으로 어려운 문제 풀이었습니다. 죽을 때까지 풀어보아야 그 답이 나올까 말까하는 어려운 문제인 것입니다.

그래도 몇 집 돌고 나면 깡통에 밥 한 그릇정도는 얻어집니다. 나는 양지 바른 곳에서 배를 채우고 다시 내가 있던 곳으로 한발 한발 찾아 갔습니다. 조금만 돌아다녀도 너무나 피곤하고 다리에 힘이 빠지고 하니 움막으로 돌아와 누워있어야만 했습니다. 벼짚이 이불처럼 폭신한 감각과 부드러운 촉감이 들었습니다. '이 이불이 나를 영원히 덮어 줄 것인가. 그래, 죽으면 이곳에서 썩어 파리 밥이 되겠지. 내 육신은 파리 밥이 되고 영혼은 어디를 돌아다닐까.'

누워서 내 인생의 삶을 그려보았습니다. 이렇게라도 넝마주의 두목이 내 보금자리를 만들어 주셨기에 내 보금자리가 어느 호텔방보다 좋다는 생각이 들기도 하였습니다.

그러나 날이 갈수록 다리에는 힘이 더 빠지고 다리를 움직이지 못하겠습니다. 다친 몸이라 운동하면 점차 회복될 것이다 생각하였는데 그게 아니었습니다. 이제 다리가 영영 움직이지 못하겠습니다. 누워서 손으로 다리를 잡아 당겨야 겨우 움직여질 정도이니 문전걸식도 못하고 이 속에서 계속 누워있어야만 하니 이제 영영 이 자리에 누워 죽을 수밖에 없었습니다. 정신은 살아서 이것저것 생각이 많이 들지만 누워서 있는 몸이라 아무리 살려달라고 외쳐 봐도 소용없는 노릇이었습니다. 누구도 무서워서 쳐다보지도 않는 곳이었습니다.

며칠 동안 내 모습이 보이지 않으니 두목이 이상히 여겨 찾아왔습니다. 저 멀리서 "임 군, 임 군." 하는 소리에 나는 간신히 정신이 들었습니다. 나를 찾아온 두목은 가만히 누워서 죽어가는 나를 들여다보고는 "임 군, 그대로만 누워있으면 굶어 죽어. 나가서 밥이라도 얻어먹어야지."하십니다. "예, 그런데 몸이 말을 안 들어요. 다리에 힘이 없어서 못 걷겠어요." "그래, 큰일이군. 어떻게 하면 좋을지. 몸이나 건강하여야 얻어라도 먹으며 살텐데…. 음, 알았다." 하시며 두목은 어디론가 가셨습니다.

조금 있으니까 누군가가 걸식하여 모아온 밥을 가져다주었습니다. "이것이라도 먹으시오." 모르는 사람이었습니다. 두목이 시킨 모양입니다. 나는 죽지 않으려고 누워서 마구 퍼 먹었습니다. 배가 불렀습니다. 배가 부르니 또 정신이 들고 '앞으로 누구의 도움이 없으면 나는 이 곳에서 죽을 수밖에 없구나?' 하는 생각을 하니 눈물만 흘러 나왔습니다.

소리 없이 울다지쳐 잠을 잤는지 정신을 잃었는지는 모르나 가느다랗게 밖에서 부르는 소리가 나는 느낌이었습니다. "여기요, 여기가 맞아요." '누군가가 나를 찾는구나.' 하는 예감이 들었습니다. '도대체 누구일까?'

나는 누워서 말했습니다. "누구요, 누가 날 찾습니까?" 목 메인 소리로 묻자 밖에서 "오빠요."하는 소리가 들렸습니다. 바로 내 밑 여동생이었습니다. 내 소식을 모르던 여동생이 오빠를 찾아 헤맸던 것입니다. 안으로 들어와 내 몰골을 본 동생은 울먹이며 내 손을 잡았습니다. "어쩌다가 이런 꼴이 되었습니까?" "그래, 방앗간에서 사고가 났어." "그런데 그 집에서 치료도 안 해줬어요." "아니, 오랫동안 누워 있다가 미안해서 내가 몰래 나왔어. 누워 있으면서 밥만 축 내기가 미안해서." "미안하다니, 그 집에서 일하다가 사고가 났으니 그 집에서 치료를 해 주는 게 당연한 것 아냐." 하면서 동생은 화가 나서 떡 방앗간 주인을 욕했습니다. "나쁜 사람들은 아니야. 그 집에 오래 누워 있으면서 치료도 받았어. 미안해서 내가 나온 거야."

여동생은 모아둔 돈도 없으니 오빠를 당장 입원시킬 수도 없고 어찌할 바를 몰랐습니다. "일어나요. 일어나서 살 길을 찾아야지요. 죽더라도 시골에 가서 죽어야지요. 고향에 가서 죽으면 묻어 줄 사람이라도 있을 것 아니에요. 고향으로 갑시다. 시골가면 큰 아버지도 계시고 언니들도 있으니 살 길이 생기겠지요." "나는 안 간다. 이 꼴로 가면 누가 나를 살려준다든. 고향에는 안 간다." "그럼, 여기서 죽으면 어떻고요." 그 때 구경 온 사람들이 말했습니다. "그래요, 시골 고향으로 가요."

나는 순간 고향에 가면 친척들이 계시니까 병원에 입원시켜 주실지도 모른다는 생각이 들었습니다. "그래, 시골로 가자."고 이야기 하자 동생은 내 몸에 묻어있던 지푸라기를 털어 주고 얼굴을 수건으로 닦아주었습니다. 얼굴을 닦아주던 동생이 "눈은 어째서 그래요." 하고 묻습니다. "방앗간에서 다친 거야." "한쪽 눈마저 다쳤으니 어떡하면 좋아." 라며 여동생은 안타까워하였습니다.

낯 설은 타향보다 그래도 태어난 고향에다 희망을 걸었습니다. 여러 사람들이 도와 주었지만 용주골에서 서울역까지 버스로 나를 이동하느라고 여동생은 고생이 많았습니다. 고향 역, 이리역에 도착하여 동생은 나를 데리고 큰댁으로 찾아갔습니다. 이 꼴로 큰댁에 찾아가니 누가 반가워 할 사람이 있겠습니까. 아무도 병든 나를 쳐다보지도 않으셨습니다.

동생은 울면서 애원하였습니다. "오빠가 기계에 다쳐서 그러니 병원에 입원시켜서 살려 주십시오. 돈 벌어서 다 갚아 드리겠습니다." 동생이 아무리 간절이 애원해도 가망이 없는 몸이라고 누구하나 거들떠 보지도 않으시고 아무 대꾸도 하지 않으셨습니다. 동네 사람들이 모여들어 '누구 아들이냐.' 며 '아이고, 어쩌다가 이 지경이 되었을까.' '불쌍한 것, 복도 없는 놈.' 하며 안쓰러워 하셨습니다.

동네 사람들이 여기저기서 웅성거리며 '다쳐서 온 환자를 들어오라고 해야지. 어떻게 밖에다 이렇게 둘 수가 있나.' 재촉하자 큰아버지는 할 수없이 사랑방 구석진 방으로 나를 옮겼습니다. 큰집이라고 하지만 중환자를 맡았으니 얼마나 괴롭겠습니까. 그러나 아무리 친척들이 냉대하여도 움직이지 못하는 나는 어찌할 도리가 없었습니다. 목숨만 살았지 하반신을 못쓰니 움직일 수도 없습니다.

여동생은 내가 걱정이 되었지만 자기도 먹고 살아야 하기 때문에 나를 큰아버지 댁에 두고 서울로 돌아갔습니다. "이제 오빠는 이집 귀신이니 죽어도 여기서 죽어야 해요. 여기서 죽어야 죽으면 묻어라도 줄 테니, 내 말 명심해요." 하면서 여동생은 떠났습니다.

사랑채 방이라서 지저분하지만 용주골 녹강보다는 훨씬 나았습니다. 용주골에 있을 때는 아무도 쳐다보지도 않았는데 큰집에 와서 사랑방에라도 누워 있으니 '차라리 여기서 죽는 죽음이 행복한 죽음이겠구나.' 생각이 들고 마음도 조금 안정이 되는 것 같았습니다.

그러나 희망의 길은 캄캄하고 죽는 날만 기다릴 뿐이었지요. 때가 되면 그래도 큰어머니께서 밥을 들여 놓으시고 밖에서는 큰아버지가 욕하며 마당을 거닐고 계셨습니다. "아무데서나 죽지, 왜 우리 집에 와서 죽겠다는 거야." 나는 누워서 큰아버지에게 외쳤습니다. "이리 들어오셔서 내 말을 들어 보십시오. 몹쓸 병에 걸린 게 아니니까, 병원에 가서 진찰이라도 한번 받아 볼 수 있도록 도와주십시오. 방앗간에서 다친 것뿐이에요. 그 후 이렇게 하반신이 마비되었어요." 아무리 울면서 하소연하여 봤자 소용이 없었습니다. 밥 때가 되면 밥 한 수저 문 열어 넣어 주고는 들어오지도 않았습니다.

나는 방에 누운 채로 죽음의 그날만 기다렸습니다. 문제는 먹어야 살고, 먹으면 대소변을 보아야 한다는 것이었습니다. 아무리 음식을 적게 먹어도 살아 있는 동안은 똥이나 오줌을 배출하지 않을 수 없는 노릇이었습니다. 소변은 일어나 앉아 있지를 못하니 옆으로 간신히 누워서 소변기를 비스듬히 잡고 해결해 보지만 대변은 어쩔 방법이 없었습니다. 누구 하나 도와주는 이가 없는 몸이니 그대로 누워서 볼 일을 보는 수밖에 없었습니다. 방에다가 똥이라도 싸지 않아야 간신히 밥이라도 얻어먹는데 누워서 똥까지 싸버리니 좋아 할 리가 없겠지요. 문만 열면 똥냄새가 말 할 수없이 날 테니까요.

나는 밖에서 인기척이 나면 무조건 큰아버지를 불렀습니다. 이대로 누워서 죽을 수는 없는 노릇이니 어떻게 해서든지 병원에 가보고 싶었습니다. "큰아버지, 저를 병원에 좀 데려다 주십시오." 사정하고 또 사정했지만 큰아버지는 나를 병원에 데리고 갈 마음이 없으셨습니다. "너를 데리고 병원을 가면 우리 살림은 망한다. 그렇게 빨리 나을 병이 아니여." 쉽게 고쳐질 병이 아니라고 생각하신 것입니다.

큰아버지는 나를 무슨 수를 써서라도 집에서 내보내야겠다고 궁리하시다가 한 동네에 살고 있는 큰 누나 생각을 하셨나 봅니다. 큰아버지가 누나 집에 가서 "너하고 형제간이니 데려다 놓아라." 하시면 누나는 "못 합니다. 나는 출가외인입니다. 어째서 내가 데려 옵니까." 하고 대들었나 봅니다.

나를 누나네로 떠넘기는데 실패한 큰아버지는 옆 마을 침술의원을 데리고 오셨습니다. 똥 냄새가 나니까 문을 열어 놓은 다음 공기가 나간 후 방으로 들어 온 큰아버지는 의원한테 "이렇게 다리조차 움직이지 못하고 누워 있으니 잘 진찰하여 보십시오." 하고 부탁하셨습니다. 의원은 냄새나는 내 손을 한참 동안 진맥하시더니 밖으로 나갔습니다. 큰아버지도 뒤따라 나가시는데 의원이 밖에서 "이 사람은 불치의 병이요. 며칠 안 가서 죽어요. 다 죽고 입만 살았소." 하는 소리가 내 귀에 들렸습니다. 큰아버지께서는 각오를 하셨던지 아무 말씀이 없으시고 방에는 다시 들어오지 않으셨습니다.

'내가 그토록 모진 병에 걸려 있단 말인가.' 생각하니 세상이 너무 원망스럽고 슬퍼서 한없이 울었습니다. '부모님이 안 계시니 이렇게 슬픈 운명에 처하게 되는 것인가.' 생각하니 모든 것이 원망스럽고 슬펐습니다. '아아, 이제 죽는구나. 죽음이란 것이 이런 것이구나.'

나는 나를 버리고 일찍 떠나버리신 부모님을 원망하며 한없이 울고 또 울었습니다.

나는 마지막 희망으로 "큰아버지, 아니에요. 나는 죽을 병에 걸린 게 아니라 방앗간에서 다쳐서 그런 것입니다. 죽어도 원망하지 않을 테니 나를 병원에 데려다가 진찰만이라도 받게 하여 주십시오."하고 또다시 애원해 보았습니다. 그러나 돌아오는 것은 큰아버지의 한숨뿐이었습니다.

나는 또 울었습니다. 소리쳐 울었습니다. 친형제인 누나도 꼴 못 본다 하고 큰아버지도 못 본다 하시니 죽는 그 순간까지 기다릴 수밖에 없었습니다. 그러나 하루 이틀 사이에 죽지도 않을 목숨이니 그게 더 문제입니다.

"큰아버지, 나를 진찰이라도 한번만 받게 하여 주십시오." 이제는 큰 소리 낼 기운도 없어 마지막으로 한번 뱉어 본 말인데 큰아버지께서 "그래, 그렇게 하자. 병원에 가서 진찰 받게 해 줄 테니 큰누나 집으로 가자."하시며 나를 달래셨습니다.

큰아버지는 나를 머슴 등에 업히고 큰누나 집으로 데리고 갔습니다. 큰누나는 야단이었습니다. "내가 왜 이 꼴을 본단 말입니까." 소리지르는 누나를 본 체도 않으시고 큰아버지께서 나를 누나네 마루에다 내려놓고 하시는 말씀이 "내일 병원에 데리고 갈 테니 오늘밤만 있거라." 하십니다. 누나는 딱 잘라 반대합니다. "우리 방에는 절대 못 들여 놓습니다." "작은 방에 오늘밤만 놓아두어라. 내일이면 내가 병원에 데려 갈 테니."

큰아버지와 누나가 옥신각신 싸우는 소리를 듣자니 한 인간의 목숨이 이다지도 불쌍하고 천박하게 전락할 수 있는가 하는 생각이 들었습니다. 그러나 어쩔 수 없는 현실인지라 될 대로 되라는 마음이 들기도 했습니다.

인간은 태어나서 누구나 한번은 죽기 마련입니다. 그러나 죽음이란 것이 이렇게 슬프고 가기 싫은 곳인지. 다 같은 인간인데 어째서 내게만 유독 이런 고통스런 죽음의 길을 허락하셨는지 하나님을 원망할 뿐이었습니다.

한참 동안 실랑이를 하던 누나는 포기했는지 매부와 함께 나를 방으로 옮겼습니다. 나무토막처럼 옆으로 굴려서 방으로 밀어 넣는 것입니다. 얼마나 모진 목숨인지 이런 상황에도 죽지 않는 목숨이 차라리 원망스러웠습니다.

나는 매부한테 울면서 애원하였습니다. "내일 아침이면 병원으로 옮긴다니 저를 버리지 마십시오. 죽어도 병원에 가서 진찰이라도 받아 보고 죽었으면 원이 없겠으니 불쌍히 여기시고 사랑으로 받아주십시오."

큰 매부는 아무 말이 없었습니다. 사용하지도 않는 차가운 방에다 가마니 조각을 깔고 우선 누워 있어야 하였습니다. 흙냄새 나는 이곳에 누워 있는 자신의 몰골이 정말 한심했지만 그래도 내일 병원에 간다니 그렇게 좋을 수가 없었습니다.

그날 밤 저녁 식사는 누나가 직접 쟁반에다 밥이랑 국도 가져오셨습니다. 나는 엎드린 채 마구 퍼 먹었습니다. "일어나 앉지도 못하니?" "예, 일어나지도 못해요." "무슨 병이 그런 병이 있단 말이냐?" 누나는 한숨을 쉬고 나가시면서 혼자 중얼거렸습니다. '내가 죽는 한이 있어도 네 꼴을 못 보겠다. 우리 집에서 죽으면 안 될 말이다.'

친형제인 누나마저도 내가 귀찮게 여겨질 지경이니 더 살아서 무엇 하겠습니까. 부모님이 계시는 것과 안 계시는 것이 이렇게 차이가 나는 것인지. 부모님이 살아계셨다면 내가 똥오줌을 싸는 병신이 되었다고 이렇게 냉대하지는 않으셨을 것입니다.

그러나 그 이튿날 하루종일 기다렸지만 큰아버지는 병원에 가자고 오시지 않았습니다. 병원에 간다는 것은 거짓말이었습니다. 나를 큰누나한테 떠넘기기 위한 수단이었습니다. 큰아버지는 영영 나를 모른 척하셨습니다.

큰누나만 이러지도 저러지도 못하고 나를 보고 통사정합니다. "나는 너를 돌보아 줄 수 없어. 어떻게 하면 좋겠느냐." 죽지도 않은 나는 눈만 멀뚱 멀뚱거렸습니다. 난들 아직 목숨이 붙어있으니 할 말이 없습니다.

"누나, 미안합니다. 아무도 몰래 농약이라도 주십시오. 가만히 마시고 죽을 테니 농약을 주십시오." "그것은 안 된다. 소문이라도 나면 나는 어떡하라고." "그럼, 이런 몸으로 어떻게 합니까."

누나는 나를 병원에 데려다 준다던 큰아버지와 싸움도 많이 하신 모양입니다. 누나도 곤란한 처지였습니다. '이놈의 노릇을 어떻게 하면 좋을지. 아이고, 아이고, 내 팔자야. 내 팔자야.' 하며 갖은 욕설을 다했습니다.

그런데 누워 있으면 몸이 조금이라도 좋아져야 하는데 더 신경이 마비가 왔습니다. 누워서 똥을 쌀 수도 없습니다. 힘을 주어서 똥을 싸야 하는데 이제는 배에 힘을 줄 수가 없었습니다. 누나는 아무리 욕은 하여도 식사는 제 때 주었기 때문에 먹은만큼 변을 보아야 하는데 내 힘으로 볼 수가 없습니다. 신경이 영영 마비가 된 것이지요.

누워서 손으로 배를 아래로 아래로 쓰다듬으면 똥 덩어리가 항문으로 밀려나오고 그러면 손가락으로 잡아당기어 똥 덩어리를 빼내야 했습니다. 빼낸 똥 덩어리는 뒷문을 살짝 밀고 밖으로 던지면 강아지가 와서 낼름 집어 먹었습니다. 나는 똥을 해결해 주는 강아지가 고마웠습니다. 그 모습을 누나가 보면 야단이 납니다. 방에서 나오는 냄새 때문에 문종이로 문 사이를 전부 봉할 정도였으니까요.

그런 세월이 지나고 지나서 멀리 백구 부용리에 살고 계시는 둘째누나가 내 소식을 듣고 달려왔습니다. 둘째누나는 내가 죽기 전에 얼굴이라도 한번 보고 싶어서 온 것입니다. 둘째누나가 내 모습을 보기 위해 방문을 열어 보니 방문에는 못질이 되어 있고 문풍지까지 발라버린 것을 보고는 "이게 무슨 일이야. 어떻게…."

둘째누나는 큰누나와 싸웠습니다. "그래도 형제인데 어떻게 이렇게까지 한단 말이요. 언니도 자식을 키우면서 이러시면 안 되지요." 한참 싸우시더니 방문을 활짝 열어 놓고 요강단지에 있는 오줌을 비우고 방 청소도 하셨습니다.

둘째누나는 내 방 청소를 마치고 큰방으로 가서 큰누나와 상의하였습니다. "언니, 우리가 협조하여 병원에 가서 진찰이라도 받게 하여 봅시다." "뭐, 진찰. 나는 돈이 없으니 협조 못한다." 병원 얘기가 나오자 큰누나는 펄펄 뛰셨습니다. "목구멍에 풀칠도 못하는 형편인데 무슨 얼어 죽을 병원이냐." 하시며 "죽든 살든 난 모른다. 동생이 알아서 병원이든 입원이든 시키란 말이야. 난 몰라."라고 못 박으셨습니다.

둘째누나는 싸우다, 싸우다 지치셨는지 "그래, 나 혼자서라도 병원에 데리고 가서 진찰이라도 받아보게 할 테니 손수레라도 하나 빌려 주어요."하셨습니다. 큰누나는 그 말이 떨어지기가 무섭게 손수레를 빌려다 주며 "얼씨구 좋다. 병자 꼴을 안 보니 얼마나 좋을까. 저 원수 죽지도 않는단 말이야."하시며 춤이라도 출 것 같았습니다.

큰누나와 한참을 싸우던 둘째누나는 기가 막혀 울면서 "병원으로 가야 살지. 이곳에 있으면 죽는다. 하나 뿐이 없는 남동생인데 죽으면 우리 가문이 문을 닫는 거야. 우리 가문은 너 뿐인데 너는 살아야 된다." 하시며 나를 실은 수레를 끌고 그 집을 나왔습니다. 김제 백구면에서 이리까지는 8km나 되는 거리였습니다.

드디어 이리에 도착해서 찾아간 곳은 이리역 앞 구 외과 병원이었습니다. 누나는 나를 병원 앞에 놓고 병원으로 들어가 한참 동안 있다가 다시 의사와 간호사와 함께 나왔습니다. 그들은 나를 양쪽에서 들고 병원으로 들어 갔습니다.

그 동안 세수 한번 못하고 옷도 한 번도 갈아입지 못한 나인지라 똥 냄새와 썩은 냄새가 얼마나 났겠습니까. 진찰실에 누워 있는 나를 누나는 수건으로 대강 닦아 주셨습니다.

원장님께서 들어오셨습니다. 누나는 의사선생님을 보고 "미안합니다. 몸에서 냄새가 많이 날 것입니다. 불쌍한 놈이니 잘 진찰하여 주십시오."하고 부탁드렸습니다. "내가 누구입니까?" 의사 선생님이 물으셨습니다. "의사 선생님이요."하고 대답하자 "정신은 멀쩡하구먼." "반듯이 누워 보시오."합니다. 누나가 나를 반듯이 눕혀주자 "발가락을 한번 움직여 보십시오."합니다. 그러나 아무리 움직여 보려고 애써도 말을 듣지 않았습니다.

의사 선생님이 고개를 끄덕이시더니 엑스레이를 찍어보라고 지시하셨습니다. 나는 엑스레이실로 옮겨져 엑스레이를 몇 군데 찍고 다시 진찰실로 옮기어 진찰 결과만 기다렸습니다.

다시 진찰실로 돌아와 결과가 나오기를 기다리는데 그 시간이 얼마나 길고 초조하든지 꼭 몇 년이나 되는 것 같았습니다. 죽느냐, 사느냐 기로에 선 듯한 느낌이었습니다. 진찰실 안에는 긴장감마저 감돌았습니다. 원장님께서 여러 가지 진찰과 엑스레이 사진을 연구한 끝에, 누나와 내가 있는 곳으로 오시더니 자세하게 설명을 해 주셨습니다.

"이 환자는 허리가 손상되어 신경마비가 된 것입니다. 치료가 거의 곤란하니 큰 병원으로 가보십시요.” 그렇게 기대하고 찾아온 병원인데 거의 절망적인 말이었습니다.

그래도 누나는 희망을 버리지 않고 물었습니다. “큰 병원으로 가면 살겠습니까?” “그럼요, 큰 병원에 가서 수술만 하면 다시 건강을 찾을 수 있지요.” 누나는 어떻게든 나를 살려보겠다고 원장님한테 사정을 하였습니다. “이 불쌍한 것이 죽으면 우리 가문이 문을 닫아 버립니다. 이 놈을 꼭 살려야만 하니 선생님 좋은 방법이 없겠습니까? 시골이라서 돈이 없어요.”

누나는 의사한테 사정얘기를 다하고 애원하셨습니다. 가만이 듣고만 있던 의사는 “그래요, 참 딱한 사정이군요. 돈이 적게 드는 방법이 있습니다만 시일이 너무 많이 걸려서요.” “무슨 방법입니까?” 누나는 눈을 빛내며 의사선생님께 물었습니다.

의사선생님과 누나가 나를 진찰실에 두고 다른데로 가셨습니다. 무슨 이야기가 되었을까요. 이대로 죽는 것은 아닌지 궁금하기도 하고 초조하기도 했습니다. 잠시 후 “누나, 무엇을 어떻게 하신다고 하던가요?” “입원하자, 이 병원에 입원하면 나을 수 있다는 구나.”

의사의 도움으로 나는 병실로 옮겨져 링겔주사와 여려 가지 주사를 맞았습니다. 먹는 약도 나왔습니다. ‘이제는 둘째누나 때문에 살아날 수 있겠구나’ 하는 생각이 들자 내게 삶의 희망을 준 둘째누나가 한없이 고마웠습니다.

만일 내가 다시 건강하여 진다면 누나의 은혜는 잊지 않으리라는 굳은 마음이 뼈에 새겨집니다. “너는 어떻든지 아무 생각하지 말고 있어. 내가 알아서 할테니" "예, 알았습니다." "그리고 집에 다녀 올테니 오늘 밤은 이곳에 혼자 있어야 한다." "예, 며칠도 혼자 있을 수 있으니 걱정하지 마시고 다녀 오세요."

나는 이제 그토록 소원이던 병원에 왔으니 아무 걱정이 없었습니다. 큰아버지 댁에서나 큰누나 집에서 그렇게 천대를 받았는데 병원은 천국같이 생각되었습니다. 혼자 있는 것쯤이야 정말 아무것도 아니었습니다. 누나는 백구면 부용리 시골 마을로 시집을 가서 시어머니 밑에서 시집살이하는 처지라서 혼자서는 말도 꺼내지 못할 형편이었습니다. 그래서 매부님한테 사정이야기를 하였나 봅니다.

"빚이라도 얻어서 저놈을 살려 봅시다. 친정 동생이라고 하나 있는 것이 저 꼴이 되었으니 어찌하면 좋아요." 매부도 곤란하겠지요. "어머니가 알면 날벼락 날텐데…, 그리고 돈이 얼마나 들지도 모르고…, 그러나 나중 일은 어떻게 되든지 우선 사람부터 살리고 봐야지." 하면서 누나한테 승락한 모양입니다.

누나는 이틀 후에 병원에 오셨습니다. 냄비와 그릇 몇 개를 가지고 오셨습니다. "어떻게든지 너는 살아야 하니까 딴 생각은 하지 말고 잘 치료 받아라."

그런데 나중에 시어머니가 이 사실을 알고는 난리가 난 모양입니다. 누나는 발만 동동 굴렀습니다. 나를 두고 갈 수도 없고 시집을 버릴 수도 없고. "누나, 나 때문에 어떡하지요." "걱정하지 마라. 정이나 안 되면 이혼이라도 하고 너를 살리겠다. 마음 푹 놓아라."

병원에 입원한 지 일주일쯤 되었을 때 내 몸에다 깁스를 하였습니다. 그리고는 누워서 삼 년이란 세월을 치료를 받아야 한다는 것입니다. 허리에 염증이 안 생기게 약을 먹으면서 삼 년 정도만 누워 있으면 건강이 회복될 수 있다는 것이었습니다. 말이 삼 년이지 누가 나를 삼 년씩 간호할 사람이 있겠습니까?

매부께서 병원에 찾아와 "어머니께서 노발대발하시니 어떡하면 좋겠소. 몸둥이에 깁스를 하였으니 아무데나 가서 누워 있으면 되는 것이 아니겠소. 퇴원합시다."하고 누나를 설득하십니다. 누나도 여러 가지로 생각하시더니 퇴원으로 결정을 하셨습니다.

"경철아, 우리 집은 시부모가 계시니 큰누나 집으로 가자." "안 됩니다. 나는 거기가면 죽어요." 병원에서 치료만 하면 건강이 다시 회복될 수 있다는 말을 들은 후부터는 살 수 있다는 희망이 생기니까 죽기는 싫어졌습니다. "누나, 큰누나 집으로는 안 가요." "아니다, 이제 깁스를 하였으니 큰누나도 이해할 거야. 너는 어떻게 하든지 살아야 한다. 꾹 참고 견디어야 한다. 약은 내가 타다가 줄 테니 걱정하지 말아라."

나는 다시 손수레에 실려 영상리 큰누나 집으로 왔습니다. 큰누나는 또 야단입니다. "한 번 데리고 갔으면 그만이지 이제 다시 나는 받을 수 없다." "언니, 너무합니다. 이제 깁스까지 하였으니 이대로 치료만 하면 되는데 우리가 노력하여 이놈을 살려봅시다." 둘째누나는 울면서 큰누나한테 사정을 하십니다. "언니도 자식들이 있으니 그렇게 함부로 하지 말아요. 그저 먹고 사는 데서 밥 조금씩만 떼어주면 되지 않아요." "똥은 어떻게 하고….” “언니가 수고 좀 해주셔야지 어떻게 하겠어요.” “난 못한다. 똥까지 내가 어떻게 받아낸단 말이냐.” “그럼 어떡해요. 이 놈은 일어나 앉지도 못하는데 형제가 도와야지 어쩌겠어요. 시간이 지나면 나을 수 있는데요. 제발 도와주세요.”

큰누나는 동네사람들 체면 때문인지 아주 대꾸도 없었습니다. 순간, 둘째누나는 그 기회를 타서 나를 빨리 방으로 옮겼습니다. 나는 말 한마디도 못하고 죽은 척하고 가만히 있었습니다.

저녁때가 되니 둘째누나는 집으로 가면서 내 방에 들어왔습니다. “경철아, 누나는 간다. 너는 살아야 한다. 어떠한 괴로움이 있어도 꾹 참고 참아라. 여기 약이 있다. 병원에서 준 약이니 이 약을 먹어야 허리가 썩지 않는단다. 머리 옆에 있으니 하루에 두 알씩 먹어라.” “나는 참을 수 있는데 큰누나가 참지를 못해.” “그래도 참아야 한다. 너를 죽이지는 않을 거야.” “예, 알았습니다.” 둘째누나가 집으로 돌아가신 후 고민은 소변과 똥이었습니다. 이것만 해결하면 참을 수가 있을 텐데 해결할 길이 없습니다. 신경이 통하지 않아서 내 힘으로는 해결 못합니다. 식사는 그래도 조금씩은 넣어 주니까 연명은 하지만 소변이나 대변이 문제였습니다.

하는 수 없이 예전에 한 번 해보았던 방법으로 해결했습니다. 며칠 동안 볼 일을 못 보면 배에서 묵직한 것이 손으로 만져집니다. 손으로 위에서 아래로 밀어 내면 돌덩이처럼 단단한 게 항문으로 나오고 손가락으로 쑤시면 똥이 나오는데 단단하여 손으로 만져도 손에 묻지 않습니다. 마지막으로 뒷문을 열고 던지면 강아지가 와서 먹어 버려 청소가 됩니다.

당시 고통은 「절망은 없다」 1편에 자세히 기록되어 있습니다.

초여름이 되니 누나가 방에 들어와 DDT라는 가루약을 가져와 사방으로 뿌렸습니다. 농약이었습니다. 살충제를 마구 뿌리니 숨도 못 쉬었습니다. 너무나 독한 살충제 가루약이었습니다.

"누나, 나는 전염 환자가 아닙니다. 허리 때문에 신경이 마비가 된 것입니다. 이제 신경이 조금 좋아졌어요. 발가락이 움직여 집니다." 내가 좋아졌다고 하여도 큰누나는 믿지 않았습니다. "그래도 죽기는 싫어서 거짓말까지 하네." 하며 코웃음만 치셨습니다.

둘째누나가 몇 개월 만에 오셨습니다. 내 방에 들어오시더니 "이게 무슨 약냄새야." "큰누나가 뿌렸어요." "농약을 뿌렸단 말이야. 사람도 아니네." 누나는 방문을 열고 청소도 하고 물을 떠다가 내 손도 씻어주고 얼굴도 물수건으로 닦아주셨습니다.

둘째누나가 왔다 가신 후 큰누나는 나를 어떻게 할까 궁리하다가 큰집에 가서 큰아버지와 계획을 짜서 나를 산에다 버리시기로 하셨나 봅니다. 나를 산에다 내버릴 계획을 세우고 마을 뒤산에다 움막을 만들어 그곳에다 둘 계획을 세운 것입니다.

벼 짚단으로 둘러서 만든 움막이었습니다. 그곳에다 내다버려서 죽는 날을 기다릴 수밖에 없다고 생각했던 것입니다.

아침이었습니다. 양쪽 문에 박아 놓았던 못을 빼는 소리가 삐걱삐걱하더니 문이 열렸습니다. 문이 열리자 누나는 코를 움켜쥐고는 "아이고, 냄새야." 하고 인상을 쓰셨습니다. 문을 열어 놓고 기다렸다가 얼마 후 큰 매부가 들어왔습니다. "경철아, 이곳은 공기가 나빠서 안 되니 공기 좋은 곳으로 가서 있자." "어딘데요?" "저 쪽이야." "그래요, 미안합니다. 나 때문에 매부까지 이 고생을 하시니." "그래, 그런 얘기는 나중에 하고 어서 다른 데로 가자."

매형은 손수 나를 업고 마을 뒷산으로 가는 것이었습니다. 산속으로 한참을 가더니 나를 움막 앞에다 내려놓았습니다. "여기가 좋다. 공기도 좋고 조용하니까 얼마나 좋으냐." "아닙니다. 이곳에 있으면 나는 죽어요. 이 산속에서, 어두컴컴한 이 굴에서 어떻게 살아나간단 말입니까?" "여러 말 말고 자, 어서 들어가라." "움직이지 못하는 내가 어떻게 들어가겠어요." 그러자 둘이서 나를 움막 안으로 들어다 놓았습니다.

움막 속에는 가마니 조각을 깔아 놓았습니다. 한심한 현실이었습니다. 아직 숨이 떨어지지 않은 나를 산에다 버리다니 정말 너무 비참한 현실이었습니다. 그러나 움직이지 못하는 나로서는 어찌 해 볼 길이 없었습니다. 나는 울면서 "매부, 너무 하십니다. 죽지도 않은 나를 이 산 속에다 버리시다니요. 그러지 마십시오. 차라리 이 비참한 목숨 끊어버리게 농약이라도 있으면 가져다주십시오."

아무리 소리쳐 울어 봐도 소용이 없었습니다. 나는 울다, 울다 지쳤습니다. 눈물이 나지도 않아 소리만 지르고 있었습니다. 얼마동안이나 울부짖고 있는데 밖에 인기척이 들렸습니다. "저기야, 저기"하며 수군거리는 소리가 들렸습니다. 나는 누워서 조용히 말했습니다. "밖에 누구십니까? 나를 무서워하지 마시고 가마니 조각을 들추시고 말씀하세요. 나는 절대 전염환자가 아닙니다."

마을 사람들이 구경 나오신 겁니다. "불쌍한 것, 어찌할까. 저렇게 정신이 멀쩡한데 내다버리다니. 정말 말도 안 되는 일이야. 자기 조카고 자기 형제인데 어쩜 이럴 수가 있지." 마을 사람들이 웅성웅성 하십니다. "어르신들 나는 안 죽습니다. 허리 때문에 신경이 마비된 것뿐이에요. 이제 많이 좋아졌어요. 보세요! 발가락도 움직이잖아요! 신경이 오래지 않아 정상으로 돌아 올텐데 그 동안을 참지 못하고 이곳에다 버리고 말았습니다. 아주머니들, 나를 불쌍히 여기시면 집에서 잡수시다 남은 밥이라도 가져다 주십시오. 그러면 나는 살 수가 있습니다." "알았다, 그래야지."

마을 어른들이 다 돌아간 산속은 그야말로 적막 속이었습니다. 인간은 누구나 죽게 마련이지만 그 죽음에는 편하고 행복한 죽음도 있고 피어린 현실 속에서 고통을 받으며 죽는 경우도 있게 마련입니다. 온 가족이 살려보겠다고 최대한 노력하여도 어쩔 수 없이 죽는 죽음은 행복한 죽음이고 나같이 이런 죽음은 원한의 죽음인 것입니다.

나는 '죽으면 안 된다. 이 속에서 썩으면 안 된다.' 이를 악물어 보지만 땅바닥에 가마니 한 장 깔았으니 땅에서 습기가 올라올 것이고. 습기가 올라오면 깁스한 것이 점점 풀려서 내 몸은 썩게 될 것입니다. 썩으면 내 운명은 그걸로 끝이 나는 것입니다. '이것이 나의 현실이다. 그래 눈이나 빨리 감았으면 좋겠다. 이 고통을 받으며 사는 것보다 차라리 죽는 것이 편할지도 모르겠다. 아니다. 나는 죽을 수 없다. 반드시 살아야 한다.' 혼자 누워있자니 온갖 생각이 교차하였습니다.

그 때 시절은 여름인 것 같습니다. 농사 준비에 바쁜 계절이었습니다. 밖에서는 풀 냄새가 움막 안으로 들어오고 새 우는 소리도 들렸습니다. 나는 산 속에서 죽지 않고 정신만 멀쩡하니 배도 한 없이 고파서 죽을 고비를 수없이 겪었습니다. 농사철인지라 누나가 밥을 가져다주는 것은 가끔뿐이고 마을에서도 바쁜데 누가 신경을 쓸 수가 있겠습니까? 어쩌다가 제삿날이나 되면 먹다 남은 음식이라도 조금 구경할 수 있었습니다.

그래도 세월은 흘렀습니다. 비가 오면 빗물이 스며들어 거의 물 속처럼 되는 움막 속에 있다보니 병원에서 허리에 깁스한 것이 부풀어 흐물흐물 몸에서 헐렁거렸습니다.

그러던 어느날, 밖에서 누가 나를 불렀습니다. "안에 경철이 있느냐." "예, 아직 살았어요! 가마니 문을 올려 보세요." "그래, 어둡구나. 영문이 형이야!" "형이 어쩐 일로 이곳엘 다 오셨어요." 예전부터 가깝게 지내던 형이었습니다. "너그럽고 똑똑하던 놈이 이게 무슨 꼴이야. 불쌍한 것."하시며 누워 있는 나를 부둥켜 안고 우십니다. "네가 누나 집에 있을 때 찾아볼까 했는데 큰 누나가 반대하셨어. 그래서 마을 사람들도 못 간 거야. 다 썩어버리고 입만 살았다고 하면서 와 볼 필요도 없다고 하시더라." "그래요? 그럴 리가 있나요. 아무리 그래도 누나인데, 그럴 리가.” “아니야! 참말이야. 그래서 너한테 이제 온 거야. 어떡하니, 참고 견뎌야지. 견디다 보면 살 길이 있겠지.” “예, 이제 조금씩 회복하고 있어요. 전에는 발가락도 못 움직였는데 이제는 발가락도 움직이고 발도 어떻게 하면 오그려지고 그래요.” “그럼 살 수 있다는 것이구나. 희망을 가져라. 절대 포기하면 안된다. 내가 청년들에게 이야기해서 무슨 수를 써 볼게.” “알았어요, 형 정말 고마워요.” “이거 찐빵이야. 좀 먹어봐.” 형이 내민 것은 찐빵이었습니다. 나는 그날 밤의 찐빵을 아직도 잊을 수가 없습니다.

이튿 날, 영문이 형이 또 다시 찾아왔습니다. “자네가 부탁한 것 사왔다.” “형, 내가 탄원서 쓰면 형이 수고해 주셔야 합니다. 우편으로 보내야 되니까요.” “그래, 내가 책임지고 우편으로 보낼게.” “알았어요. 형, 고마워요.”

전날 영문이 형에게 필기도구를 부탁했던 것입니다. 나는 그 날부터 누운 채로 글을 쓰기 시작했습니다. 글을 많이 써 보지는 못 하였기에 글 솜씨가 없었습니다. 그렇지만 그 동안 내가 겪은 일을 솔직하게 써 내려 갔습니다.

「이대로 죽기는 너무 억울합니다. 내가 살 수 있는 길은 병원인데 부모님이 안 계신다고 산속에서 죽음의 그 날만 기다리고 있어야만 합니까? 무료로 치료할 수 있는 병원도 있다고 들었습니다. 극빈자가 혜택을 받을 수 있는 병원 말입니다. 현명하신 군수님, 이 불쌍한 인간 부디 저버리지 마시고 살 수 있는 길을 열어 주십시오.」

나는 진심으로 간곡하게 탄원서를 써서 군수님께 보냈습니다. 산 속에서 생명을 지탱하며 살아 온 지도 벌써 많은 세월이 지났습니다. 혹시 무슨 소식이 없나 목이 빠지게 기다려도 소식이 없던 중, "여깁니다! 여기요." 하며 마을사람들이 누군가를 모시고 나타났습니다. "댁이 임 경철이요?" "예, 맞습니다." "당신이 군수님께 탄원서를 냈습니까?" "예." "아니, 이런 상태로 어떻게 글을 썼습니까?" "하늘을 바라 본 채 위로 종이를 들고 썼습니다." "그러셨군요. 그럼 누가 우편으로 발송하였나요?" "형이 한 분 있습니다. 자주 찾아주는 형입니다." "그래요, 알았습니다. 설마 했는데 여기 적힌 내용이 모두 현실이었군요. 이것으로라도 우선 연명하시고 계시면 곧 조치가 있을 겁니다."

그들이 우선 연명하라고 건네 준 것은 보리 볶음이었습니다. 큰 자루로 한 자루나 되었습니다. "상하지 않게 가만히 세워 두시고 배가 고프면 이 보리를 꺼내서 먹고 물은 너무 많이 먹지 마십시오. 설사하면 문제니까요." 그 때 상황에서는 설사나 똥 싸는 것은 생각지도 못 할 때였습니다. 먹는 것이 있어야 똥을 싸고 오줌도 싸지 나올 것이 별로 없었을 때이지요.

나는 희망이 솟구쳤습니다. '이제는 살 길이 있겠지. 살 길이 터지나 보다. 군수님이 보내신 비서까지 다녀갔으니 무슨 길이 생기겠지.' 하며 한 가닥 희망이 보이기 시작했습니다.

나는 누워서 둘째누나한테 편지를 썼습니다.

「누나, 나는 지금 산속에 있어요. 큰 누나와 큰아버지가 합심하여 죽지도 않은 나를 이렇게 버렸어요. 그러나 나는 절대 죽지 않습니다. 김제 군수님이 보낸 비서까지 다녀갔어요.」

영문이 형에게 부탁해 편지를 보내고 며칠이 지나자 둘째누나가 산속을 찾아왔습니다. 누나는 벌써 저쪽에서부터 울고 옵니다. "경철아, 이 불쌍한 놈아. 이곳에 있으면 틀림없이 죽을 텐데. 이 나쁜 사람들, 벌 받을 사람들. 멀쩡한 사람을 어떻게 산에다 버릴 생각을 했을까." 움막 문을 올려놓고 한 없이 울고 계십니다. "하나님, 우리 동생 살려 주십시오. 하나님이 우리 동생 살려주시지 누가 살리겠습니까?" 누나는 통곡하며 울고 계십니다.

누나가 울고 계시니 독한 나도 울음이 터집니다. 가슴이 메어집니다. 누나가 울다가 보따리에서 무엇을 꺼내시더니 "야! 이것 먹어라."하십니다. 보신탕이었습니다. 보리밥과 보신탕을 끓여 가지고 오신 것입니다. 누워있는 나에게 조금씩 퍼 넣어 주시며 "이것 먹고 살아. 죽으면 안 된다."하시다가 "한 번에 많이 먹으면 설사하니 이따가 먹자."하십니다. 그러더니 어디론가 가셔서 물을 떠 와서는 누워 있는 내 손과 발까지 씻어 주셨습니다.

"누나, 이봐요. 이제 발가락이 움직여집니다. 발도 구부려지고요." "그래, 많이 좋아 졌구나. 신경이 살아나고 있다니 기적 같은 일이다." "큰누나한테는 신경이 살아난다는 이야기를 하며 애원하여도 믿지 않아요. '신경은 무슨 신경. 그래도 죽기는 싫어서 거짓말까지 한다.' 고 욕만 많이 하고 '빨리 죽어버려라.' 고 고함만 치고 있어요. 누나, 이 보리 볶음 군수가 보낸 거예요. 이걸 먹고 죽지 말라고 했어요." "너는 살 길이 열릴 거야. 하나님은 너를 버리지 않아. 그래, 나는 또 가야 한다. 나한테 욕하지 마라. 너를 두고 갈 수밖에 없는 누나를 용서해라." "아니에요. 누나, 가세요. 나 안 죽을게요."

움직이지도 못하는 나를 두고 발길을 옮기는 누나는 얼마나 마음이 아팠겠습니까? 하지만 누나도 군청에서 다녀갔다는 말을 듣고 희망을 걸었습니다.

나는 내 힘으로 살겠다고 굳게 다짐하였습니다. 생각 끝에 삼남 일보사, 전북 일보사에다 현실 그대로 슬픈 사연을 하나하나 적어서 우편으로 발송하였습니다. 글만 써 놓으면 영문이 형이 발송하여 주니까 걱정할 필요가 없습니다.

어느 날 영문이 형이 찾아 왔습니다. "경철아, 너 면장한테도 사연 보냈지?" "예!" "어제 면사무소에 가서 이야기를 살짝 들으니 네 이야기를 하더라. 그런데 이장인 네 사촌 형이 그 사람은 이미 다 죽은 사람이래. 입만 살았지 몸뚱이는 이미 다 썩었데." "설마 그럴 리가…." "아니야, 내가 직접 들었어. 사촌 그놈 사람도 아니더라. 너 마음 모질게 먹고 여기서 살아야 한다. 너, 사연을 어디 어디다가 보냈느냐." "신문사, 경찰서장, 군수, 지서장 다 보냈어요." "너, 이곳에서 살아가기가 더 힘들게 생겼어. 이 마을 이장이 사촌형이니까 전부 커버할거야. 그게 문제지." "나쁜 놈, 그놈이 어찌 살아가는지 내가 살아서 기필코 지켜보겠어요." 진정으로 인정이 메마른 사람들이었습니다. 자기 체면 때문에 나를 그대로 죽게 만든다는 말인지….

군청에서 다녀갔다는 소문이 돌자 마을에서 사람들이 하나 둘씩 찾아와서 먹을 것을 많이 가져다 주었습니다. "와서 보니 멀쩡하구만. 못 쓴다고, 다 죽었다고, 아래는 다 썩었는데 입만 살았다고 하더니….” “나는 안 죽어요. 허리가 다쳐서 신경이 마비된 것뿐이예요. 허리만 치료하면 살 수 있어요.” “그래, 자네 부모님이 계셨다면 이 고생을 하겠나. 너무 슬퍼하지 말고 희망을 가져봐.” “아저씨, 아주머니들. 나를 불쌍히 여기시면 집에서 남은 음식이 있으시면 조금씩 가져다 주셨으면 합니다. 일주일동안 못 먹을 때도 있어요. 여기서 살아 나가려면 먹어야 되니까요.”

어느 날 영문이 형이 다시 찾아 왔습니다. 부락 청년회의를 가졌다는 것입니다. 문갑열 씨로 기억됩니다. 문갑열 씨가 주축이 되어 청년회의를 열었는데 ‘우리 마을에서 이런 일이 있으니 우리가 힘을 모아 그 사람이 누워 있는 동안 등뼈가 썩지나 않게 밑에다 나무라도 깔아 주고 움막을 다시 만들어 주었으면 한다.’ ‘너무나 불쌍하더라. 습기가 가득한 땅에 그냥 누워 있으면 허리가 썩지 않겠느냐.’ 하는 얘기가 나왔다고 합니다.

그 말은 틀림없는 말이었습니다. 습기 찬 곳에서 깁스가 견뎌낼 리가 없습니다. 전부 부풀어서 흩어져 버리고 언제부터인가 거의 알몸이었습니다. 옷 하나 갈아입어 보지 못하였습니다.

회의끝에 모금을 하기로 합의하여 청년들이 앞장서서 이집 저집 찾아다니면서 “보리쌀이나 돈 몇푼이라도 좋으니 불쌍한 사람 살린다 생각하시고 도와주십시오.” 하며 다녔답니다. 그러다가 마을에서 제일 부자 집이 우리 큰댁이어서 큰댁으로 찾아가서 “우리가 경철이 움막을 다시 지어 줄 테니 십시일반으로 도와

주십시오."했더니 큰아버지는 도움은 커녕 갖은 욕설과 횡포로 청년들을 겁을 준 것입니다. "너희들 알아서 해. 나는 한 푼도 못 주니까. 공연히 소문만 내면 너희들까지도 영향이 있어." 하며 욕설까지 하셨다는 것입니다.

그 당시 대부분의 가정이 굶주림에 시달리고 살던 시절이었습니다. 큰댁에서 고지를 내어다가 연명하는 동네사람들로서는 큰댁 사람들한테는 찍 소리도 못 내고 사는 것이 현실이었습니다.

나는 그 소리를 듣고 한 없이 원망스러웠습니다. 자기 자식들은 쌀밥에다 고기 국을 먹이면서 조카자식은 산속에다 버린 것도 모자라서 돕겠다는 청년들까지 협박하여 돌려보내다니 큰아버지가 아니라 악마와도 같은 생각이 들었습니다. 억울했습니다. 한 없이 슬펐습니다. 나는 이 슬픔을 뼈에 새기고 오로지 살아야겠다는 굳은 집념만 키워 갔습니다.

그리고 군청이나 신문사에서 사람이 나오기만 기다렸으나 영영 아무 연락이 없었습니다. 거기에는 이유가 있었습니다. 큰집은 마을에서 제일 부자였고 사촌형은 대학까지 나온 사람인데 군청이나 언론사에서 떠들어 대면 자기들의 소행이 드러나니까 큰댁에서 막아 버린 것입니다. 자기 집에 모셔놓고 식사 대접까지 하며 "그 사람 버린 사람이요. 살 수가 없는 사람이니까 신경 쓰지 마십시오. 우리가 알아서 하겠습니다." 그러니 그 분들은 큰댁 말만 믿고 가 버리고 만 것이지요.

이처럼 여러 곳에서 말이 많다보니 큰댁에서는 화근인 나를 그 곳에 그냥 두면 안되겠다 싶었는지 나를 다른 곳으로 옮기었습니다. 움막을 뜯어버리고 나를 업어다 마을 한 쪽 수십 년 동안 비어 있는 집에 데려다 놓았습니다. 그래도 산속보다 조금은 나은 빈집이었지만 너무나 험상궂은 집이었지요. 비는 새어 나오지 않았으니 그나마 다행이었습니다. 마을 저쪽에서 아이들 소리도 나고 개 짖는 소리도 났습니다.

그런데 밤이면 모기가 너무 많았습니다. 산에 있을 때는 모기가 별로 없었는데 이곳으로 오니 모기가 너무 많아서 모기 밥으로 더 죽게 되었습니다. 그래도 살아 보겠다는 신념은 버리지 않았습니다. 하늘이 무너져도 솟아날 구멍이 있다고 하지 않았습니까? 아무리 큰댁에서 막아도 결국은 어디에선가 구원의 손길이 뻗쳐 오리라고 굳게 믿었습니다.

어느날 아이들이 뛰어 오며 소리치는 소리로 바깥이 소란스러웠습니다. "저기요, 저기!" 하며 아이들이 어떤 분을 데리고 왔습니다. 그 분은 내 인생에서 잊을 수 없는 은인인 전북일보 신문기자 김 종석 선생이셨습니다.

내 얘기를 다 듣고 오신 기자 선생님은 "당신의 글을 읽어 보았습니다. 고생이 많으셨습니다."하시더니 누워 있는 내 사진을 찍으셨습니다. "당신이 쓴 편지 내용과 지금 현실이 정말 똑같군요. 지금 불편한 곳이 어딥니까?" "이곳 허리입니다. 허리 때문에 이렇게 움직이지 못합니다. 이리 병원에서 진찰하여 보았습니다. 의사 선생님이 수술하면 완치할 수 있다고 했어요. 그런데 나를 전염병 환자 취급하고 이렇게 버렸어요." "알았습니다. 조금만 참고 기다리십시오." 하시고 기자 분은 가셨습니다. 아이들도 따라 갔습니다.

그 후부터 아이들도 나를 무서워하지 않고 가끔씩 찾아왔습니다. 어머니 몰래 고구마도 가져다주고 누룽지도 한 뭉치씩 가져다주었습니다. 참으로 고마웠습니다. 살아남으려면 무엇이든 먹어야 했습니다.

그런 속에서도 희망은 있었습니다. 신경이 점점 살아나고 있었던 것입니다. 누운 채로 할 수 있는 운동도 개발해서 끊임없이 반복했습니다. 처음에는 발가락도 간신히 움직였지만 이제는 다리도 구부렸다 폈다 합니다. 아무도 모르는 회복이었지만 나에게는 반가운 희망이었습니다.

며칠 후에 김 종석 기자 선생님이 다시 오셨습니다. 의사 선생님을 모시고 오신 것입니다. 의사 선생님은 더러운 나를 가만히 일으켜 놓고 허리도 두드려 보고 누워있을 때 신경 상태도 진찰해 보시더니 입원하여 수술만 받으면 건강을 회복할 수 있다고 하셨습니다. 말씀이라도 내게는 너무나 고마운 희망이었습니다. 나는 지푸라기라도 잡는 심정으로 누구에랄 것도 없이 두 분 선생님께 매달렸습니다. "선생님, 저를 살려 주시면 그 은혜 잊지 않고 보답해 드리겠습니다." "보답은 무슨 보답, 우선 사람이 살고 봐야지." 하시며 나가셨습니다. "조금만 기다리게." "안녕히 가십시오. 고맙습니다."

'이제는 살 수 있겠구나' 하는 희망으로 가슴이 떨렸습니다. 인간에게는 조그마한 희망이라도 보이면 그 희망을 꼭 붙잡고 의지하려는 심리가 있습니다. 누구에게나 살아 보겠다는 집념이 있다는 것이지요.

그런데 기자 선생님이 오셨다가 가신 지 여러 날이 지나도 아무 소식이 없었습니다. 나는 또 오해를 하였습니다. 기자 선생님도 다른 사람들과 다를 바가 하나도 없다는 생각이 들었습니다. 큰집에서 또 방해를 한 것이 틀림없었습니다. 몇 차례나 기회가 있었어도 큰집에서 방해하여 길을 잃어 버렸는데 이번에도 사촌의 농간에 넘어 갔다고 생각이 듭니다.

너무나 험악하고 무서운 빈집에서 내일의 희망도 없이 죽는 날만 기다리는 내 운명이 너무나 불쌍하였습니다. 누워서 기자 선생님만 자꾸 불러 봅니다. '어째서 기자 선생님이 안 오실까?' 기다리다 지친 나는 영영 포기하였습니다. 나는 다시 절망적인 마음뿐이었습니다. 그렇게 도움을 받아서 살 수 있는 운명이라면 이런 시련이 없었겠지요.

나는 큰댁을 또 다시 오해하고 자신을 포기할까도 생각했습니다. 그러다가 '아니다. 내 스스로 살 길을 찾아보자. 다리 신경도 어느 정도 좋아졌으니 이곳에서 빠져 나가자.' 마음 먹었습니다. 엎드려 무릎으로 조금씩은 움직일 수가 있었습니다. 엎드려 무릎으로 한발, 또 손으로 잡아당기어 한발, 조금씩은 움직일 수가 있을 정도는 되었습니다.

며칠 간격으로 방에서 기어 다니는 운동을 하였습니다. 하루가 다르게 상태가 좋아져 기어서는 조금씩 움직일 수가 있게 되었습니다. 나는 끝까지 포기하지 않고 계속 운동을 하였습니다. 이 구덩이에서 빠져 나가야 한다는 마음 뿐이었습니다.

반듯이 누워만 있던 나는 이제 혼자서 내 힘으로 앉아 있을 정도로 좋아졌습니다. 벽에다 손을 기대고 앉아서 밖을 내다보기도 하였습니다. 이 소식을 들은 이웃 집 아주머니께서 밥 한 그릇을 손수 가져 오셨습니다. "누워만 있던 네가 이렇게 앉아 있기도 하느냐?" "예, 많이 좋아졌어요." "그래, 다행이구나. 하나님께서 도와 주셨나보다." 하시며 기뻐하셨습니다.

누워만 있던 나는 앉아있기도 하고 방에서는 기어 다닐 수도 있게 되었습니다. 기어 다닌다 해도 보통 사람처럼 그렇게 빨리 기어가는 것은 아닙니다. 한 손을 먼저 앞으로 내밀고 뒷무릎을 손으로 잡아당기면 무릎이 조금 앞으로 움직입니다. 이렇게 양쪽을 반복하면 몸이 조금씩 이동이 되는 것입니다. 몸을 조금이라도 움직일 수 있게 되자 '아, 바로 이것이다. 여기에 계속 있으면 영양실조로 죽을 수도 있고 병원에도 갈 수 없으니 이곳을 빠져나가야 된다. 그것만이 내가 살 수 있는 길이다.' 라고 생각이 들었습니다.

살 길을 찾아 서울로 기어가다

그 때가 무더운 여름, 보리 베기도 끝나고 모내기도 끝난 시절인 듯 기억이 됩니다. 나는 결심했습니다. 이곳에서 죽으나 여기를 빠져 나가서 죽으나 죽는 것은 마찬가지라고 마음먹고 방에서 마당으로 굴러 떨어졌습니다.

빈 집이라 마당에는 풀이 우거져 있었습니다. 여름이라 햇볕은 뜨겁고 목이 말랐습니다.

나는 그 곳을 빠져 나가기 위해 동네 골목까지 조금씩 조금씩 기어갔습니다. 얼마 안 가서 무릎에서 피가 났습니다. 손바닥에서도 피가 났습니다. 그래도 포기하지 않고 악착같이 기어가다 보니 어느 새 동네 입구까지 왔습니다.

나는 기다가 지쳐서 그 자리에 누워버렸습니다. 그 때 어린 아이들이 보고 어른들한테 이야기를 한 모양입니다. 구경꾼들이 모여 들었습니다. "아니, 움직이지도 못한다는 사람이 어떻게 여기까지 왔나?" "예, 기어서 나왔어요." "그래, 많이 좋아졌는데 저런 사람을 죽으라고 산에다 버리다니 죄받을 거야."

소문과 소문이 큰댁까지 들어가 큰 어머니께서 처음으로 밥 한 그릇과 반찬 몇 가지를 가지고 오시더니 밥을 먹으라고 하기에 배가 너무 고파서 밥부터 먹고 말했습니다. "내가 여기서 죽으면 나를 산에다 묻어 주시는 수고를 하셔야 할 것이니 그런 수고하지 마시고 나를 실어다가 버스 타는 곳까지만 데려다 주십시오. 어디 가든 나가서 죽겠습니다." 그 때 동네 어른들이 "그 몸으로 어떻게 나간단 말이냐."하며 적극 말렸습니다. "아니요, 여기 그냥 있으면 죽을 수밖에 없지만 나가서 병원을 찾아보겠어요." "그럼 소원대로 하렴." 하시며 동네 아주머니 한 분이 내 옷을 전부 벗기시고 멀쩡한 옷으로 갈아 입혀 주셨습니다. "이 썩은 옷을 입고 어디를 간단 말이냐. 좋진 않지만 이 옷으로 갈아입어라." 하시며 정성스럽게 다른 옷을 입혀 주셨습니다. 나는 고맙다고 거듭 인사했습니다.

얼마 후 큰댁에서 손수레를 보내 주셨습니다. 일꾼은 나를 수레에 싣고 버스 정류장까지 데려다 놓고 휭 하니 가버렸습니다.

버스 승강장에는 많은 사람들이 모여 있었습니다. '누구 아들인데 저런 신세가 되었을까.' 하고 버스를 기다리던 손님들이 불쌍하다며 수근거렸습니다. 이웃 마을 어른들이었습니다. 불쌍하다고 돈도 주시고 수건도 사 주셨습니다. "저 땀 좀 봐. 이런 몸으로 어떻게 움직인단 말이야." "아니요, 이곳에서 죽느니 서울에 가서 병원을 찾아보겠어요. 허리만 수술하면 됩니다. 어떻게든 수술할 수 있는 병원을 찾아보겠어요. 돈이 있으면 서울에 갈 수 있는 차비 좀 보태 주십시오." "쯔쯧, 불쌍한 것…."하시며 여기저기서 돈을 많이 주셨습니다. "고맙습니다. 고맙습니다. 버스가 오면 저를 들어다가 버스에다 올려만 주십시오. 이리 역 앞에서 내리면 서울까지 갈 수 있으니까요." "그 몸으로 어떻게 갈 수 있겠나?" "아니요, 갈 수 있어요."

우여곡절 끝에 내 몸은 버스에 옮겨 실렸습니다. 이리 역 앞에 도착한 나는 역 광장까지 기어가야 하는데 쉽지가 않았습니다. 간신히 엎드려 몇 발자국 기어가니 삽시간에 구경꾼들이 모여들었습니다. "저런 거지는 처음 보네. 세상은 요지경 속이야. 저런 몸으로 사는 사람도 있으니 말이야. 저렇게 사느니 차라리 죽어 버리지." 하는 소리가 여기저기서 많이 들려 왔습니다. 돈을 던져주는 사람도 있습니다.

버스 승강장에는 손수레 아저씨들이 많이 있습니다. 나는 그분들을 향해 소리쳤습니다. "아저씨, 수고하십니다. 나를 열차에 실어 주시면 이 돈 다 드리겠습니다. 손님들이 주신 돈입니다." 아저씨들이 나를 수레에다 실어서 열차에 몰래 옮겨 주셨습니다. 나는 화장실 옆으로 기어가서 의자 밑에 누워 있었습니다.

열차는 기적 소리를 울리며 서울로 힘차게 달렸습니다. 고향이라고 찾아 왔지만 결국 다시 서울행 열차에 몸을 실었습니다. 고향 땅 산속 움막 생활과 빈집에서의 시련을 더듬어 생각하여 보았습니다. '그 죽음의 구덩이에서도 모진 목숨이라 죽지 않고 이렇게 살아서 드디어 서울 가는 열차에 몸을 실었구나.' 싶으면서 인간의 목숨이 얼마나 모질고 끈질긴 것인지 나는 실감했습니다.

나는 '죽어도 서울에서 죽겠다.' 고 생각했습니다. 사람들이 많은 곳을 찾아 헤매다보면 혹시나 살 길이 있을지도 모른다는 희망이 생겼습니다. 흔들리는 열차에 실려있는 내 몸은 피로에 지쳐 꼭 죽은 사람처럼 그 자리에 꼼짝도 하지 않고 누워 있었습니다. 손님들이 지나가다 나를 보고 놀라서 다른 데로 가버리곤 했습니다. 나는 너무나 절박한 처지라서 누구도 무섭고 두려울 형편이 아니었습니다.

서울 가는 중간 지점쯤이었습니다. 열차 승무원이 왔습니다. "이게 뭐야. 어디서 이런 것이 탔어." 하고 나를 흔들어 깨웠습니다. 일어나라고 소리쳤지만 나는 누워서 "허리 때문에 몸을 못 움직입니다. 죄송합니다만 눈 감아 주세요. 어떻게든 서울까지는 가야 합니다. 용서하십시오." 그러나 승무원 아저씨는 '다음 역에 가서 내다 버리라.' 고 다른 승무원에게 지시했습니다.

나는 울면서 사정했습니다. 애원했습니다. "눈 감아 주십시오. 나는 서울로 가야 살아요. 나를 구원하는 셈치고 보아 주십시오." 나는 엉엉 울며 애원하였습니다. 내 진심이 통했는지 승무원 아저씨는 고개를 몇 번 흔들더니 가 버렸습니다. 만약 승무원이 다음 역에 나를 내려놓았다면 나의 마지막 서울행 꿈은 사라져 버렸을텐데 정말 다행입니다.

서울역에 도착하였습니다. 손님들이 다 내릴 때까지 기다렸다가 마지막에 나는 뒹굴어서 홈으로 떨어져서 내렸습니다. 서울역 광장까지 나가야 하는데 돈도 없고 뛰어갈 수도 없고 손님들이 다 빠져나간 홈에 혼자만이 엎드려 있었습니다. 정신을 가다듬고 손님들이 나간 쪽으로 기어 보았습니다. 한 손, 한 무릎 옮기고 또 기어가고…. 콘크리트 바닥이라서 옷이 찢어지고 손에서는 피가 또 났습니다. 그 자리에 누워 내 신세를 생각하니 너무나도 한심한 처지였습니다.

'무슨 수가 없을까.' 생각 중에 다음 열차가 또 들어 왔습니다. 손님들이 많이 내렸습니다. 열차에서 내린 손님들은 바쁜 걸음으로 모두가 제 갈 길을 재촉하며 걸어갈 뿐 누구하나 쳐다보지도 않았습니다. 막막하기만 하였습니다. 아프고 피가 나는 손과 무릎을 어떻게 하나, 생각 끝에 쓰레기통에서 상자 조각을 꺼내 몇 겹으로 무릎에 동여매고 손에다가도 노끈으로 매어 보았습니다.

다시 기어가기 시작했습니다. 무릎 보호대가 닳아서 살갗이 바닥에 닿습니다. 나는 혀를 깨물고 참아가며 기어야만 하는 운명이 기구하기만 하였습니다. '목숨이란 것이 이렇게 끈질긴 것일까?' 그렇게 많은 손님 중에 빵 한 조각 던져 주는 사람이 없었습니다. 역 관계자들도 보고만 지나가고 말 한마디 없었습니다. 너무나 험한 현실이라 손대기가 무서워 지나쳐 버렸던 것으로 생각됩니다.

냉정한 서울역이었습니다. 플랫홈에서 광장까지 몇 분이면 되는 거리를 나는 며칠이 걸렸습니다. 기다가 지치면 누워 있다가 다시 무릎을 동여매고 기다가 지치면 누워 있고, 그렇게 수십 차례 반복했습니다. 그 반복되는 시련은 지금도 잊을 수가 없습니다. 서울 사람들은 참으로 정이 메말라 있었습니다.

그 고통 속에 서울역 광장에 나오니 구경꾼들이 모여들기 시작하는데 "야, 저런 거지도 있네. 이제까지 못 보던 거지가 어디서 왔을까." 구경하던 아저씨들도 동전 몇 개씩 던져 주었습니다. 처음에는 너무 지쳐서 의자 밑에 쓰러져 눈을 감은 것이 며칠인지 감각을 몰랐습니다. 깨어 보니 역시 광장은 맞습니다. 역 광장은 사람들도 많았습니다. 인정이 있는 사람도 있었습니다.

역 광장에는 거지들도 텃세가 심했습니다. 모르는 거지가 오면 맞아 죽습니다. 그런데 나는 너무 불쌍한지 그대로 놓아 둔 것입니다.

처음에는 통제가 심했는데 내가 사정얘기를 하고 애원하니 그대로 놓아 주었습니다. 이제는 나를 보호해 주었습니다.

그 중에서도 구두닦이 소년이 나를 많이 도와 주었습니다. "아저씨, 나이도 많으신데 걷지를 못하시니 그대로 가만히 계십시오." 하더니 어디서 운동화 짝을 가져왔습니다. "그냥 기어 다니면 피가 나고 아프니까 무릎에 운동화를 동여매고 발에도 운동화를 신으면 보호대가 될 것 같으니 이렇게 하십시오."

구두닦이 소년은 나이는 어리지만 영리하였습니다. "고맙다. 너 몇 살이지?" "열 세 살이요." "그래, 고맙다. 너하고 같이 지내자. 돈이 많이 나오면 너를 줄게." "그래요. 돈이 문젠가요. 아저씨도 저 사람들처럼 건강하셔야지요." "그래, 그런데 누가 나를 치료하여 준다든?" "서울은요, 눈이 없으면 코도 베어 먹는 곳이에요. 말도 못해요. 그러니까 아저씨도 정신 바짝 차리세요."

사람이 많이 다니는 곳에서 모자를 내밀면 동전이 많이 모여졌습니다. 지나가는 사람들이 동전을 던져주며 '쯧쯧, 저렇게 살아서 무엇 하겠나. 살아서 어쩌라고….' 하시며 중얼거리십니다. '그 사람들의 말이 맞을까. 죽음이란 간단한 것일까. 아니다. 목숨을 끊는다는 것은 쉬운 일은 아니다. 죽지 못하는 운명, 죽는 날까지 기다릴 수밖에 없다. 그래도 시골 산속에 버려진 신세보다는 서울역이 나은 편이지 않은가. 돈도 생기고 빵도 마음대로 먹을 수가 있으니까,' 돈만 있으면 무엇이든 구두닦이 소년이 다 사다 주었습니다.

서울역에서 지내는 동안 상처 난 무릎도 아물고 손바닥도 많이 나았습니다.

나는 다시 서울역을 빠져나가기로 결심을 하고 구두닦이 소년에게 이야기했습니다. "이곳에 있다고 누가 나를 병원에 데리고 가 치료 시켜 줄 것도 아니니 시내로 가서 병원을 찾아 봐야겠다." "그러면 무릎에다 보호대를 다시 단단히 매어야 됩니다. 여기 계시면 내가 보호대를 구해 볼게요."

몇 시간 후 소년은 무엇인가를 가져 왔습니다. "이것으로 단단히 붙들어 매면 무릎이나 손바닥에 상처는 나지 않을 거예요" 소년은 타이어 조각에 구멍을 뚫어서 노끈으로 단단히 잡아맸습니다.

나는 소년의 도움으로 전철을 탔습니다. 얼마 안 가서 소년은 나를 내려놓았습니다. 남대문 지하도였습니다. 남대문 지하도는 참 좋았습니다. 비가 와도 문제없고 사람들도 많았습니다.

지하도에서 구걸하기 시작했습니다. 이제는 제법 구걸하는 데도 이력이 나서 바가지까지 하나 구해서 식사정도는 해결할 만큼 돈을 받았습니다. 바가지에다 던져주는 돈은 식사를 해결하는 데는 거뜬했습니다. 구두닦이 소년도 꼭 나하고 같이 지냈습니다. 구두 닦은 돈은 수입으로 하고 밥은 내가 사주었습니다. 그러니까 내 시중은 다 들어 주었습니다.

언제나 이동은 둘이서 다녔습니다. 구두닦이 소년은 늘 내 손발이 되어 주었습니다. 밤이면 남대문 지하도에서 자고 낮 시간이 되면 서울 거리를 헤맸습니다. 그러는 중에 여러 군데 병원을 찾아보았으나 정문에서 경비가 들여보내지 않습니다. 신문사도 찾아보았지만 헛수고였습니다.

소년한테 말했습니다. "우리가 이렇게 하다간 병원에 입원을 못하니까 편지로 연락할 수밖에 없다." 나는 남대문 지하도에서 '방송국 귀하.' '신문사 귀하.'로 시작해서 이제까지 지내온 사연을 구구절절 적어서 우편으로 보냈습니다.

'문화방송 귀하.' 「불쌍한 이 몸 살 수 있는 길을 열어 주십시오. 나는 살아야 됩니다. 살아서 원한을 풀어야 됩니다….」

구구절절 내 사연을 써내려가노라면 지하도를 지나던 여학생들이 "야, 저 거지 명필이다. 무슨 글을 저렇게 쓰고 있을까."하며 신기한 듯 쳐다보다가 동전을 던져 주었습니다. 내가 "학생!" 하며 붙잡으면 소스라치며 놀랍니다. "놀라지 마십시오. 이 편지 우체통에 좀 넣어 주십시오." 학생들은 얼떨결에 받아서 가지고 갑니다. 신문사나 병원에 보내는 탄원문이었습니다. '대한민국 국민으로 병역 임무까지 마치고 열심히 살다가 사고를 당하여 이렇게 되었으니 치료의 길을 열어 주십시오.' 이런 내용들이었습니다.

그러나 나한테는 길이 열리지 않았습니다. 절망뿐이었습니다. 사람 사는 세상 너무나 냉정한 사회였습니다. 너무 억울했습니다. 그러나 어찌 할 도리가 없지요. 죽을 때까지 발버둥쳐 보는 수밖에 없었습니다.

그러다가 남대문에서 쫓겨 나게 되었습니다. 시민들이 진정을 한 모양인지 나뿐만이 아니라 그곳에 있는 다른 사람들도 모두 쫓겨 나고 말았습니다. 밤이면 지게꾼 아저씨들도 많이 와서 잠자던 곳인데 이제는 그 잠자리마저 빼앗겼습니다.

나는 구두닦이 소년과 같이 다른 곳을 찾아보기로 하고 이 시장 저 시장을 헤맸습니다. 돌아 본 결과 청과물 시장 통이 제일 적합한 곳이라는 생각이 들었습니다. 낮에는 청과물이 많이 쌓이지만 밤이면 조용해집니다. 밤이면 소년은 가마니 조각을 모아다가 이부자리를 만들어 나를 덮어주고는 다른 곳에서 자고 나왔습니다.

소년은 나 혼자 자는 것이 마음에 걸리나 봅니다. "아저씨를 우리가 자는 집에 모시고 가서 재워 드리고 싶지만 그러질 못해요. 집은 하숙집인데 싸구려 집이지요. 우리들은 재워 주지만 아저씨는 못 들어가요. 그래서 아저씨는 여기서 자야만 합니다."

마음 써주는 소년이 너무나 고맙게 느껴졌습니다.

병원에 입원하여 살아 보겠다고 서울까지 찾아왔는데 길은 열리지 않고 슬픔만 쌓여 갔습니다.

그러나 포기하지 않고 끊임없이 나는 편지를 썼습니다. 구두닦이 소년은 항상 내 옆에서 지키며 나를 도와주었습니다. 나이가 어린 소년이지만 생각하는 것을 보면 앞으로 많은 성장을 할 소년으로 나는 보았습니다.

이름이나 알아 둘 것을 하는 생각은 지금도 무척 아쉽습니다. 내 생명보다 더 귀한 그 소년은 지금은 많은 성장을 하여 성공하였을 것으로 믿습니다.

양쪽 무릎으로 기어서 서울 시내 어디 안 가본 데가 없었습니다. 생선시장은 물속에서 기어가야 하기 때문에 비릿한 생선물이 내 몸에 흠뻑 적셔집니다. 생선 썩은 냄새로 내 온몸에서도 썩은 냄새가 납니다. 그러나 내 옷은 그대로 말리는 수밖에 없었습니다.

나는 서울 시내에서 제일 유명한 거지였습니다. 다른 거지들은 건강하게 걸어 다니지마는 나는 기어 다니는 거지인데다 지저분하기가 이를 데 없었습니다. 나는 기어 다니면서 생각했습니다.

'이렇게 살다가 겨울이 되어 날씨가 추워지면 거리에서 얼어 죽을 수밖에 없다. 겨울이 오기 전에 길을 찾아야 하는데 찾을 길이 없다. 내 운명이 이쯤 되었으니 이제는 죽는 날까지 기다릴

수밖에 없구나.'

나는 구두닦이 소년에게 이야기했습니다. "이대로 있다가는 얼어 죽을 텐데 어찌하면 좋으냐?" "죽기는 왜 죽어요. 다 살아가는 길이 있어요. 기다려 봐요." 하더니 "아저씨! 일어서 보세요." 합니다. 신경이 마비되어 일어설 수 없다고 말하자 "아니에요. 한 번 해 봐요."하면서 내 손을 잡아끌었습니다. 그 때는 어느 병원 정문에서 버림받고 나올 때였습니다. "이 문을 잡고 손에다 힘을 주고 일어서 봐요. 내가 잡아줄 테니 어서 해 봐요. 할 수 있어요." "안 돼, 할 수가 없어." 대답은 그렇게 했지만 나는 용기를 갖고 힘을 주면서 일어서 보았습니다. 온 힘을 주고 일어서니 허리에서 뚝 하는 소리가 났습니다. 허리가 다시 부러진 모양입니다.

"아저씨가 혼자 힘으로 일어서지 못하면 겨울에 얼어 죽어요. 이제 겨울이 오면 여인숙이라도 가서 잠을 자야 하는데 기어 다니면 주인이 잠을 재워 주지 않아요. 죽기 보다는 나은 것이니 일어나 보세요." 소년은 비장한 목소리로 말했습니다. 나는 땀을 뻘뻘 흘리며 손에다 힘을 주고 일어서 보았습니다. 소년은 내 다리를 붙잡아 주면서 다리에 힘을 주어 보라고 했습니다. 손으로 힘을 주면서 조금씩, 조금씩 문에다 의지하고 일어나 보았습니다. 다리에 힘이 들어가지 않았습니다. 그러나 소년은 밝은 빛으로 "아저씨! 내일부터 이렇게 몇 번씩 연습하시고 오늘은 여기에 누워 주무세요." 했습니다. 병원 앞 담 밑에 가마니 조각을 깔고 덮고 밤을 지냈습니다.

아침에 소년이 다시 왔습니다. “자, 이 빵 드세요. 오늘은 수입도 없어요. 아침이면 몇 켤레 닦는데 오늘은 비가 와서 손님이 없어요. 빵이나 드세요.” “나중에 돈 벌면 줄게. 고마워.” 소년은 어제 밤에 비가 많이 와서 걱정이 많았는지 “비 많이 맞았지요?” 하고 근심어린 눈으로 물었습니다. “응, 가마니 사이로 빗물이 들어 왔어.”

비가 많이 오면 문제였습니다. 한 번 누워 버리면 그 자리에 있어야 하니까 빗물에 온 몸이 흠뻑 젖어 버립니다.

나는 빵을 받아먹고 다시 일어서기 운동을 시작하였습니다. 소년은 나에게 용기를 주려고 노력합니다. “오늘은 일어서야 합니다. 꼭 일어서야 합니다.” 나는 대답을 하고 있는 힘을 다 이용하여 문에다 의지하고 일어나 보았습니다. 벌벌 떨면서 나는 일어섰습니다. 손만 놓으면 바로 주저앉을 판입니다. “바로 이거예요. 이제 길이 있어요. 이제 목다리를 만들면 되는 거예요.”

소년은 나보다 더 기뻐하며 어딘가로 가서 금세 각목나무를 가져 왔습니다. “이것으로 목다리를 만들어 겨드랑이에 끼고 걸어보는 거예요.” 소년은 또 어디를 뛰어가서 망치도 가져오고 톱도 가져왔습니다. “아저씨, 우리 이제 목다리를 만들어요.” 참으로 기특한 소년이었습니다.

그렇게 둘이서 뚝딱뚝딱 만든 목다리를 겨드랑이에 끼고 일어서보니 처음에는 힘없이 넘어졌습니다. 그렇지만 포기하지 않았습니다. 넘어지면 다시 일어서고 또 넘어지면 다시 일어서기를 반복하여 드디어 내 힘으로 목다리를 짚고 일어설 수가 있었습니다.

꿈같은 현실이었습니다. 나를 도와 준 소년은 좋아서 어쩔 줄을 몰라 했습니다. "아저씨, 이제 살았어요. 살 수 있어요. 내일부터는 발을 떼는 연습을 하는 거예요." 소년은 마치 형님이 병원에서 퇴원한 것처럼 여기며 더 즐거워하였습니다. "우선은 내가 번 것으로 먹을 것을 사 가지고 올 테니 아저씨는 여기서 연습해요."

소년은 매우 영리하고 지혜가 많은 소년이었습니다. 열 세 살이면 아무 것도 모를 때인데 그 소년은 참으로 영리하고 총명한 소년이었습니다. 나는 소년이 말한 대로 계속 걸음마 연습에 열중하였고 소년은 벌어서 내 식사를 해결해 주었습니다.

수많은 노력으로 나는 소년의 도움을 받으며 걸음마를 시도했습니다. "아저씨, 더 와요. 조금만 더 와요." 비록 걸음을 많이 걷지는 못하지만 이제 전동차를 탈 수 있을 정도는 됐습니다.

전동차를 탈 수 있게 되자 서울 시내 여기저기를 누비며 찾아보았지만 삶의 희망은 좀처럼 열리지 않았습니다.

병원 입원은 구비서류가 필요하고 신문사나 방송국도 누구의 구원으로 길이 이루어지는 것이지 혼자 힘으로는 절대 길을 찾을 수가 없다는 것을 깨달았습니다.

그 분들은 나의 말을 믿지 않았습니다. 거지 생활이 직업이 된 것으로 믿기 때문이지요. 그 동안 서울 시내를 기어 다니며 쓴 편지는 수십 통이 넘으며 주로 남대문 지하도에서 쓴 편지가 가장 많고 청과물 시장에서 쓴 편지가 다음이었습니다.

그리고 그동안의 내용을 정리한 원고는 허리에 동동 매고 다녔습니다. 병원을 찾아가 허리에 찬 원고를 보여드리고 울면서 사정을 해 봐도 소용없고 신문사 정문에 있는 서울메디컬센터에도 가 보았습니다.

서울메디컬센터는 어려운 가정의 환자만 치료하는 병원이라고 듣고 정문에서 계속 시도해 봤지만 경비가 끌어내고 또 시도하면 질질 끌어다 놓고 하여 며칠을 시도 해보았지만 소용없었습니다.

세월이 꽤 흘렀습니다. 날씨도 제법 쌀쌀해졌습니다. 기어 다니는 일은 하지 않고 소년이 만들어 준 목발로 한 발 한 발 이동하여 남대문 지하도에 머무르게 되었습니다. 옛 고향에 온 느낌이었습니다.

구두닦이 소년이 나를 반겨 주었습니다. "아저씨, 그동안 어디서 지냈어요?" "응, 그냥 돌아 다녔어." "아저씨가 계실 때는 빵도 많이 사 주셨는데…." 남대문 지하도에 있을 때 구걸한 돈으로 다른 소년들까지 빵 파티를 많이 해주었던 것을 말하는 것입니다. "그런데 아저씨, 누가 찾아 왔었어요." "나를 찾았단 말이지. 혹시 신문기자라고 하지 않든?" "예, 맞아요. 어떤 기자 분이 아저씨를 찾으면서 나타나면 전화하라고 했어요. 여기 계셔 보세요. 전화하고 올 테니까요."

남대문 지하도에 있을 때 각 신문사나 방송국에 그토록 피어린 사연으로 매달려 보았지만 아무 반응이 없기에 고향인 전북일보사로 사연을 보낸 적이 있긴 했습니다. 그뿐이었습니다.

조금 있으니 소년이 왔습니다. "곧 오신다고 여기 그대로 있으라고 했어요." 나는 믿지 않았습니다. 영영 포기한 때가 진작이었습니다. 그런데 조금 있으니 누군가 두 사람이 찾아 왔습니다. "당신이 전북에서 온 임 경철입니까? 나는 신문 기자인데 지금 함께 고향으로 갑시다." "고향이요? 싫습니다. 고향에 가면 나는 죽어요." "그것이 아니라 당신을 기다리는 선생님이 있으니 지금 빨리 갑시다."

둘이서 나를 지프차에 들어서 태우고 서울역까지 왔습니다. 그 분들은 침대 열차에 나를 실어 놓고는 "당신, 여기 누워 있다가 이리역에 도착하면 신문기자 선생님이 기다릴 것이니 걱정말고 가십시오."하고 인사를 하면서 친절하게 대해 주었습니다. 먹을 것도 챙겨 주고 그 사람들은 내렸습니다.

그리하여 나는 다시 고향으로 오게 되었습니다. 그렇게도 고달프고 죽음의 구덩이에서 간신히 빠져나왔는데 다시 고향으로 돌아오게 되다니 기가 막히기도 하였습니다. 그러나 신문기자 선생님이 기다린다는 말에 희망을 걸고 이리 역에 도착하였습니다.

나는 간신히 몸을 일으켜 승무원의 도움으로 열차에서 내렸습니다. 내가 내리니 누군가 기다리고 있으셨습니다. 기자 선생님은 사진을 촬영하시며 "그 동안 서울에서 얼마나 고생이 많았소? 영상리에서 약속을 지키지 못해 대단히 죄송합니다." 라고 하시며 나를 대합실로 데리고 갔습니다.

의자에 앉히고 그 동안 서울에서 지내 온 이야기를 대강 적으시고는 다시 사진을 찍으시면서 이제 병원에 갈 길이 생길 테니 대합실에서 며칠만 기다리라고 했습니다. 그 기자 선생님은 영상리에 있을 때 다녀간 김 종석 기자 선생님이었습니다. 의사 선생님을 모시고와 진찰까지 한 바로 그 기자 선생님인 것입니다.

기자 선생님은 "내일 신문에 보도하고 그 후 병원으로 데려갈 테니 어디로 가지 말고 여기에서 꼼짝 말고 있으세요." 당부하면서 가셨습니다. 그 동안 빵이라도 사먹으라고 돈도 주셨습니다.

'아! 이제 살길이 열리는구나.' 생각하니 한없는 눈물이 흘러나왔습니다. '내가 과연 새로운 사람이 되어 사람 노릇을 할 때가 올까?' 생각하니 믿어지지 않았습니다. 신문기자 선생님이 떠난 후 다른 손님들이 옆으로 다가와서 이것저것 자세히 물어보았습니다.

나는 희망을 가지고 기다렸습니다. 그때만 해도 지방신문이지만 전북일보는 알아주는 신문이었습니다.

아침에 여러 사람들에게 부탁하여 전북일보 신문을 구했습니다. 내 사연이 크게 보도되었습니다. 제목은 '전북의 메아리' 였습니다. 그동안 내가 살아온 길을 자세히 보도하고 병원치료 길이 없어서 죽어가는 젊은 청년에게 우리 모두 힘을 합쳐 살길을 찾아 주자는 내용이었습니다. 나는 신문을 보면서 펑펑 울었습니다. '큰집과 누나도 나를 살리지 못하고 산에다 버렸는데 신문사에서 내 인생의 길을 열어주는구나.' 생각하니 고마움에 목이 메었습니다.

내 사연이 신문에 보도된 지 사흘 만에 김 종석 기자선생님께서 지프차를 가지고 오셨습니다. 나를 차에 태우고 전주 예수병원으로 가셨습니다. 예수병원은 시설도 좋고 의술도 좋은 병원이었습니다.

미국에서 오신 선교사 크레인 박사님이 병원장으로 계실 때입니다. 원장실로 나를 데려가신 김 종석 선생님이 원장님한테 자세한 이야기를 하셨습니다. 이야기를 다 듣고 난 원장님께서 알았다며 "자세한 진료를 하고 나서 필요하다면 수술을 해줄테니 염려 말고 가십시오." 합니다. 기자선생님은 사진을 찍으시고 떠나셨습니다.

기자 선생님이 돌아가시고 크레인 박사님이 직접 진찰하시더니 바로 입원 수속하라고 지시하셨습니다. 그렇게 바라고 기다렸던 병원 입원이었습니다. 이제는 죽어도 원이 없었습니다.

나는 생각하였습니다. 하나님이 나를 시험하신 것이 틀림없다는 생각이 들었습니다. 그 고통을 주며 삶의 인내력이 얼마나 되는가 시험하여 보시고 이제는 '너의 삶을 만들어주마.' 하시고 하나님의 종이신 김 종석 선생님을 통하여 예수병원에서 치료하게 하심을 생각하니 감사의 눈물이 쏟아져 나왔습니다.

그렇게 애타게 기다리던 병원까지 왔으니 수술하고 건강이 회복되면 '나도 사람다운 사람이 되겠지' 하는 희망이 솟구쳤습니다. 이렇게 고맙고 은혜로운 분들의 도움으로 다시 살아난다면 '남은 생을 정말 보람되게 보내야지' 하는 희망이 생긴 것입니다.

예수 병원에 입원한 나는 병실 침대에 누웠습니다. 그 썩어서 냄새나는 옷을 벗어 버리고 깨끗한 환자복을 갈아입고 침대에 누웠습니다. 나는 마치 천국에 온 느낌이었습니다. '그렇게 살아 보겠다고 몸부림쳤던 내가 아닌가!' 진정으로 전북 일보 김 종석 기자선생님은 하늘의 천사님이 틀림없습니다. '하나님 감사합니다.' 나는 하나님을 믿는 신자도 아니면서 저절로 감사의 기도가 나왔습니다.

입원한 나에게 의사 선생님들의 손길이 바쁘게 오고갔습니다. 며칠 동안 종합 진찰을 마치고 수술실로 옮겨졌습니다. 몇 시간 동안 수술을 하였는지 알 수는 없으나 정신을 깨고 사람을 알아볼 수 있게 되었습니다. 옆에서 의사 선생님들이 내 이름을 불렀습니다. "임 경철 씨! 내가 누구인지 아시겠소?" "예, 선생님!"

정신이 들자 중환자실에서 병실로 옮겼습니다. 침대에 나를 눕히고는 손과 발을 침대에 묶어 놓았습니다. 움직이면 안 되기 때문입니다. 그런데 허리 수술은 물론이고 눈 수술도 하였다고 했습니다. 방앗간에서 허리를 다치면서 눈까지 손상되어 한쪽 눈을 빼어 버렸다는 것입니다.

한 쪽 눈까지 수술 받은 나는 마음이 슬퍼졌습니다. 한 쪽 눈으로 어떻게 거친 세상을 살아 나갈까 생각하니 앞으로 살아 갈 길이 막막했습니다. 그러나 수술을 받게 된 것만으로도 하나님의 은혜였습니다. 하나님이 아니라면 이 엄청난 일을 하셨겠습니까? '하나님 감사합니다.' 자꾸만 하나님만 불러집니다. '나보다 못한 신체불구자나 정신박약아도 살아가는데 눈 하나 없다고 인간세상을 못살까.' 라고 생각하니 자신감이 생겼습니다.

하루 이틀, 의사 선생님의 정성어린 치료로 내 건강은 나날이 회복되어 갔습니다. 그런데 옆 침대에 있는 환자들은 보호자가 있어서 불편한 것을 시중들어 주건만 나는 아무도 옆에 없었습니다. 나에게 가장 기쁜 시간은 하루 세끼 식사시간이었습니다. 그러나 옆 환자는 간식으로 사과며 음료수 등 여러 가지들을 먹는데 나는 누가 음료수 하나 가지고 찾아 와 주는 이 없는 외로움이 많았습니다.

사람은 참 간사한 동물인가 봅니다. 병원에 입원해서 수술만 받으면 부러울 것이 없을 것 같았는데 조금 회복되고 보니 욕심이 생긴 것입니다. 나는 다시 마음을 고쳐먹었습니다. 건강만 회복되면 살아갈 수 있는 길이 생기는데 그까짓 것은 얼마든지 참을 수 있다고 생각했습니다.

가끔 김 종석 기자 선생님도 찾아 주시고 신문보도를 읽고 찾아 온 여학생들이 위안 기도와 책도 가져다주었습니다. 나는 그들이 사다준 책을 읽는 것이 병원생활의 유일한 즐거움이었습니다. 시간이 흐르자 나는 예수 병원에서 가장 고참 환자가 되었습니다. 보통 다른 환자들은 몇 주만에 퇴원하지만 나는 장기간 입원하고 있었기 때문입니다.

척추 신경 수술 때 미국에서 신경으로는 최고 권위자이신 윌리암 박사님이 내 수술을 하였다는 말을 들었습니다. 마침 선교 사업을 하고 계신 크레인 박사님을 만나 보기 위하여 한국에 오셨던 때가 맞아 윌리암 박사님의 수술을 받게 되는 영광을 안게 된 것이었습니다. 그 때 그 시절에는 한국에서는 척추수술을 거의 못할 때라고 이야기를 들었습니다. 정말이지 이런 행운을 두고 '하나님께서 역사하셨다.' 고 하는가 봅니다.

날이 갈수록 신경이 살아나 마음대로 일어날 수도 있고 다리에도 힘이 나오기 시작했습니다. 병원에서 지급하는 목발로 운동을 하였습니다. 한 발 한 발 발에다 힘을 주는 것이 매일 매일 훈련이었습니다. 의사선생님은 "오늘은 몇 분 하였소!"하며 물어보기가 일상 질문이었고 내가 대답을 하면 매일 조금씩 시간을 증가하도록 지시하셨습니다. 시키는 대로 매일 열심히 했습니다.

그렇게 며칠을 하고나니 퇴원 명령이 떨어졌습니다. 아직 마음대로 걸어 다니지도 못하는데 걱정이 앞섰습니다. 기자 선생님께서 오셔서 "이제 퇴원하라고 하니 퇴원합시다." 하셨습니다. "선생님, 퇴원하면 어디로 가나요? 갈 곳이 없는 데요." "이제부터는 걸어 다니며 다리운동만 하면 다리에 힘이 생긴다니 퇴원할 수밖에 없습니다." 하시며 기자 선생님은 둘째누나 집으로 가자고 했습니다. "둘째 누나 네는 시어머니 때문에 안 됩니다." 하였더니 "나하고 같이 가면 되지 않겠습니까?" 하셨습니다. 선생님이 잘 말씀 드릴 것이니 걱정 말라고 했습니다.

선생님과 지프차로 둘째 누나 집으로 갔습니다. 누나는 살아서 돌아온 나를 반갑게 맞이하는데 사돈어른은 절대 반대하십니다. 그렇지만 기자 선생님이 자세하게 설명하고 설득하셔서 그때부터 둘째 누나 댁에서 지내게 되었습니다. 생활비는 면사무소에서 긴급 구호로 도와준다고 하였으니 회복될 때까지만 도와주시라고 하며 기자 선생님은 돌아가시고 나는 사돈께 간곡하게 말씀드렸습니다.

"겨울만 나면 다른 데로 갈 테니 몇 달만 있게 하여 주십시오. 이 몸으로 어디 갈 데가 없습니다." 울면서 사정하였더니 사돈어른은 할 수 없는 듯 방으로 들어가셨습니다. 누나는 나를 아래채 방으로 데리고 갔습니다. "여기 있어라. 방은 좋지 않지만 참고 견뎌야지, 어떻게 하겠니?" 나는 방이 좋고 나쁘고의 문제가 아니었습니다. 무사히 겨울을 나는 것이 제일 큰 문제였습니다.

누나 집 아래채 방에서 숨죽이며 겨우살이를 했습니다. 누나는 집 식구들이 식사가 끝난 뒤에 살짝 방으로 밥을 가지고 옵니다. "자, 어서 밥 먹어라." "예, 고마워요. 미안합니다. 겨울만 나면 다른 데로 돌아다니며 살 테니 너무 근심하지 마세요. 누나한테는 정말 미안하고 고마워요. 이 은혜 잊지 않을 게요. 이제 얼어 죽지만 않으면 건강이 회복된대요. 삼 년 동안만 목발 신세로 다리 운동하면 완전한 힘이 돌아온대요. 그러니 누나 조금만 참아 주세요."

어두운 밤에 얻어먹는 밥은 정말 꿀맛이었습니다. 미안하여 숟가락 소리도 내지 않고 빨리 먹어야 했기 때문에 순식간에 밥 한 그릇을 비웁니다. "빨리 나가요. 사돈어른께 미안하니 빨리 가세요." 내가 온 이후로 시어머니 눈치를 보느라고 누나는 시집살이가 더 심해졌습니다. 그래도 나 때문에 누나는 참아야 했습니다. 친정 동생 때문에 시집가서 살고 있는 누나까지 고통을 받는다고 생각하니 몸 둘 바를 몰랐습니다. 그러나 달리 방법이 없으니 꾹 참고 겨울만 빨리 가기를 기다렸습니다.

누나 집에서 지낸 지 이 개월쯤 지났을 때입니다. 날씨는 여전히 추웠습니다. 나는 누나 집에서 참다못하여 누나 몰래 집에서 나오게 되었습니다. 누나한테 편지 한 장 써놓고 조금씩, 조금씩 걸어서 버스 정류장까지 가서 영상리 고향을 다시 찾았습니다. '병원에서 수술을 받고 웬만큼 나았으니 큰아버지도 이제 나를 버리지 않겠지.' 하는 기대감에 큰댁을 찾았으나 대문에도 못 들어 오게 하였습니다. "다른 데서 죽든지 살든지 하지 우리 집에는 못 들어 온다." "병원에서 수술하였으니 운동만 하면 되니 도와주십시오." "나는 못한다. 나는 못하니까 너희 큰누나한테 사정해 보거라."

정말이지 무정한 사람이었습니다. 큰아버지가 아니라 남보다 못했습니다. 어쩌면 그렇게도 인정이 없는지 서운하고 서러워서 사지가 벌벌 떨렸습니다. "조카자식도 자식인데 어쩌면 그다지도 인색하십니까? 좋습니다. 차라리 다른 데로 가서 사정해 보겠어요. 잘 먹고 잘 사십시오."

나는 불편한 몸으로 큰댁을 빠져나와 뚜벅뚜벅 양쪽 목발에 의지한 채 큰 누나 집으로 가 보았습니다. 그러나 큰 누나도 역시 반대하였습니다. "지난 세월도 끔찍한데 왜 또 와서 사람 복장을 지르느냐? 이제는 죽어도 다시는 너를 데리고 못 있으니 다른 데로 가서 살 길을 찾아 보거라." 아무리 사정하고 애원해 보아도 소용이 없습니다. 나는 또 어딘가로 발길을 옮길 수밖에 없었습니다.

살아 갈 길이 또 다시 막막하기만 했습니다. 이제는 몸만 회복하면 살 수 있는데 누구하나 동정해 주는 이가 없었습니다. 인정이 메마른 사회였습니다. 조카를 버리고 동생을 버리는 삭막한 현실이었습니다. 나는 눈물을 흘리며 다시 발길을 옮겨 이 집 저 집 기웃거리다 마을 제일 끝에 있는 부잣집을 찾았습니다. "아저씨, 저를 오늘밤이라도 자고 가도록 허락해 주십시오. 누나 집은 잘 곳이 없다고 하니 갈 곳이 있어야지요." 그 부잣집은 누나하고 친척되는 집이었습니다. "그래, 그럼 머슴방에서 자거라." "예, 고맙습니다." 나는 제일 끝 방에 머슴살이 하고 있는 길동이 방으로 들어갔습니다.

길동이라는 사람은 나보다 나이가 어렸지만 동향이라서 잘 알고 지내는 처지였습니다. "길동아, 미안하다. 아저씨께서 승낙하셨어. 오늘 밤 여기서 자고 갈 테니까 불편하더라도 욕하지 마." "아니에요. 병원에서는 언제 퇴원했어요?" "응, 며칠 전에 허리 수술 마치고 퇴원했어. 이제 조금만 지나면 힘이 생긴다고 하네. 그 동안 갈 데가 없어서 그래." "그럼 여기서 지내요. 나 혼자 자는데 어때요." 어린 나이였지만 아무 거리낌 없이 함께 지내자고 말하는 길동이가 한없이 고마웠습니다. "길동아, 정말 고맙다." "형, 별 말씀을 다하십니다. 방도 따뜻하니 이쪽으로 와서 누워 있어요." 어릴 때부터 고생을 많이 하며 자란 아이라 내 형편을 누구보다 잘 이해하여 줍니다.

그 날 밤 감사한 마음으로 잠을 자고 아침에 주신 밥까지 얻어 먹었습니다. 아침 식사가 끝난 뒤 나는 아저씨한테 사정 이야기를 하였습니다. "여기서 조금만 지내면 안 되겠습니까? 폐가 되지 않게 식사는 나가서 걸식하고 잠이라도 잘 수 있게 도와주십시오." 몇 번을 사정하였더니 "그럼 그렇게 하거라." 하시며 승낙을 하셨습니다. 나는 거듭 고맙다고 인사하고 사랑방에 와서 길동이에게 말하였습니다. "아저씨가 있으라고 하였어. 길동아, 고맙다." 진심으로 감사하여 길동이에게 연신 인사를 하였습니다.

길동이는 밤이면 벼 짚 한 단씩 금세 꼬고는 잠을 자는데 나는 밤이 새도록 꼬아야 간신히 마칠 수가 있었습니다. 길동이에게 배웠지만 그래도 잘되지를 않았습니다. 잠시 눈을 붙이면 금세 날이 밝았습니다. 아침이면 소죽을 끓여서 소에게 밥을 먹여야 했습니다.

나는 목발을 짚고 길동이 하는 일을 도와주었습니다. 길동이는 소죽을 끓이는 순서를 자세히 가르쳐 줍니다. 나는 길동이 방에서 지내는 대가로 겨울에 길동이가 하는 일을 내가 맡아서 하였습니다. 밤이면 새끼 꼬는 일이며 소밥을 끓여 주는 일까지 내가 다 했습니다.

그러나 머슴 일을 돕는 신세가 되었어도 세월이 지나면 건강을 되찾을 수 있다는 희망에 고된 줄도 몰랐습니다. 낮에는 이 집 저 집 다니며 구걸하여 쌀도 빌려 오고 김치도 얻어 왔습니다. 얻은 쌀과 김치로 내 식사문제는 해결되었습니다. 소죽 끓이는 시간에 조그맣게 구멍을 뚫어 놓고 그 위에 냄비를 올려놓으면 냄비에서 보글보글 끓으며 밥이 됩니다. 소죽은 끓으면 소가 먹고 냄비의 밥은 내가 먹습니다. 김치에다 먹는 밥은 어떤 고기반

찬보다도 맛이 있습니다.

길동이 방에서 지내고 있다는 소문이 퍼져서 이제는 마을 친구들도 찾아옵니다. 몇몇 친구들은 밤마다 찾아옵니다. 어느 때는 닭을 잡아 오기도 합니다. 영양 보충을 하여야 빨리 회복된다면서 솥에다 살며시 닭을 넣어 주기도 합니다. 그 동안 먹어 보지 못한 닭고기 맛이란 정말 기가 막혔습니다. 비록 크기는 작지만 그런 것을 따질 형편이 아니었습니다. 그저 고맙게 먹을 따름이었습니다.

그 사이 세월이 흘러 따뜻한 봄이 되었습니다. 수술한 허리는 많이 좋아져 목발을 짚으면 제법 잘 걸어 다니게 되었습니다. 다리에도 부쩍 힘이 생겼습니다. 조그마한 도랑은 건너갈 수 있을 정도로 좋아졌습니다.

참으로 신기했습니다. 그동안 신경이 마비되어 발가락 하나조차 움직이지 못하던 몸이 이제는 걸어 다닐 수 있다니 누구하나 부러울 것이 없는 기분이었습니다. 하늘로 날아갈 것 같았습니다. '그래, 바로 이거야. 얼마 있으면 내 힘으로 벌어서 살 수 있어. 이제는 문전걸식 하지 않아도 살 수 있는 날이 올 거야.' 하는 자신감에 나날이 꿈에 부풀어 있습니다. 나는 멀리 나가서 쌀과 김치 등을 얻어 오기도 합니다.

길동이의 사랑방에서 생활한 지 오 개월정도 되었습니다. 봄이었습니다. 밭에는 보리밭을 매는 아주머니들이 많이 있습니다. 나는 보리밭에서 풀매는 아주머니들의 일손을 덜어 주었습니다. 목발 짚고 보리밭 일을 도와주면 점심을 배부르게 얻어먹을 수 있습니다. 아주머니들께서는 "불편한 몸으로 무슨 일을 하려고 그래."하시며 만류하십니다. "아니에요. 제가 도와 드리면 밥을 주시잖아요. 일이라도 하고 밥을 얻어먹어야지요."

힘을 쓰고 일을 하면 다리에 기운이 더 생기는 것 같습니다. 고단한 줄도 모릅니다. 살 수 있다는 자신감도 더해 갔습니다.

그러다가 이곳에서 여러 사람에게 신세만 질 것이 아니라 내 힘으로 먹고 살 길을 찾아야지 하는 생각에 고향 마을을 떠나기로 결심했습니다. 주인아저씨께 고마운 작별 인사를 하고 버스를 타고 둘째 누나 집으로 찾아 갔습니다. "누나, 그 동안 미안했어요. 영상리 길동이 방에서 지내고 왔어요. 누나한테 미안해서 몰래 도망친 것이니 용서 하세요." "그래, 네 마음 잘 안다. 나도 너한테 미안하구나. 시어머니 때문에 어찌할 도리가 없어서 그랬다만 아직은 목발 신세라 어떻게 혼자 힘으로 산단 말이냐?" "아니에요. 살 수 있어요. 이제는 내 힘으로 살 거예요. 지금은 돈이 없어서 무얼 못하지만 돈 벌면서 살 수 있어요. 그래서 밑천 안 드는 장사를 한 번 해볼까 해요."

내가 먹고 사는 일로 제일 먼저 생각해 낸 것은 고물장수(엿장수)였습니다. 고물장수를 하겠다는 것은 이유가 있습니다. 척추신경마비 환자들은 오래토록 신경을 쓰지 못하면 신경이 마비되는 것입니다. 한 번 신경이 마비되면 재생 시간이 너무 깁니다. 뼈는 수 주일이면 다시 원상 복구가 되는데 신경은 오기가 많은 놈이라 잘 달래고 꾸준한 운동으로 훈련을 시켜주어야 제자리로 돌아가 원상회복 되는 것입니다.

엿장수를 하면 계속 걸을 수 있기 때문에 운동이 되므로 엿장수를 택한 것입니다. 수술한 허리는 이젠 아프지도 않았습니다. 허리를 구부렸다 폈다 운동을 하여 보아도 통증이 없습니다.

신경만 되살아나면 내 건강에는 이상이 없는 것입니다. 나는 재활 치료가 필요하기 때문에 장기적으로 계획을 세운 것입니다. 내가 노력하여 밥이라도 벌어서 먹고 손수레에 의지하고 걸어 다니면 목발도 필요 없습니다.

김제시 금산면 원평리에서 둘째 누나 시댁 쪽에 아시는 분이 고물장수를 하신다고 하기에 찾아 갔습니다. "아저씨, 김제 부용리에 계시는 서 씨가 저의 매부되는 분입니다." "아, 그래요." "불의의 사고를 당해 허리를 예수병원에서 수술하였습니다. 많은 재활 운동을 하여야 다시 건강이 살아 난다고 합니다. 여기에서 장사하고 지냈으면 해서 여기까지 찾아 왔습니다." "그렇군요. 그런데, 몸이 불편한데 손수레를 끌수 있겠어요?" "예, 손수레에다 의지하고 다니면 할 수 있을 것 같아요." "그렇다면 한번 해 봅시다." "예, 감사합니다." 주인아저씨가 승낙하셨습니다.

주인 아저씨께서 엿 방으로 들어가라고 하기에 장사꾼들이 계시는 방으로 들어갔습니다. "실례합니다. 안녕하십니까?" 나는 큰 소리로 인사를 하였습니다. "김제군 영상리에서 온 임 경철입니다." 엿 방은 사람들이 많았습니다. 한 쪽에서는 화투놀이, 또 한쪽에서는 소주 파티 등 많은 분들이 계셨습니다. "병원에서 수술을 받았는데 여기서 지내볼까 하고 찾아 왔습니다. 많이 도와

주십시오.” “이 일이 많이 힘들 텐데요.” “아닙니다. 주인아저씨도 승낙하셨습니다. 해 보겠습니다.” “경험이나 있소?” “아닙니다. 한 번도 해본 적은 없습니다.” 사람들은 모두 미심쩍은 눈으로 나를 바라보았습니다.

그날 밤, 엿 방에 있으면서 엿 만드는 것도 처음 보았습니다. 엿 만드는 모습이 신기했습니다. 말뚝에다 걸쳐서 때리고 잡아당기고 계속 반복하면 하얀 엿으로 변하는데 빨리빨리 처리하여야 하는 작업이었습니다. 아저씨들은 부지런히 자기가 장사할 엿을 준비하여 놓고 개인적인 일을 보러 외출하시는 분도 계시고 방에 누워 잠을 청하시는 분도 있고 목욕하시는 분도 있으며 각자 일에 몰두하였습니다.

“자네도 준비를 해야지?” “아닙니다. 내일 주인아저씨가 자세히 교육을 시킨다고 하셨습니다.” “응, 그렇지. 이것도 복잡하지. 고물이 한 두 개가 아니라 수십 가지가 넘으니 그것을 다 알아야 해. 많은 경험이 필요한 장사여.” “예, 잘 알았습니다. 명심하여 잘 배우겠습니다.”

아침에 장사하는 어른들과 식사를 마치고 주인아저씨의 부름을 받고 사무실로 들어갔습니다. “어서 들어와요.” “예, 안녕하셨습니까?” 나는 정중히 인사를 드렸습니다. “군대도 다녀왔다지?” “부모님께서 일찍 돌아가셔서 이 고생을 하고 있습니다.” “하긴 그렇지. 사람이 복이 있어야 하는데 복이 없으면 그런단 말이어. 그러나저러나 내일부터 당장 나가 보도록 해. 경험도 얻을 겸 내일부터 나가서 해봐. 수레는 제일 작은 것으로 줄 테니

한 번 나가서 해 봐." "예, 알았습니다."

주인 아저씨께서는 어깨까지 토닥여 주시고 '오늘은 저 방에서 푹 쉬라' 고 하시며 나가셨습니다. 나는 다시 엿 방으로 왔습니다. 소지품이라고는 누나가 준 칫솔과 치약, 그리고 내가 제일 좋아하는 편지지와 볼펜이 전부였습니다.

그 방에는 여기저기에 놓여 있는 각자의 가방이 가득했습니다. 각자 개인 소지품 가방들입니다. 그 가방들을 보니 '이 분들은 어찌하여 이곳에서 지낼까?' 하는 생각이 들었습니다. 물론 가정을 두고 오신 분들도 계실 테고 혼자 몸으로 돌아다니는 분도 계실 것입니다. '인생살이가 이렇게 복잡한 것이구나.' 하는 생각도 다시 하여 봅니다.

둘째 날 밤에 주인아저씨가 준비하여 주신 엿목판을 받았습니다. 장사하는 엿 목판 중에서 가장 작은 것을 골라서 엿 세 근을 만들어 주신 것입니다. 길게 늘어 뺀 엿가락이 아마 이 십 줄은 넘어 보입니다. 엿목판에 밀가루를 바르고 길게 늘어낸 엿가락을 차곡차곡 놓으시며 "내일 아침에 이 엿을 가지고 장사하여 보게." 하십니다.

그 때는 1966년도 시절입니다. 경제적으로 발전이 안 되었을 때입니다. 식생활이 넉넉하지 못할 때라 보통의 가정에서 하루에 두 번 정도 식사를 할 때였으니까 아이들도 배고파서 허덕일 때였습니다. 군것질은 생각도 못할 때였습니다. 엿은 쌀로 만든 식품이고 달고 맛이 있지요. 그 때는 엿이면 누구나 잘 먹을 때였습니다. 아이들도 좋아하였고 어른들도 좋아했던 시절이었습니다.

아침에 엿목판에 담겨져 있는 엿을 손수레에 동여매었습니다. 그리고 주인아저씨가 주신 엿가위를 쟁그랑 쟁그랑 두 손으로 마주치면 가위 소리가 골목길에 울려 퍼졌습니다. 그 때 그 시절에는 엿장수 아저씨가 아이들에게는 반가운 아저씨로 여겨지던 때였습니다.

"야, 아저씨 왔다. 엄마, 엿 사줘!" 엄마는 아이들의 보챔에 못 이겨 헌 고무신짝이나 빈병, 쇠 조각등을 손에 들려보냅니다. 아이들은 그것들을 들고 바로 나와서 "아저씨, 엿 주세요."하고 함박웃음을 짓습니다. "응, 그래." 고물을 들고 나오면 엿을 듬뿍 잘라줍니다.

여기저기서 아이들이 고물을 들고 나옵니다. 어르신들도 가지고 나오십니다. "이 아저씨는 처음 보는 아저씨네" "예, 맞습니다. 오늘 처음 나왔습니다." 아이들은 내가 주는 엿을 들고 집으로 뛰어 갑니다. 당시의 엿은 가느다란 엿으로 지금은 그런 엿은 없습니다. 배고픈 시절에 인기 만점이었던 엿이었습니다.

옛날 시골에는 아이들도 많았습니다. 지금은 시골에 가면 노인들뿐인데 옛날에는 아이들이 더 많았습니다. 집집마다 아이들 소리가 많이 났습니다. 나는 몇 시간 안가서 엿이 동이 났습니다. 한참 재미있게 시간을 보내니 엿이 다 떨어졌습니다.

수레를 앞세우고 뒤에서 밀면 수레가 목발 역할을 합니다. 앞에서 끌어당기면 내가 몸을 지탱할 수가 없습니다. 아직은 다리 힘이 부족하여서 수레를 앞세우고 뒤에서 밀어야 하는 것입니다. 나는 끙끙대며 고물상으로 왔습니다. 주인아저씨가 "벌써 왔어?"하며 놀래십니다. "예, 엿이 없어서요." 주인아저씨는 웃으시며 "할 만 하던가?" 묻습니다. "예, 그런대로요."

하루 장사한 고물을 분리하여 빈병 몇 개, 고무신짝이 몇kg, 쇠 조각이 몇kg, 순서대로 분리하여 장부에 기록합니다. 주인아저씨는 주판으로 계산하시더니 "오늘 장사 잘 했는데…." 하십니다. "그래요?"

자세히 살펴보고 오늘은 본전이라고 하십니다. 엿 값, 식사비를 계산하니 겨우 본전이었습니다. 그 날 돈벌이는 엿 값과 식사비를 제외한 나머지가 수입이었던 것입니다. 나는 하루 장사를 해 보니 '고물장사가 이런 것이구나.' 하는 것을 알았습니다. '내일 더욱 더 열심히 하면 돈도 벌 수 있겠구나.' 하는 자신감도 생겼습니다.

저녁때가 되니 장사 나간 아저씨들이 하나 둘씩 들어오기 시작했습니다. "아저씨, 수고 하셨어요." "응, 그래. 벌써 왔어. 돈 많이 벌었어?" "아니요. 본전이랍니다." "처음 하는 장사치고는 잘한거야. 보기에는 쉬워 보여도 고물장사가 여간 어려운 거 아니야. 고물을 볼 줄 알아야 돈을 벌 수 있어." "예, 알았습니다."

이곳에서 장사한 경력이 삼 년, 사 년 또는 십 년이 넘으신 어르신도 계셨습니다. 노인 분들은 의지할 곳이 없어서 이곳이 삶의 안식처가 된 어르신도 계셨습니다.

오늘 장사하여 보니 여러 가지 생각이 많았습니다. 특히 아이들과 이야기 하다 보니 금세 시간이 지나갔습니다. '몇 일간 더 장사를 해 봐야 하겠지.' 생각하며 어르신들을 보니 그 분들은 뭔가 경험하고 알고 있는 듯한 느낌이 들었습니다. "오늘 고단했지." "예, 조금 힘이 들었습니다." "척추 신경 마비로 수술을 받았으면 몸조심하고 너무 무리하지 말게." "예, 잘 알았습니다." "오늘은 고단할테니 그만 자게." "아니요. 내일 장사준비를 해야지요." "아니야, 내가 준비하여 놓을테니 어서 잠이나 자게나." "예, 감사합니다." "그래, 이 몸으로 장사하느라고 얼마나 힘들겠나. 어서 잠이나 푹 자게." 아저씨들은 고생을 많이 하신 분들이라 인정이 많으셨습니다. 그 날 밤은 아저씨들의 고마운 도움으로 일찍 잠을 잘 수 있었습니다.

이튿날 아침 식사를 마치고 아저씨들은 제각기 다른 곳으로 장사를 나가셨습니다. 나는 다들 나가신 후에 주인아저씨께서 주신 엿목판을 수레에 동여매고 거리로 나왔습니다. 엿가위질도 할 줄 몰라서 아무렇게나 쟁그랑 쟁그랑 두들겨 댔습니다.

아직은 다리에 힘이 없는 몸이라 멀리는 못 갔습니다. 고물상에서 얼마 안 떨어진 동네 골목에서 가위만 두들겼습니다. '쟁그랑 쟁그랑.' 가위 소리는 엿장수가 왔다는 신호입니다. 엿장수 가위소리에 아주머니들께서 고물을 주시고 아이들도 고물을 가져옵니다. "아저씨, 엿 많이 주세요." "그럼, 많이 주지. 얼마든지 줄 테니 집에 가서 못 쓰는 고물이 있으면 다 가지고 오너라." 하며 소리쳐 봅니다.

병원에서 한 쪽 눈을 수술 받은 터라 그냥 다니기가 쑥스러워 까만 안경을 쓰고 다녔습니다. 그랬더니 아이들에게는 안경 쓴 아저씨로 소문이 났습니다. 아이들이 안경 쓴 아저씨가 제일 엿을 많이 주니 고물을 모아 두었다가 사 먹을 정도로 유명해졌습니다.

엿 장수 생활 삼 개월정도 되니까 고물도 볼 줄 알고 얼마짜리 고물인지도 대강은 파악하게 되었습니다. 그러자 '고물장사를 해서도 얼마든지 돈을 벌 수가 있겠구나.' 하는 생각이 들었습니다. 그래서 고깔모자도 사고 꽹과리도 샀습니다. 옷도 깨끗한 것으로 사 입었습니다. 본격적인 장사를 하여 보겠다는 마음이었습니다.

이제는 엿을 많이 만들어 가지고 멀리도 가 보았습니다. 동네 골목에서 꽹과리를 치며 "싸구려, 싸구려. 엿 많이 주는 안경쟁이 엿장수가 왔으니 다들 나와 보시오." 소리치면 아이들이나 아주머니께서 기웃거리며 아이들 손에 고물을 들려 보내 주십니다. "자, 많이 먹어라." 엿 아까운 줄도 모르고 맛보기도 많이 주었습니다.

다른 사람들은 얼마 팔지 못하는데 나는 수레에 가득 차서 고물이 들어갈 곳이 없을 정도로 많이 가지고 돌아갑니다. 내 힘으로 수레를 끌지 못하여서 아이들이 끌고 밀고 고물상까지 올 때도 있습니다. 나는 고마운 마음으로 노트도 사주고 연필도 사 주었습니다.

엿장수 몇 년씩 한 사람도 고물을 얼마 하지 못하는데 나는 너무 많아서 못가지고 올 지경이니 고물상 주인께서 좋아 하셨습니다. "이제 임 군이 상군이어." 장사 제일 잘하는 사람을 상군이라고 합니다. 고물을 저울로 계산하면 내가 제일 많이 벌었습니다.

주인아저씨 집에서 장사한 세월이 어언 이 년이 흘렀습니다. 그 동안 걷기 운동을 꾸준히 한 덕분으로 나는 건강이 완전히 회복되었습니다. 목발은 집어 던져버렸습니다. 힘이 생겼습니다. 자신이 생겼습니다.

나는 어느 마을에 가든 인기 만점이었습니다. 인심 좋은 총각 안경쟁이 엿장수로 소문이 파다했습니다. 어느 마을이나 내가 가면 수레에 고물이 가득 찼습니다. 그때만 하여도 마을 아이들이 점심밥을 못 먹는 아이들이 많았습니다. 배가 고프니 엿을 더 좋아 하였습니다. 고물을 안 가져 와도 아이들에게 엿을 주었습니다.

나는 아이들한테 정이 많이 들어 학용품도 사주고 마을에서 굶주리는 아이들에게는 보리쌀도 팔아다 주고 이불이 없는 애들에게는 이불을 사다 주기도 하였습니다. 내가 그동안 고생했던 일을 생각하여 보면 이제는 은혜를 베풀 때가 되었다는 생각이 들었기 때문입니다. 내 힘으로 벌어서 아이들한테 조금이라도 도움을 줄 수 있다는 것이 더 감사했습니다.

아이들은 나만 나타나면 수 십 명씩 모여 들었습니다. 나는 아이들에게 거리의 선생님이 되어 좋은 동화도 들려 주었습니다. "여러분! 여러분들은 공부도 열심히 하고 부모님 말씀도 잘 들어서 훌륭한 사람이 되어야 해. 부모님의 은혜가 무엇이며 어떻게 살아야 하는지 생각하며 열심히 공부해야 되는 거야. 여러분들이 공부하다가 모르는 것이 있으면 아저씨한테 물어봐. 숙제도 가르쳐 줄게."

어떤 아이들은 학교에서 숙제를 내면 내가 오기만을 기다렸다가 물어 보는 아이들도 있었습니다. 나는 이렇게 건강이 회복되어 내 힘으로 살아가는 것을 행복으로 생각하며 거리에서 아이들과 지내는 것을 보람으로 생각하였습니다.

아이들한테 조금이라도 보탬이 된다면 그것보다 큰 기쁨이 어디 있겠습니까. 작으나마 아이들에게 힘이 되어 주어야지 하는 생각뿐이었습니다.

그러면서 선생님 엿장수로 소문이 퍼지기 시작하여 파출소 소장님이나 면장님께서도 칭찬이 자자하게 되었습니다. 거리에서 좋은 일을 많이 하는 임 경철로 원평 전체에 소문이 퍼지기 시작하여 김 종석 기자 선생님이 오셨습니다. "자네, 퇴원해서 누나 집에 있는 줄 알았는데 여기까지 왔어?" "예, 건강을 회복하기 위하여 재활운동으로 시작한 장사였습니다." "그 동안 어떻게 지냈는가? 대강 이야기 해보게."

나는 그 동안에 있었던 일을 대강 말씀드렸습니다. 김 종석 기자 선생님은 내 얘기를 메모하시고 사진도 찍으셨습니다. "우리 임군은 여기서 썩기는 아까운 사람이야. 행동 하나하나를 보면 알 수 있어. 이제 건강을 회복했으니 좋은 자리를 알아 봐." "아니요. 이 장사도 좋습니다." "이 장사는 발전성이 없어. 잘 생각을 해 봐." 언제나 좋은 일만 하시는 기자 선생님이셨습니다.

이튿날이었습니다. 전북일보 신문에 「거리의 교사 엿장수 임 경철」이라는 제목으로 내가 엿 장사하는 모습 그대로 신문에 보도되었습니다. 병원 생활부터 지금의 엿장수가 되기까지의 생활이 자세하게 신문에 보도되자 엿 방에서 지내던 아저씨들이 칭찬을 많이 하여 주고 '우리 고물상에 인물 났다.' 며 그 날 밤에 막걸리 파티를 열어 주셨습니다. 주인아저씨가 한 턱 낸 것입니다.

주거니 받거니 술도 취하고 노래도 불러댑니다. 방에서 서로 도와 주시던 아저씨들이 더 좋아 하셨습니다. "나는 처음 올 때부터 알아보았어. 저 사람은 보통 사람이 아니라고 봤어. 임 군, 꼭 성공해야 돼. 좋은 직장 구하고." "예, 잘 알겠습니다."

신문에 기사가 나간 후 며칠 만에 김 종석 기자선생님께서 다시 오셨습니다. "임 군, 자네 취직 되었네. 여기 생활은 이것으로 접고 이제 자네 삶을 찾아야지." "예, 정말 감사합니다. 여기 마무리 하고 가겠습니다. 삼 일만 시간을 주십시오."

기자 선생님이 가신 후 나는 그 날 밤 주인아저씨와 아주머니께 "그동안 고마웠습니다. 두 분께서 도와 주시지 않았다면 저는 어떻게 되었을까요? 진정으로 고맙습니다. 은혜 잊지 않고 자주 찾아뵙고 인사드리겠습니다. 감사합니다."하고 작별인사를 드렸습니다. "그래, 임 군이 처음 왔을 때는 어떻게 해낼 것인가 하고 걱정을 많이 했었는데 이렇게 건강하게 지냈으니 나도 감사하네. 어디로 가든지 지금처럼 노력하면 다 길이 있어. 성공하길 바라네."

그리고 다른 분들께도 작별인사를 하기 위해 엿 방으로 들어갔습니다. “아저씨들, 그동안 너무 고마웠습니다. 주신 은혜 감사하고요. 주신 정도 평생 잊지 않겠습니다.” 진심으로 고개 숙여 감사의 인사를 드렸습니다.

김 종석 선생님이 나를 취직이 된 회사에 데려다 주시려고 왔습니다. “임 군이 보통이 아닌 줄 알았어. 그 동안 여기서 좋은 일 많이 하여 면장님도 오셨어. 임 군은 원평에서 유명한 사람이 되었네.” “예, 정말 감사합니다.”

나는 김 종석 선생님의 도움으로 전라북도 김제시에 있는 대한통운 회사에 입사하게 된 것입니다. 김제역 구내 통운회사 사무실입니다. 최 소장님의 소개로 사무실에 계시는 직원들에게 인사를 드렸습니다. “이 분이 이번에 신문에 보도된 그 분입니다. 앞으로 우리 회사에서 일하게 되었으니 여러분들이 잘 보살펴 주십시오.” 하시면서 나를 소개하였습니다.

사무실에 계시는 직원들은 7~8명 정도였는데 그 당시에는 통운회사가 무슨 일을 하는 곳인지도 전혀 몰랐습니다. 그 곳에는 화물 탁송하는 일과 정비 공장에서 하는 일 등 여러 분야가 있었습니다.

맨 처음 일하게 된 자리는 자동차 조수로 일을 하게 되었습니다. 조수로는 나이가 너무 많다고 하여 그 중 가장 나이 많으신 고참 기사님을 따라 다니게 되었습니다. 화물은 많았습니다. 쌀 창고에서 쌀가마를 가득 싣고 이동하는 일이고 농촌에서 사용하는 비료도 운반하여야 했습니다.

처음에는 요령을 몰라서 운전기사로부터 욕설도 많이 듣고 혼도 많이 났습니다. 옛날에는 운전기사와 조수 차이는 하늘과 땅 차이라 운전기사님의 모든 시중을 다 들어 주어야 했습니다.

조수생활을 하며 몇 개월 따라 다니면서 느낀 건데 운전을 배워서는 앞으로 별로 희망이 없을 듯한 생각이 들었습니다. 또한 나는 신체 장애자였기에 그 때는 운전면허를 취득도 할 수 없었습니다. 지금은 장애인들도 운전면허를 받을 수 있지만 70년대만 하여도 장애인은 받을 수가 없었습니다. 운전은 희망이 없다고 판단하여 정비기술을 배우겠다는 쪽으로 생각을 굳혔습니다. 정비는 장애인들도 얼마든지 할 수 있으니까 정비 쪽으로 선택한 것입니다.

대한통운에서 운영하는 2급 정비공장에서 자동차 정비기술을 배워 보겠다는 목표를 세우고 최 소장님께 부탁드려 정비공장으로 옮겼습니다. 기숙사 방에 여장을 풀고 공장장님께 인사드리고 다시 하체부 반장에게 가자 그 날부터 정비에 대한 교육이 시작되었습니다.

정비기술을 배우려면 공구 이름을 숙지하는 것이 제일 중요하였습니다. 수십 가지 공구를 머리에 암기하여야 하니 쉽지 않았습니다. 기계 분해 작업을 실시할 때면 수십 가지 공구가 필요합니다. 기계는 전부 볼트와 너트로 조립이 되었습니다. 그 조립된 기계를 분해하여 부품을 바꾸고 다시 조립하는 것이 하체부의 임무입니다. 자동차 조립 과정은 하체부가 전부입니다.

정비 공장 생활을 한 일 년이 엄청나게 길게 느껴졌습니다. 그러나 숱한 어려움들을 참아가며 기술을 읽히기에만 심혈을 기울였습니다.

일 년이 되니 선배들보다 오히려 내가 중간 층이 되었습니다. 특별히 어려운 기술 작업 외에는 내가 다 했습니다.

열심히 하니 정비공장에서도 신임을 하고 칭찬도 많이 받았습니다. 사장님께서도 나를 믿으시고 공장에 대한 모든 것을 관리하도록 책임까지 주셨습니다. 나는 공장이 내 것이다 생각하고 모든 것을 관심 있게 처리했습니다.

날이 갈수록 신임은 두터워져 갔습니다. 낮에는 정비공장에서 일반 시내 차를 정비하고 밤이면 회사차 18대를 정비 관리하여야 했습니다. 낮에 일과를 마치면 밤에는 회사 화물차를 점검하고 수리도 하였습니다.

회사 차 정비 책임관리 하시는 분은 이 과장님이었습니다. 이 과장님 지휘 아래 내가 정비팀장으로 직원들을 데리고 회사차 정비를 책임졌습니다.

정비공장에서 사장님께 두터운 신임을 얻게 되었습니다. 나는 시간을 아꼈습니다. 절대로 한 눈을 팔거나 일을 게을리 하지 않고 주어진 일은 힘이 들어도 참고 견디며 작업에 열중하였습니다. 기계 조립을 하다가 잘 모르면 서슴지 않고 선배들이나 이 과장님께 물어 보았습니다.

기술이란 것은 기계의 원리를 처음부터 분석하면 그 해답이 나오게 되어 있었습니다. 그 당시에는 기술을 연마하는 것이 희망이고 꿈이었습니다. 한 쪽 눈까지 실명된 처지라 사회 생활하는데 지장이 많았습니다. 다른 길로 살 길을 찾아 보았자 장애인은 병신으로 취급당하기 십상이므로 사람들을 많이 접하는 일은 피하고 오로지 기술을 배워서 기술자로서 살 길을 찾아야 겠다고 마음먹은 것입니다.

혼자서 마음을 굳혔기 때문에 누가 뭐라고 해도 내가 할 일에만 열중했습니다. 열심히 노력하였습니다. 다른 사람들은 몇 년 동안 배우는 기술을 나는 앞당겨 배운 것입니다. 모든 일은 자기가 마음먹기에 달렸다는 생각이 들었습니다.

이제 회사 화물차는 전부 내 손을 거쳐야 이튿날 운송에 지장이 없을 정도입니다. 날이 갈수록 회사차 기사님들에게까지 신임을 받았습니다. 회사 차를 따라다니는 조수들도 많이 친해졌습니다. 회사 자동차의 야간 정비는 내가 책임을 다하니 나하고 당연히 친해질 수밖에 없습니다. 특히 조수들은 기사들이 먼저 퇴근을 하니 저하고 더 가까워질 수밖에 없습니다.

야간작업때는 호떡을 먹는 일이 자주 있었습니다. 호떡을 사와 야간에 간식으로 먹는 재미도 괜찮습니다.

나는 밤낮으로 일을 하여도 피곤하지가 않았습니다. 꿈을 이루기 위해서는 꾹 참고 견뎌야만 한다는 각오가 서 있기 때문이었습니다. 기술자가 되기 위해서는 참는 것이 유일한 방법이었습니다.

밤이면 수많은 차를 수리할 때도 있고 간혹은 한 대도 고장이 나지 않을 때도 있었습니다.

그런 날은 조수들과 외출을 하기도 합니다. 외출해서 막걸리 한 잔씩 사 먹고 호떡을 먹기도 하였습니다. 호떡 집은 회사 사무실 골목에 있어서 단골손님이 되었습니다. 돈이 없어도 장부에 적어 놓고 외상도 잘 주는 곳입니다.

조수들은 오로지 운전기사가 되는 것이 꿈이었습니다. 운전면허에 합격하여 회사차를 배당 받아 운전기사가 되는 사람도 있고 어떤 사람은 다른 곳으로 취직되어 가는 사람도 있었습니다. 그러나 나는 기숙사 방 고참일 뿐 면허시험은 생각지도 못했습니다. 한 쪽 눈이 실명이라 면허 시험을 치를 자격이 없어 아예 생각지도 않았습니다.

그래서 정비가 유일한 꿈인 것입니다. 나는 할 수 있다는 자신감을 가지며 나 자신을 달랬습니다. '정비기사가 운전기사보다 더 나은 직업이야.' 하고 혼자서 나를 달랜 것입니다.

내 인생의 반려자,
아내를 만나다

내 나이 스물아홉 살 때였습니다. 길을 걷고 있는데 호떡집 아주머니께서 나를 부르셨습니다. “어디 가는 거야?” “예, 바람 쐬러 나왔습니다.” “요즘은 왜 호떡 먹으러 안 온 거야?” 아주머니께서 금방 구운 호떡을 나에게 먹으라고 내밀었습니다. 그렇게 잘도 먹던 호떡을 먹으러 안 오니까 기다려지셨나 봅니다.

“바빠서 못 왔어요. 낮에는 회사차가 별로 없는데 밤에는 회사차가 너무 많이 들어 와서 힘들어요.” “그렇게 바쁘니까 못 왔구나. 자, 뜨끈뜨끈한 호떡 좀 먹어.” 하시며 그 날은 유난히 나에게 잘 해 주었습니다. “임 기사 나이도 많이 먹었으니 이제 장가도 가야지?” “장가요? 집도 없고 돈도 없는데 장가는 무슨 장가요. 나는 기반을 잡아 놓고 장가 갈 거예요.” “지금 월급이 얼마지?" "일만 이천 원이요." "그 돈 가지면 충분히 살림하겠네. 우선 방 하나만 얻고 살림은 살면서 장만하는 거야." "아주머니도 참, 나 같은 놈한테 온다는 처녀가 어디 있어요? 더구나 불구자인데요." "그까짓 눈 하나 없다고 아무렇지도 않아." 아주머니께서는 나에게 용기를 주십니다. "눈 하나 없다고 장가 못가는 것은 아니니까 혼자 살지 말고 장가가게." "나한테 시집온다는 처녀가 있긴 있습니까?" "있을지도 몰라." "그래요?"

아주머니께서 주신 호떡을 먹고 기숙사 방으로 돌아 온 나는 생각해 보았습니다. '나도 결혼을 할 수 있을까. 내가 과연 가정을 가질 수 있는가.'를 정말로 많이 생각하여 보았습니다. 그러나 아무리 생각해도 '아무 기반도 없는 몸으로 결혼한다는 것은 너무 무리야. 그리고 나한테 시집온다는 처녀도 없을 거야.' 생각되어 절대 불가능한 일이라고 혼자서 결론짓고 일에만 열중하였습니다.

마음은 그렇게 먹었지만 일하면서도 호떡집 아주머니 생각이 자꾸 떠올랐습니다. '그 호떡집에는 조수들도 많이 다니고 그 사람들은 건강하고 인물도 다 잘 생겼는데 어찌하여 유독 나에게 그런 이야기를 하셨을까. 무엇인가 생각이 있었기 때문에 결혼 이야기를 하셨을 것이다.' 나는 일하면서도 아주머니가 하신 말씀이 귓가에서 떠나지 않았습니다. 내 형편에 장가갈 처지가 아닌 줄 알면서도 장가 이야기를 꺼내신 데는 무엇인가 분명히 이유가 있을 것 같았습니다.

나는 더 이상 마음을 다스릴 수가 없어 결국 호떡집으로 향했습니다. “왜 다른 총각들은 다 두고 나같이 못난 놈에게 장가가라고 하셨어요.” “나도 보는 눈이 있으니 그런 것이지.” “나는 돈도 없는 데요.” “누구는 처음부터 돈을 가지고 태어났나. 돈이야 살면서 벌 수 있는 거야.” “어디 좋은 처녀 있어요?” “그래, 있다니까.” “그럼, 저도 장가갈 수 있는 겁니까? 정말 나 같은 사람한테도 시집온다는 사람이 있습니까?” “임 군이 어디가 어때서.”

아주머니께서는 나를 잘 알고 계십니다. 눈도 한 쪽 눈이고 가진 것도 없다는 것을 너무나 잘 아시면서 하시는 말씀이기 때문에 더욱 고맙게 생각되었습니다.

“임 군은 앞으로 얼마든지 잘 살 수 있어. 지금처럼 그렇게 노력하면 언젠가는 잘 살 수 있을 거야.” 정말로 진심으로 내게 말씀하셨습니다. 아주머니 말씀에 흐뭇하고 가슴이 뛰면서 과연 내가 가정을 이루고 살 수 있는 것인지 순간 정신이 멍하였습니다.

기숙사 방으로 돌아온 나는 혼자 생각하여 봅니다. ‘어떻게 하면 좋을까?’ 아무리 머리를 써도 혼자서는 답이 나오지 않았습니다.

그래서 내가 제일 존경하는 이 과장님한테 여쭈어 보았습니다. “과장님, 나보고 장가가라고 하는데 돈도 없고 월급도 얼마 안 되는 처지에 과연 살림할 수 있을까요?” “그래, 임 군은 잘 살 수 있을 거야. 장가가면 회사에서도 도와 줄 거야. 그런데 결혼할 처녀는 어디 있어?” “누가 중매 서 준다고 해서요.” “그러면 어디 한 번 만나 보아. 내가 아주머니께도 이야기 잘 하여 줄 테니까.” 하셨습니다.

나는 답답하여 밥집 아주머니께도 물어 보았습니다. 회사 옆에 식당이 있는데 회사 기사들과 조수 그리고 공장 식구까지 모두 식사하는 곳이었습니다. 나는 그 밥집 아주머니를 ‘어머니’ 라고 불렀고 밥집 아주머니는 나를 ‘우리 큰 아들’ 이라고 언제나 웃으며 말씀하셨습니다. “어머니, 나 장가가래요.” “누가 중매를 하여 준다던가?” “예, 그런데 나 장가가도 될까요? 돈도 없고 이렇게 불구자인데 어떤 처녀가 온다고 할까요?” “눈 하나 없다고 할 일을 못 하는 것도 아니고 걱정 말게.” 하시고 밥집 아주머니도 희망을 주셨습니다. “처녀만 있으면 장가 가거라. 월급도 그 정도면 먹고 살 수 있으니까.” 하시며 “밥은 우리 식당에서 먹어도 되고….” 하시면서 좋아라고 하셨습니다. “너는 장가가면 잘 살 수 있을 거야. 지금처럼 노력하면 안 될 일이 없지. 처음부터 돈이 있는 사람은 얼마 되지 않아. 열심히 살면서 벌면 그것이 더 알찬 거야.” “알았습니다. 어머님, 고맙습니다.”

어머님 말씀을 들으니 완전히 자신감이 생겼습니다. ‘그래, 바로 이거야. 나이도 있고 하니 장가를 가야겠다. 결혼하여 서로 의지하고 새 삶을 찾으면 되는 거야.’ 결혼이야 말로 삶의 재미라는 생각이 들었습니다. 짝이 있어야 하고 또 자녀를 두고 살아야 재미도 있고 참된 삶이라고 느껴 결혼을 꼭 해야겠다는 마음이 확실히 섰습니다.

나는 마음을 굳게 먹고 또 다시 호떡집으로 갔습니다. 아주머니께서는 기다렸다는 듯이 반갑게 맞아주셨습니다. “아니, 그 동안 왜 그렇게 안 왔어?" "일이 바빠서요." "밤에 우리 집으로 놀러 와" "예, 댁이 어디신데요?" "퇴근하고 이리 와. 나하고 같이 가게" "예, 알았습니다."

그 날은 공장 일도 별로 하고 싶은 생각이 없었습니다. 마음이 들떠서 정신이 자꾸만 다른 곳으로 끌려갔습니다. 나는 얼른 공장 일을 마치고 아주머니 가게로 갔습니다. 아주머니께서 나를 보시더니 일찍 퇴근했다며 반기셨습니다. 나는 좀 쑥스러웠습니다.

"오늘은 일찍 나왔어요. 회사 차는 다른 직원에게 부탁하고요." "그래, 잘 했어. 우리 집도 알아 두어야 하니까." 하시며 아주머니도 그 날은 대강 정리하고 집으로 향했습니다.

나는 아주머니를 따라 갔습니다. 역전에서 얼마 안 되는 검산리 부락이었습니다. 할머니도 계시고 아이들도 많았습니다. 호떡 장사로 그 많은 식구들의 생계를 꾸려 나가는 것이었습니다. 집안 식구들이 모두 일곱인데 할머니가 집안 살림을 다 하셨습니다. 방안에는 여기저기 흩어져 있는 가재도구며 정돈된 것이 하나도 없었습니다.

"우리 집은 이렇게 살고 있어. 저녁 식사 같이 하게 이리 와." "아니에요. 식당에서 밥은 먹었어요." "사람 사는 게 무엇인지는 몰라도 우리는 이렇게 살고 있어. 땅이 없으니까 농사는 못 짓고 호떡 장사로 이 많은 식구들의 생계를 유지하고 산다네." 하십니다. 나는 '인간의 삶이란 다 이런 것인가.' 혼자서 생각하여 보았습니다. 대부분 사람들이 이렇게 살아가고 있다는 것을 알게 되었습니다.

아주머니는 아이들을 부르며 "저기 가서 막걸리 사오너라." 하시며 호주머니에서 돈을 꺼내 주셨습니다. "자 이리 와. 술 한 잔 먹게." "아저씨는요?" "저쪽 방에 있는데 술을 못하셔." 아주머니께서 따라준 막걸리를 한 잔 받아먹고는 나도 아주머니께 한 잔 권해 드렸습니다. 나는 아주머니와 방에서 막걸리 한 주전자를 다 비웠습니다. 술이 어느 정도 취했습니다. 아주머니께서도 술이 취하신 모양입니다. "아주머니, 나에게 왜 장가가라고 하셨어요?" "임 군이 장가를 못갈 이유가 있는가. 가면 가는 것이지." "돈도 없고 집도 없고 아무 볼 것 없는 사람한테 장가가라고 하니 마음만 설레잖아요." "이래봬도 나, 사람 볼 줄 아는 사람이야. 자네는 불에 던져도 타 죽을 사람이 아니야. 나, 이리 보여도 역전 밥을 수 십 년 먹은 사람이네. 사람 볼 줄 알지. 이제부터 서로 친하게 지내며 살게. 자네도 고생을 많이 한 사람이니까. 사실은 자네가 내 마음에 들어서 조카딸하고 인연을 맺어 볼까 생각하는 거야." "조카딸이 어디 있는데요?" "함열에 살고 있지. 내가 다 알아서 할 테니 기다려 봐."

그 때부터 나는 호떡집에 가는 것이 아니라 아주머니 댁에 찾아 가서 놀다가 오곤 하였습니다. 할머니도 내게 잘 해주시고 아이들도 반가워 하였습니다.

어느 날 공장에서 일하고 있는데 아주머니께 연락이 왔습니다. '오늘 밤에 꼭 집에 다녀가라.' 고 인편으로 연락이 온 것입니다. '오늘은 무슨 말이 있겠구나.' 생각하고 부지런히 공장 일을 마치고 아주머니 댁에 찾아 갔습니다.

할머니는 언제나 친절하셨습니다. 그리고 나에게 잘 해 주셨습니다. 아주머니가 들어오시더니 오늘 그 처녀가 왔으니 서로 한 번 이야기나 해 보라고 말씀하셨습니다. 놀라서 "옷도 아무렇게나 입고 왔는데…." 라고 하니 아니라며 "그 모습이 더 좋아."라고 하십니다. 조금 후에 '저 쪽 방으로 가 보라.' 고 하셨습니다.

나는 가슴이 두근거리고 떨리기 시작했습니다. '처음에 무슨 이야기부터 할까.' 하고 여러 생각을 했지만 아무 생각이 떠오르지 않고 머릿속이 텅 빈 것 같았습니다.

저녁 식사가 끝난 아주머니는 나를 데리고 건넌방으로 들어갔습니다. 정말 처녀가 다소 곳이 앉아 있었습니다. "실례 합니다!" 하고 방에 들어간 나는 말문이 열리지 않았습니다. 서로가 어색하여 한동안 말이 없자 내가 먼저 용기를 내어 "인사드리겠습니다. 저는 임 경철이라고 합니다."하고 간단히 인사했습니다.

내가 살고 있는 형편과 실상을 속이지 않고 그대로 이야기하였습니다. 아직까지 집도 마련하지 못하였고 방 하나 구해 놓지 못했지만 결혼만 한다면 방을 구하여 보겠다고 분명히 이야기하였습니다. 그런데 상대 쪽에서는 아무 말이 없었습니다. "그 쪽에서도 말씀하여 보시지요." 했지만 아무 반응이 없었습니다. "나는 할 이야기를 다 했으니 이만 실례하겠습니다." 하고는 할머니 방으로 나왔습니다. 할머니께서는 궁금하셨던지 "그래 어떤가?" 하고 물으셨습니다. "그 쪽에서 아무 말이 없어요." 했더니 숙모가 알아서 할 거라고 하셨습니다.

내가 나온 후에 그 방으로 들어간 아주머니는 무슨 이야기를 하시는지 통 나오질 않았습니다. 나는 속이 탔습니다. '내가 퇴짜 맞은 것이다. 나 같은 사람에게 누가 시집올까. 틀림없이 잘못 된 거야.' 하고 있는데 아주머니께서 나오시더니 술이나 한 잔 할까 하셨습니다. 나는 주전자를 들고 술집에 가서 술 한 주전자를 사 가지고 왔습니다.

"반승낙은 얻어 냈으니 염려하지 마. 나한테 맡겨봐. 내가 알아서 할 테니." "그래요. 막상 장가간다고 생각하니 걱정이 됩니다. 살림살이 하나도 없는데 어떻게 살아갈지 걱정도 되고요." "물론 걱정도 되겠지. 그러나 연못을 파면 고기가 생기는 거야. 임 군, 기회가 생겼을 때 아무 소리 하지 말고 결혼 준비나 해." "예, 알았습니다."

그 날 밤 나는 혼자 걸으면서 생각했습니다. 그토록 살아 보겠다고 발버둥치고 지내 온 과거를 생각하니 꿈만 같았습니다. '만약 결혼을 한다면 어떠한 난관이 닥쳐도 참고 견디며 더 열심히 살아야지.' 혼자서 중얼거리며 숙직 방에 오니 조수들은 이미 깊은 잠에 빠져 있었습니다.

잠든 사람을 깨울까 봐 조용히 잠자리에 누웠습니다. 그러나 잠이 오지 않았습니다. '장가가려면 돈이 얼마나 들까. 방은 얼마면 구할까.' 이 생각 저 생각 구상하여 봤으나 답이 나오지 않았습니다. 공장에 있으면서 조금씩 저축한 돈 사십만 원과 적금 삼 년짜리뿐인데 그것으로는 결혼하는데 턱없이 모자랐습니다.

이튿날 공장 일을 마치고 이 과장님 댁에 찾아가서 말씀드렸습니다. "과장님, 결혼하려고 하는데 돈이 있어야지요. 살림살이도 하나도 없고요. 누가 중매하여 거의 승낙은 받았지만 도저히 엄두가 안 나네요." "그래, 잘됐구만. 너무 걱정말고 잘 준비하게. 적금을 미리 찾고 보증만 있으면 대출을 받을 수 있어." "월급만 이천 원 가지고 살림을 할 수 있을까요?" "할 수 있지. 누구든지 처음부터 다 갖추고 시작하는 사람은 없어. 살면서 살림살이는 장만하면 되니까 기회가 왔을 때 결혼해. 아무 소리 하지 말고 결혼만 성사시켜 봐. 하면 되는 거야. 안 되는 일은 없어. 장가가면 월급도 올려 줄 거야. 사장님한테 잘 이야기 할 테니 서둘러 봐." "예, 잘 알았습니다."

이 과장님 말씀에 나는 용기를 얻었습니다. 이튿날부터 이리 뛰고 저리 뛰어 돈을 만들어 방도 하나 구했습니다. 돈이 없으니 허름한 방을 마련하였습니다. 그러나 살림살이는 밥 그릇 하나도 없었습니다. 나는 아주머니한테 찾아가서 말씀 드려야겠다는 마음으로 호떡집으로 갔습니다. "안녕하셨습니까?" "그래, 어서 와. 공장 일은 끝났는가?" "예, 회사차는 직원들에게 부탁하고 나왔어요." "호떡 줄까?" "예, 식사도 아직 안 했더니 출출하네요."

뜨끈뜨끈한 호떡을 몇 개 집어 먹고는 "아주머니, 나 정말로 장가가도 살 수 있을까요?"하고 운을 뗐습니다. "그럼, 살 수 있고말고. 어제 밤에 아저씨한테 이야기했어. 아저씨한테 처녀 집에 다녀오시라고 했더니 오늘 아침 일찍 갔네. 총각은 승낙하였다고 이야기 하라고 하였어." 함열에 살고 계시는 아저씨 육촌

누나 되는 집이었습니다.

아저씨께서 결혼승낙을 받아오셨습니다. 집안 살림이 가난하여 결혼 준비는 아무 것도 못하니까 간소하게 준비하여 결혼식을 하자는 승낙을 받아 오신 것입니다. 나도 역시 아무 것도 없는 처지이니 상호간에 처음부터 출발하자는 것이었습니다.

그 날 밤 아주머니 댁에 머무르고 있는 아가씨와 담판을 할 생각으로 아가씨가 있는 방으로 들어가 이야기를 하였습니다. "빈털터리인 나하고 결혼하자는 것은 좀 미안하고 창피한 이야기이지만 가진 것이 없다고 결혼을 못하는 것은 아닙니다. 나하고 둘이서 힘을 합쳐서 어려운 삶을 참된 삶으로 만들어 봅시다. 아가씨가 승낙만 한다면 나는 노력하여 삶의 터전을 꾸미겠습니다. 승낙하여 주십시오. 비록 이렇게 가난하게 살고 있지만 나에게는 큰 꿈이 있습니다. 둘이서 손잡고 어려운 삶을 재미나는 삶으로 만들어 봅시다."

나는 진심을 담아 애원하며 사랑을 고백하고 맹세까지 하였습니다. 꼭 성공하겠다고 하였습니다. 아가씨는 얼마 동안 아무 말도 안 하고 가만히 있다가 내가 계속 사정하니 그 때서야 말문을 열었습니다. "알았습니다. 그 말씀 진정으로 받아들이겠습니다. 나도 어머님의 사랑 속에 살고 있지만 재산이 없어서 살기가 힘이 드는 삶이었습니다. 가난한 살림살이 속에서 살아 온 나도 잘 살아 보는 것이 꿈이었습니다. 그러니 둘이서 힘을 합쳐 어려운 삶을 개척하여 희망찬 삶을 만들어 봅시다." 내가 생각지도 못한 얘기였습니다. "예, 나도 너무나 어려운 삶속에 고생 끝에 여기까지 왔습니다. 이제는 과거 같은 그런 고생은 오지 않겠지요. 내 몸이 건강하니 어떠한 어려움이 닥치더라도 이겨낼 자신이 있습니다."

나는 아가씨의 승낙을 받고 아주머니 방으로 와서 다시 인사를 하며 말했습니다. "둘이서 힘을 합쳐 어려운 삶을 이기며 살기로 약속했습니다." "그래, 잘 했어" 아주머니께서는 기뻐하시며 축하하는 의미로 막걸리를 주셨습니다. 주신 막걸리 몇 잔을 받아 마시고 나는 곧장 숙직실로 돌아 왔습니다.

잠자리에 들었지만 잠은 오지 않았습니다. 아침이었습니다. 구내식당에 가서 아침 식사를 하며 "어머님, 내가 장가가면 도와주실 거예요?" "그래라. 우리 집에 와서 살아라. 저 쪽 방이 있으니 저 방에서 살아. 그래, 색시는 구했어?" "그럼요. 구했지요." 나는 의기양양하게 대답하였습니다. "너는 재주도 좋다. 처녀와 연애도 하고. 다른 사람은 장가도 못 가는데 정말 재주도 좋네. 그래, 장가간다는 말이 정말이야?" "그럼요. 그런데 막상 장가를 가려고 하니 걱정이 많아집니다. 같이 살아보자고 약속은 했는데 아무 것도 없으니 말입니다." "그렇겠지. 그럼, 우선 우리 집에 데려다 놓고 내 일도 도와주면 어떨까?" "여기서 일 한다고 하겠어요?" "고생도 많이 해 봤다는 처녀이니 할 수 있을 거야. 너는 어디다 둬도 살 수 있어. 너만 노력하면 집 사람은 자연히 따라오게 돼 있어." 하시면서 내게 기운내라고 말씀하셨습니다. 나는 희망이 보였습니다.

그 날 이후 공장에서 일하면서도 재미있었습니다. '나도 이제 삶의 보람이 생긴 거야.' 결혼까지 하게 되었으니 나는 아무 것도 부러울 것 없는 기분이었습니다. 그 동안 그토록 고생하며 죽음의 고비도 여러 번 넘겼던 내가 살아서 이렇게 장가까지 가게 되다니 꿈만 같았습니다.

며칠이 지나서 이 과장님한테 찾아 갔습니다. "과장님, 처녀한테 결혼 승낙까지 받았습니다." "그래, 참 잘했네." "같이 살 방을 구했는데 방이 너무 허스름해요." "그런대로 참고 살아 봐. 차차 좋은 길이 있을 거야." 이 과장님도 나를 토닥이며 용기를 주셨습니다.

그 후 박 순정 씨를 자주 만나서 서로가 의지하며 결혼 준비를 하였습니다. 나는 형편이 어려워 변변한 살림살이 하나도 없다고 분명히 이야기했고 그 쪽에서도 아무 것도 가지고 오지 않기로 약속하였습니다. 처음부터 출발하기로 약속하고 헤어진 후 결혼 준비에 바빴습니다. 이것저것 혼자 힘으로 할 수 있는 것들을 준비하고 사장님 댁으로 찾아 갔습니다. 사장님 허락도 받고 도움도 청하기 위해서입니다.

사장님 댁은 공장 바로 옆집이었는데 정말 으리으리한 집이었습니다. "사장님, 안녕하십니까? 저 임 경철입니다." "그래, 어서 들어 와." 사모님께서 반가워하십니다. "임 군이 무슨 일로 우리 집까지 왔어. 공장 일 힘들지?" "아닙니다. 그보다 더한 고생도 하였는데 공장 일도 잘 할 수 있습니다." "임 군이 말 안 해도 사장님이나 나도 잘 알아. 낮에는 일반 차에 밤에는 회사차를 정비하느라 고생이 많은 줄 알아. 고마운 사람이라고 우리도 생각하고 있어." " 예, 더 열심히 하겠습니다. 걱정하지 마십시오. 공장이나 회사차 모두 알아서 하겠습니다." "그런데 오늘 밤은 갑작스럽게 무슨 일로 왔는가?" "예, 드릴 말씀이 있어서요." "어려워 말고 이야기 해 봐." "예, 살림을 시작하려고요." "아니, 임 군이 장가간단 말이야?" "예, 처녀가 있어요." "그래, 잘됐네. 그렇지 않아도 나이가 됐는데도 혼자 지내는 처지가 항시 걸렸는데 그래, 처녀는 누구야?" "예 회사 사무실 앞에서 호떡장사를 하는 아주머니 조카딸이에요." "그래, 처녀는 보았어?" "예, 서로 약속까지 하였습니다. 사모님께서 도와주십시오. 사장님께서 주례도 보아 주시고 도와주십시오. 모아 놓은 돈이 없어서요." "알았어. 날은 받았나?" "예 음력 시월 이십일이에요. 그 날 처갓집에 가서 처녀를 데려 와야 해요." "그래, 그러면 그 날은 우리 지프차를 이용하면 되겠네. 유 기사한테 얘기해 놓을 테니 걱정하지 마." "예, 고맙습니다. 은혜 잊지 않고 열심히 일하겠습니다." "그래, 임 군 마음 알아."

사장님께서 허락하셨으니 이제 일은 다 끝난 것이나 마찬가지였습니다. 그런데 문제는 살림을 할 수 있는 방이었습니다. 방을 하나 얻긴 했지만 워낙 험해서 살기가 어려운 상황이었습니다. 이튿날 나는 자동차 조수들과 방 도배도 하고 청소도 하였습니다. 그러나 워낙 허름하고 오래 방치해 둔 집이라 아무리 손을 보아도 볼품이 없었습니다. '이 집으로 와서 못살겠다고 하면 어떡하나.' 하고 걱정도 하였습니다.

그러나 할 수 없었습니다. 돈이 없으니 좋은 집을 구할 수 없는 노릇이고 차차 살면서 좋은 방으로 옮기기로 하고 서로가 사랑하고 의지하며 살면 되겠지, 이해하여 줄 것이라고 생각했습니다. 고생도 많이 한 처녀라 믿을 수밖에 없었습니다.

결혼 날까지 기다리는 동안 우리는 서로 궁금해 하고 보고 싶어 했습니다. 그래서 처녀가 가끔 찾아 왔는데 찾아 와도 갈 데가 없으니 밥집에서 기다렸습니다. 특히 밥집 어머니께서 잘 대해 주니까 가끔 다녀가곤 했습니다.

드디어 결혼 날이 다가 왔습니다. 아침 일찍 그 회사 사장님 차를 운전하는 유 기사가 지프차를 가지고 왔습니다. 지프차를 타고 함열까지 갔습니다. "유 기사, 고마워. 이렇게 협조하여 주어 진정 고맙네." "내가 도와주는 것이 아니라 사장님께서 도와주신 것이야." "알고 있네. 하여튼 유 기사, 고마워." "나는 자네 결혼을 어제 밤에 알았네. 사모님께서 오늘은 아무 것도 하지 말고 자네 결혼식에 적극 협조하라고 하셨어. 결혼 축하해."

둘이서 이야기하면서 가다 보니 함열까지 오게 되었습니다. 처갓집은 농촌에서 살림을 하고 계시지만 농사도 얼마 없고 가난하게 살고 계셨습니다. 딸자식을 시집보내는 장모님의 마음을 왜 모르겠습니까? 가난한 살림이기에 준비도 없이 시집보내는 장모님 마음인들 얼마나 아프시겠습니까?

"어서 오게." "장모님, 안녕하셨습니까?" "응, 그래. 자네도 잘 있었지. 어서 들어 와. 아무 것도 못했네. 너무 섭섭하게 생각하지 말게나." "아닙니다. 저 역시 아무 것도 없습니다. 앞으로 살면서 차근차근 보람된 삶을 찾겠습니다. 저는 지금은 아무 것도 없지만 꿈과 용기가 있습니다. 염려하지 마십시오. 잘 살아 보겠습니다."

장모님께서 차려 주신 술상에서 한 잔 받아먹는 술은 잘 살아서 성공하라는 축하주였습니다. "예, 감사하게 잘 받아먹겠습니다. 이제 인생 새 출발한다 생각하고 열심히 살겠습니다. 장모님, 처음에 시작하는 살림이 너무 부족하지만 실망은 하지 마십시오. 나에게는 힘이 있고 용기가 있으니까요." "그래, 나는 사람 하나 보고 딸을 보내는 것이니 부디 행복하게 살게."

장모님께서 만들어 주신 이불과 여러 가지 짐들을 지프차에 싣고 아내를 모시고 김제역 앞 예식장에 도착했습니다. 예식장에는 회사 과장님, 소장님, 운전기사들과 공장 식구들이 기다리고 계셨습니다. 내가 도착하니 "임 기사, 축하하네." 여기저기서 축하 인사가 많았습니다.

회사 사장님께서 주례를 보셨습니다. 축하의 분위기 속에서 예식을 무사히 마칠 무렵 전북일보 신문사 기자 분께서 오셨습니다. 예식하는 장면을 사진 찍으시고 기자 선생님은 축하 악수로 인사했습니다.

예식이 끝나고 하객 손님들 식사 준비나 피로연은 없었습니다. 회사 식당 어머님 댁에서 식사하는 것으로 예식은 마무리 되었습니다. 너무나 미안하고 고마웠습니다. 회사 사장님께서 그렇게 하도록 한 것입니다. 한 푼이라도 절약하라는 사장님의 배려였던 것입니다.

남들처럼 그럴 듯한 신혼여행은 꿈도 꾸지 못하고 김제에서 가까운 금산사로 우리의 첫출발을 위하여 떠났습니다. 회사에서 준비한 지프차로 아내를 태우고 금산사로 출발하는 순간 너무나 많은 눈물이 나왔습니다. 온갖 생각이 스쳐 지나가며 감회에 젖어 엉엉 울었습니다. 그 동안 죽음의 그 날만 기다렸던 내가 결혼까지 하게 되었다는 생각에 한 없이 눈물이 쏟아졌습니다.

나는 잘 알지도 못하는 하나님께 감사 기도를 드렸습니다. '하나님 고맙습니다. 내게 시련만 주시는 것이 아니라 이렇게 결혼까지 할 수 있게 복 주신 하나님 감사합니다.' 그저 감사하다는 기도밖에 할 줄 몰랐습니다.

자가용 기사인 유 기사와는 친구처럼 지냈습니다. 마음씨가 한없이 고운 친구였습니다. 누구에게나 웃으며 이야기하는 친구였습니다. "오늘은 좋은 날이니 너무 울지 말게." "그래, 알아. 그 동안 고생이 꿈만 같아서 그래." "우리도 잘 알아. 회사에서도 다 알고 있으니 열심히 살면 되는 거야." 하고 내 마음을 다독거려 주었습니다. 유 기사가 나와 아내를 태우고 금산사를 한 바퀴 돌아오는 드라이브 코스가 우리 신혼여행의 전부였습니다.

드라이브를 마치고 신혼 방에 도착한 나는 아내되는 새색시한테 너무나 죄스런 생각이 들었습니다. 셋방이라고 판자벽에다 종이를 발라 놓은 방이었습니다. 부엌도 없고 연탄아궁이만 하나 있는 신혼방인지라 나는 아내에게 너무나 죄스런 마음이었습니다. 물론 내 형편을 잘 알고 있지만 그래도 미안하였습니다. 나는 진심으로 사과했습니다. "이렇게 모셔서 너무나 미안합니다. 이 순간만 조금 넘기면 좋은 자리로 알아보겠습니다." 회사

식구들도 다 가고 둘이서만 남아 있는 초라하기 짝이 없는 신혼방이지만 우리 두 사람은 서로 위로해 주고 잘 살아 보자며 이런 저런 이야기꽃을 피우고 있었습니다.

그 때 밖에서 부르는 소리가 들렸습니다. 신문사에서 방송국으로 직장을 옮겨 근무하고 계시는 김 종석 기자 선생님이 오셨습니다. "선생님, 누추하지만 들어오십시오." "내가 너무 바빠서 이제 왔네. 임 군이 결혼까지 하다니 정말 놀랐어. 아무튼 늦게나마 축하하네." "선생님, 감사합니다. 대충 치른 결혼식이라서 연락을 못 드렸습니다." "아니야, 낮에는 시간이 없어서 이렇게 밤에 찾아 왔네. 혹시 신문사에서 왔던가?" "예, 신문 기자 분들이 다녀가셨어요. 사진도 여러 장 촬영하셨구요." "내일 신문에 보도될 걸세. 그런데 생활할 수 있는 준비는 되었는가?" "아니요. 아직 준비가 되지 않았습니다." "살림살이는 살면서 차차 준비하면 될 걸세. 아, 참. 차에 선물이 있으니 가서 좀 가져 오게."

나는 김 종석 선생님과 같이 차가 있는 곳으로 갔습니다. 차 안에는 살림살이에 꼭 필요한 밥 그릇 몇 개와 냄비, 수저, 밥상이 있었습니다. "우선 이것으로 생활하면서 차차 준비하게." "예, 선생님 은혜 잊지 않고 잘 살겠습니다." "임 군은 할 수 있을 거야. 그 고난과 고통 속에서 삶을 찾았는데 이까짓 난관은 충분히 헤쳐 나갈 거야."

김 종석 선생님은 내 아내에게 좋은 이야기를 많이 해 주셨습니다. "고생이라고 생각하지 말고 둘이서 손을 잡고 열심히 살면 길이 있을 테니 한 번 살아 보십시오. 이렇게 삶의 보금자리를 만들었다는 것만으로도 하나님께서 복을 주신 것이니 절대 실망하지 말고 희망을 갖고 살아야 합니다." 하며 삶의 용기를 주셨습니다. "예, 우리 둘이 힘을 합쳐 열심히 살겠습니다." "그럼 갈 테니 앞으로 잘 살게나." "예, 항상 하신 말씀 가슴에 새겨 놓고 잘 살겠습니다."

선생님께서 가신 후 마음이 홀가분해졌습니다. 내가 할 이야기를 선생님께서 다 이야기하셨으니 훨씬 부담이 줄었습니다. 물론 이해하고 결혼한 신부였지만 그래도 너무 초라한 생활에 부딪치니 얼마나 막막했겠습니까. "여보, 피곤한데 이만 잠이나 잡시다."

아내는 가난한 집이라 아무 것도 가지고 오지 못한다고 했지만 이불은 가지고 왔습니다. 새 이불이라서 촉감도 부드럽고 푸근푸근하였습니다. 나는 새 이불에 처음 누워 보는 것이었습니다.

따뜻한 이불 속에 누워 생각했습니다. '인간의 삶이란 고달프고 힘들지만 이렇게 작은 것에서도 얼마든지 행복을 찾을 수 있는 것이구나.' 싶었습니다. 모진 고통 속에서 허우적거리며 삶과 싸워온 내가 새 이불과 새색시까지 얻었으니 정말로 꿈만 같았습니다. 이것이 진정 꿈이라면 절대 깨지 말고 내 영혼이 다할 때까지 길이길이 보전하도록 도와 달라고 하나님 앞에 기원하였습니다.

첫 날 밤을 보낸 후 다음 날 아침에 공장 출근할 시간이 되었습니다. "아직은 집에서 식사 준비가 되지 않으니 나하고 구내식당에 가서 식사합시다."하고 아내를 데리고 구내식당에 갔습니다.

밥집 어머니한테 아침 인사를 하자 무척 반가워 하셨습니다.

"저희들 아침 식사 좀 주세요." "그럼 줘야지. 신혼 밤에 좋은 꿈꾸었는가? 어서 와서 식사하고 출근해야지." "예, 알았습니다." "색시는 내가 알아서 할 테니 자네는 어서 식사하고 회사에 가 봐."

나는 부지런히 식사를 마치고 공장으로 출근하였습니다. 공장장님 이하 여러 직원들에게 인사하고 작업복으로 갈아입었습니다. 다시 일을 시작한 것입니다. '이젠 혼자가 아니니 더욱 더 열심히 일해야지.' 하는 마음이 들었습니다. 주어진 임무에 항상 열심히 했습니다.

이튿날 사무실 직원이 우리 결혼 이야기가 보도된 신문을 가지고 왔습니다. "임 기사!" "예." "어제 결혼한 임 기사가 신문에 보도된 것을 보고 깜짝 놀랐어. 정말 훌륭한 사람이군. 이 기사를 보고는 임 기사를 다시 생각했어." "별 말씀을 다하십니다."

신문에 보도되었다는 소문을 듣고 정비공장 직원들이 일손을 놓고 신문을 보았습니다. "삼중 공업사 이름이 신문에 났다고…?" 선배들이나 후배들도 좋아했습니다.

얼마쯤 일하고 있으니 사장님 댁에서 호출이 왔다고 사무실에서 연락이 왔습니다. "작업복 차림으로 어떻게 가겠습니까?" 망설였더니 그냥 어서 가보라고 하여 입던 옷 그대로 곧바로 사장님 댁을 찾아 갔습니다. "응, 어서 들어오게." 작업복 차림이라 머뭇거리고 있자 괜찮으니 어서 들어오라며 사모님이 계속 권했습니다. "임 군이 고생을 했다는 말은 들었지만 이 정도인지는 몰랐어. 신문을 읽고 눈물이 나더군. 참으로 대견한 사람이야." 사장님께서도 말씀하셨습니다. "나는 임 군이 회사에 온 후 멀리서 항시 지켜보았네. 어떤 행동을 하는가 하고 보았는데 언제나 모범된 행동이었어. 아침이면 공장 식구들 출근하기 전에 일찍 나와 청소도 하고 여기저기 살피고 돌아다니는 것 등등 임 군이 애쓰는 것 내가 잘 알아. 고생이다 생각하지 말고 열심히 살아봐. 나도 임 기사 생활에 도움이 되어 줄 테니…." "예, 말씀 고맙습니다. 사장님 말씀 명심 하겠습니다."

나는 사장님 댁에서 나와 공장으로 돌아와 다시 맡은 일을 마치고 점심 시간이 되어 밥집으로 갔습니다. 집 사람도 걱정이 되고 해서 다른 때보다 조금 빨리 식당으로 갔더니 집 사람은 식당에서 일을 하고 있었습니다. 나는 놀랍기도 하고 미안하기도 하였습니다. "색시 보고 싶어서 빨리 왔나?" "아니요." "아무 걱정하지 마. 살림살이 할 수 있을 때까지 우리 집에서 식사하면 되니 걱정 말게." 정말 고마우신 분이었습니다. 결혼만 하면 그냥 사는 것처럼 보였는데 살림살이 하는 데는 별것이 다 있어야 했습니다. 생활에 필요한 것이 많았습니다.

결혼 생활 약 한 달이 지나서 여러 사람들의 도움으로 신혼 방에서 식사도 하게 되었습니다. 아내가 손수 만들어 주는 식사를 하고 정비공장에 출근하게 되었습니다. 아내가 만들어 준 식사를 하면서 나는 항시 아내에게 고마움을 느꼈습니다. 나는 언제나 미안한 마음으로 아내에게 이야기합니다. "지금은 고생되지만 차차 길이 열릴 것이니 고생이라 생각 말고요. 항상 마음을 편안하게 하세요." 아내는 알았다고 하며 이해를 하여 주었습니다. 최근 신문에 보도가 난 후 이웃집 사람들을 비롯하여 여러 사람들이 온정의 손길을 많이 보내 주셨습니다. 김치와 고춧가루 등 살림에 필요한 것들을 보내오기도 하였습니다. 나는 그 분들께 보답한다는 생각에서라도 더욱 더 공장 일을 열심히 하였습니다.

'내 삶의 터전은 바로 이곳이다. 공장이 내 삶의 터전이다.' 나는 언제나 내게 다짐하며 또 생각하고 살았습니다. 월급쟁이가 아니라 내 사업이라고 생각하였습니다. 나는 이전에 고생한 것을 거울삼아 헛된 생각은 할 수도 없고 오로지 살아야지 하는 집념만이 존재했습니다.

세월이 흐르고 시간이 흘러서 살림살이가 조금씩 늘어나자 더 재미를 느끼며 살았습니다. 아무리 적은 월급이지만 아껴 쓰고 계획성 있게 사는 것이 목적이었습니다. 서로 의지하고 배려하면서 둘이서 행복하게 살림을 꾸려 갔습니다.

둘이서 재미나게 사는 동안 행복의 열매가 맺어져 사랑의 결실이 아내 몸에 싹이 나기 시작했습니다. 시간이 지나 아내 몸은 점점 불어 올랐습니다. "여보, 힘들지요. 우리 사랑의 결실이니 힘들어도 참고 견디면 길이 있을 것이고 이것이 다 하나님이 주신 선물이야. 주신 선물 잘 받아서 하나님의 축복 속에 잘 키워 훌륭한 사람 만들어 보게. 여보, 사랑해."

이렇게 둘이서 행복의 나날을 보내면서 살아오다 뜻하지 않은 일이 벌어졌습니다. 추운 겨울 날씨에 내가 공장에서 늦게까지 돌아오지 않고 있으니 아내는 나를 마중 나오다가 빙판 길에 넘어지고 말았습니다. 허우적거리며 간신히 일어났으나 아내 몸에서는 이상한 일이 벌어지고 말았습니다.

아내는 정비 공장 앞에서 나를 찾았습니다. "당신을 찾아 나오다가 눈 위에서 넘어졌는데 갑작스럽게 배가 아파서…." 하며 몸을 가누지를 못하였습니다. 나는 놀라서 즉시 택시에 아내를 태우고 산부인과로 찾아 갔습니다. 산부인과 의사 선생님이 진찰하여 보시더니 "낙상하여 아이가…." 하고 망설였습니다. 나는 겁이 나기도 하고 답답하여 "선생님, 어떻게 되는 것입니까?" "예, 아직은 출산날짜가 남아 있지만 상황이 안좋아 지금 분만을 하여야 할 것 같습니다." 그래야 산모가 살 수 있다는 것입니다.

나는 놀란 가슴을 진정시키고 우선 산모가 살아야 하기에 승낙서에 도장을 찍었습니다. 수 시간 후 산부인과 선생님이 분만실에서 나오셨습니다. "방으로 들어 가 보십시오."

사랑하는 아내에게 아무 일이 없기를 기도하면서 방으로 들어가 보니 아내가 누워 있고 아이는 그 옆에 가만히 누워 있었습니다. 아들이었습니다. "당신 아들이에요." 하며 아내가 말했습니다. "고생이 많았지." 하고 말을 한 후 아이를 쳐다보았습니다. 나는 모든 것이 신기하게 느껴졌습니다. 남녀가 서로 만나 사랑하고 살면 그 사랑의 표식으로 또 다른 새 생명이 태어나는 것이 바로 인간의 진리가 아닐까 생각하여 보았습니다.

조금 있으니까 간호사가 나를 부릅니다. "아저씨, 원장님께서 오시랍니다." "예, 저 말입니까?" '원장님께서 왜 부르실까?' 원장실을 찾아가는 동안 불안한 마음에 몹시 당황하였습니다. 나를 보신 원장선생님은 근심스런 눈빛으로 "산모와 아이가 건강하여서 다행입니다. 그런데 아이는 개월 수가 모자라서 바로 전주 예수병원에 유리관으로 입원해야 합니다."하고 말씀하셨습니다. "유리관이라고요. 무슨 말씀인지 자세히 알려 주십시오." "그러니까 아직은 아이가 다 자란 아이가 아니기 때문에 큰 병원에 가면 아이를 기르는 곳이 있어요. 아이를 그 곳에서 이 개월 동안 더 키워야 합니다."

아이를 두 달동안이나 유리관에서 키우는 것은 나에게는 너무나 많은 짐이었습니다. 내가 받는 월급은 한 달에 십이만 원인데 한 달에 입원비가 삼백만 원이나 된다니 도저히 감당할 엄두가 나지 않았습니다. 병원에서 나와 여기저기 찾아다니면서 애원하여 봤으나 누가 그 많은 돈을 빌려 주겠습니까. 헛수고였습니다.

그 동안 회사를 위하여 밤낮없이 일했지만 어느 누구 하나 내 아이의 생명을 건져 줄 사람은 없었습니다. 돈 때문에 태어난 생명을 버린다고 생각하니 기가 막히고 하늘이 무너지는 슬픔이었습니다. 그 고통은 당해보지 않으면 도저히 이해할 수 없는 것입니다.

너무나도 슬픈 내 운명에 피눈물이 났습니다. 나를 그렇게도 칭찬하던 사장님도, 회사 과장님도 다들 고개가 다른 데로 돌아갔습니다. 돈이란 것이 사람의 목숨을 살리기도 하고 죽이기도 하는 것임을 또 한 번 깨달았습니다.

나는 그 때 또 맹세했습니다. 인간이 살아가는 데는 돈이 있어야 길이 있다는 것을 또 다시 느꼈습니다. 태어난 생명이 돈 때문에 죽는다고 생각하니 그 슬픔은 다른 어떤 것에 비길 바가 없었습니다.

나는 도리가 없어서 새 생명에게 '먼 나라로 가서 돈 많은 집에서 태어나라.' 고 혼자서 미친 듯이 중얼거렸습니다. 나는 정신이 아득하여 아무 생각이 없었지만 아내에게는 차마 이런 이야기를 할 수가 없었습니다. 아내 옆에 누워 있는 아이는 초롱초롱한 눈으로 혼자서 손가락을 빨고 있는 것이 보였습니다. 아내는 아무것도 모르고 "당신 아들이에요. 당신과 똑같은 아들이요." 하며 좋아하는 것이었습니다. "그래, 정말 나를 닮았네." 하며 아내를 위로했습니다.

그래도 한 가닥 희망을 걸고 시간이 흐르기를 기다렸습니다. 그러나 원장 선생님 말씀대로 아이는 일주일 후에 생명이 끊어져 우리 곁을 떠나 저 세상으로 갔습니다. 돈 때문에 생명을 그대로 저세상으로 보낸다고 생각하니 내 자신이 너무나 못나고 초라해 보였습니다. 한없이 울고 싶었지만 아내 때문에 나는 울음조차 참아야만 했습니다. "여보, 저 아이는 우리 자식이 아니래. 잘못 태어나서 갈 곳으로 간 거야. 여보, 너무 슬퍼하지 말고 집으로 가서 누워 있어. 지금은 당신 건강이 더 중요하니까." 하며 아내를 위로하였지만 아내는 한없이 울기만 하였습니다.

나도 너무나 슬프고 고통스럽지만 이를 악물고 눈물을 씹어 삼켰습니다. 가슴으로 가슴으로 눈물을 삼키며 아내를 데리고 집으로 왔습니다. 뒷처리는 공장 식구들한테 시켜놓고 집에 와서 생각하니 참았던 설움이 복 받쳐 올랐습니다. 인간 생활에 돈이 필요하다더니 도대체 그 돈이 무엇이기에 어린 생명을 손 한 번 써보지 못하고 그냥 보내다니 아버지로써 씻을 수 없는 큰 죄를 지은 것입니다. '차라리 결혼하지 않았다면 아내까지 이 고생을 시키지는 않았을 텐데.' 생각하니 너무나 괴로웠습니다.

아내를 집에 두고 밥집 어머니한테 가서 울면서 술을 많이 마셨습니다. "어머니, 이렇게 살아야만 됩니까? 돈이 무엇이기에 돈 때문에 어린 새 생명을 하늘나라로 보내야 합니까?" "다 운명이야. 자네 자식이 안 될 것이 태어나서 그런 거야." "아닙니다. 돈만 있으면 살 수 있다고 했습니다." "그러니 운명이지. 돈이 생명을 좌우하니까." "그래요. 돈이 있어야지요." 나는 서럽게 울었습니다.

그러나 혼자 슬퍼하고 있을 아내를 생각해서 집으로 다시 왔습니다. "여보, 미안해. 너무 슬퍼하지 말아요. 다음에는 절대 이런 일이 없겠지. 내가 죄를 많이 지은 사람인 모양이야. 그래서 나를 벌주신 거야."

나는 시름시름 앓고 있는 아내를 안정시키려고 무던히 애를 썼습니다. 아내도 시간이 흐르자 조금씩 안정을 되찾는 듯 평상시와 같아지기 시작했습니다. 나도 마음을 다시 가다듬고 정비 공장 일에 여념이 없었습니다. 한 푼도 없이 시작해서 삶의 보금자리를 마련하기란 여간 힘이 드는 게 아니었습니다. 얼마 안 되는 월급으로 생활하기 때문에 살아가는 데 애로가 많았습니다. 그러나 주어진 운명이거니 생각하며 그 고통을 참고 견디며 살아

갔습니다.

아내는 첫째 애를 잃고 언제나 우울한 표정으로 세월을 보냈습니다. “여보, 첫 아이는 저 먼 나라로 가서 행복하고 돈 많은 가정에 다시 태어났을 거야. 당신이나 나도 그 아이의 행복을 빌면서 우리의 삶을 찾아봅시다. 당신이 우울하니 내 생활도 자꾸만 활력이 떨어지는 것 같아. 우리 새롭게 다시 출발하세.” 계속해서 아내를 다독이다 보니 아내도 다시 활력을 찾아가기 시작했습니다. 많은 시간이 필요했습니다.

그렇게 하여 우리 가정은 다시 안정을 되찾게 되었고 그 행복 속에 둘째 아이가 생기게 되었습니다. 아내와 나는 지난 아픔을 잊고 다시 행복해지려고 노력하였습니다.

「절망은 없다」 생활수기 공모에 특등으로 당선되다

어느 날이었습니다. 저녁 식사 후 아내와 내가 라디오에 귀를 기울이고 있을 때 문화방송국에서 생활수기 모집 공고가 나왔습니다. 라디오 방송에서 역경을 딛고 일어선 가정을 대상으로 생활 수기를 모집한다는 것이었습니다. 「절망은 없다」 라는 제목으로 현상 모집한다는 공고가 있었던 것입니다.

일요일에 방송되는 「절망은 없다」를 항상 청취하던 나는 용기를 내서 아내에게 말했습니다. "여보, 나도 수기를 써서 방송국에 보낼까?" "당신이 글을 쓸 줄 알아요?" "그럼 쓸 수 있지. 내가 살아 온 이야기를 솔직하게 그대로 쓰면 되지. 어려울 것 있겠나." "아마 당신이 수기를 써서 보내면 틀림없이 당선이 될 거에요." "나처럼 고생을 많이 한 사람도 별로 없을 거고 한번 써

봐야겠어."

나는 그 날 바로 원고지를 사 왔습니다. 처음부터 고생하며 살아 온 사연, 죽음의 구덩이에서 살아 나온 이야기, 서울에서 기어 다니며 살던 사연, 병원에 입원하여 수술을 받던 이야기, 원평에서 엿장수로 건강을 회복하는 이야기 등 내 인생 역정을 밤을 새워 가며 썼습니다. 물론 처음 써 보는 원고라서 말이나 맞춤법이 많이 틀리겠지만 용기를 갖고 방송국에 원고를 보냈습니다.

방송국으로 원고를 보내놓고 시간이 꽤 흘렀습니다. 수기 공모 사실은 거의 잊어버리고 평소와 다름없이 일을 하고 있는데 어느 날 방송국 차량이 정비 공장으로 들어 왔습니다. 우리는 정비하려는 차량으로 알았습니다.

그런데 차에서 내린 사람들이 사무실에 들어가더니 조금 후 과장님이 나를 데리러 왔습니다. "자네, 방송국에서 찾으니 빨리 가 봐." "저를 찾아요?" "그래, 빨리 가 봐."

나는 일손을 멈추고 어리둥절하여 사무실 쪽으로 걸어갔습니다. 그 순간 카메라가 나를 비추고 기자 선생님이 마이크를 나에게 건네면서 "축하합니다. 임 경철 씨인가요?" 했습니다. "예, 그렇습니다." "방송국에서 나온 김 진희 기자입니다. 임 경철 씨께서 보내 주신 원고가 생활수기 공모에 특등으로 당선되었습니다. 진심으로 축하합니다."

나는 말문이 막혀 멍하니 서 있을 수밖에 없었습니다. "참으로 대단하십니다." 하며 공장에서 일하는 모습을 찍으시고 살림하고 있는 집으로 가자는 것입니다. 그 때 기자 선생님은 여기자 김 진희 피디였습니다. 나는 기자 분을 모시고 보잘 것 없는 살림방으로 들어갔습니다.

집으로 오니 벌써 소식을 듣고 찾아온 구경꾼들도 많았습니다. 김제 역 근처에서 사람들이 많이 모여 들었습니다. 아내는 무슨 영문인지 몰라 어리둥절했습니다. 아내와 같이 방으로 들어가더니 기자 선생님께서 자리에 앉으시며 "아주머님이십니까?"하고 물었습니다. "그렇습니다." "참 장하십니다. 아저씨 수기에서 다 읽어 보았습니다. 처음에는 사실이 아닌 줄 알았습니다. 요즘은 수기도 거짓으로 쓰는 일이 많아서요. 와서 보니 하나도 빠짐없이 모두 사실이더군요. 그 동안 고생이 많으셨으면서도 삶에 굴하지 않고 이렇게 꿋꿋하게 살아오신 임 경철 씨를 보니 그저 놀랍다는 말밖에 나오지 않는군요. 처음 수기를 읽었을 때 방송국에서도 여러 선생님들이 놀랐어요. 이런 일도 있는가 하셨습니다. 지금부터 녹음을 할 테니 방문을 닫으시고 조용히 하십시오."

우리는 기자 선생님이 시키는 대로 방문을 닫고 자리에 앉았습니다. "이제까지 살아온 이야기를 대강 이야기 해주십시오." 나는 기억되는대로 그 동안 내가 살아오면서 겪었던 수많은 고통들과 지금 공장에서 일하는 이야기를 대충 정리해서 말하였습니다.

"예, 잘 되었습니다. 이제 문을 열어도 됩니다."

방문을 열어 보니 구경꾼들이 마당을 가득 메우고 있었습니다.

수다스러운 아주머니들께서는 방송국에서 무엇 때문에 찾아왔느냐며 묻느라 정신들이 없었습니다. 촌동네에 방송국에서 촬영을 나왔으니 다들 신기했던 모양입니다.

김 진희 기자선생님은 환한 얼굴로 "12월 1일까지 방송국으로 찾아오십시오." 말씀하시고 떠나셨습니다. 문화 방송국 창립 12주년 기념회에 초대되었으니 상패와 원고료를 받아가라는 것이었습니다.

나는 기자 선생님을 보내고 멍했습니다. 정비 공장에서도 수군대느라 정신이 없었습니다. "우리 공장에 인물이 있는 줄 몰랐어. 임 기사 장하구먼. 가서 막걸리나 한잔 하지." 공장장님과 직원들까지 막걸리를 마시러 식당으로 갔습니다. 밥집 어머니께서는 "우리 큰 아들 드디어 해냈구나. 그래 나는 알았지. 저 놈이 보통 놈이 아닌 줄 알았어." 하시며 나를 반겨 주었습니다.

공장 식구들은 막걸리를 마시면서 내 이야기를 꺼내기 시작하며 여러 가지 격려들을 아끼지 않았습니다. "임 기사가 나이가 많은데도 신입으로 일을 하는 것을 보고 알았어. 저 친구는 분명 뜻이 있는 사람이라고 생각했지. 저 나이에 처음 시작하는 각오를 보면서 무언인가 할 사람이라고 생각했어." 그러면서 모두 자신들의 일처럼 생활수기 당선을 축하해 주셨습니다.

술좌석이 끝나고 집으로 돌아온 나는 아내한테 술이 취했다고 말하고 방으로 들어 갔습니다. 아내도 따라 들어와서 기쁜 마음으로 이야기 했습니다. "당신이 쓴 글이 당선되다니 정말 꿈만 같아요." "꿈이 아니요. 며칠 후에 방송까지 나온다잖아요."

그동안 내가 살아 온 길이 성우의 목소리를 빌어 전국에 메아리쳤습니다. 그 때 방송을 들은 사람들은 눈물을 안 흘린 사람이 없었습니다. 아내와 나도 방송을 들으면서 과거를 생각하며 한없이 눈물을 흘렸습니다.

방송이 나온 후 나는 아내와 함께 서울에 있는 문화방송국을 찾았습니다. 73년 12월 1일이었습니다. 이른 아침 '모닝 쇼' 시간이었습니다. 기자 선생님과 생방송으로 대담하며 지내온 사연을 대강 이야기하고 상패도 받았습니다. 총무과로 가서 원고료도 받았습니다. 특등 상금이 40만 원이었습니다. 40만 원은 그 당시 나에게는 엄청난 돈이었습니다.

방송국에서는 아내와 나를 극진히 대해 주었습니다. 방송 일을 마치고 다시 시골로 내려가려고 했더니 방송국 기자 분이 "오늘 밤 '별이 빛나는 밤에' 프로에 생방송이 있으니 그 때 틀림없이 오세요."했습니다. 나는 방송국에서 받은 상패와 원고료가 보물이라도 되듯이 가슴에 안고 방송국을 나와 식당을 찾아 아침 식사를 마치고 아내와 여기저기 구경을 다녔습니다.

전에 내가 기어 다니던 바로 그 서울거리였습니다. 양쪽 무릎과 손바닥에서 피가 나도록 기어 다니던 곳들을 이곳저곳 다니며 아내에게 이야기 해주었습니다. 그렇게 하면서 어떻게 살았느냐고 아내는 믿어지지 않는다고 했습니다. "그래, 믿어지지 않을 거야. 그러나 나는 그래도 살아보겠다고 서울거리를 헤매고 다녔지. 그러나 정말로 메마른 사회였어. 서울은 특히 인정이 없는 곳이었어."

아내와 나는 지난 시절을 얘기하며 구경을 마치고 다시 방송국으로 갔습니다. 꽤 늦은 시간이라서 방송국은 조용했습니다. 방송실을 찾아 가니 기다렸다는 듯이 반가워했습니다. 시간이 다 되었는데 안 오기에 기다렸다고 합니다. 생방송이었습니다. 11시 30분이 되었습니다. 별이 빛나는 밤에 아나운서가 내가 살았던 사연을 대강 이야기 하더니 나한테 인사를 했습니다.

"지금 스튜디오에는 임 경철 씨가 나와 계십니다. 모시고 한 말씀 들어 보겠습니다. 그 동안 역경을 이기며 살아오시면서 무슨 생각을 하셨습니까?" "예, 죽음의 구덩이에서도 살아야겠다는 굳은 신념뿐이었습니다." "그럼 누구도 도와주지 않는 가운데에서도 살 수 있다고 생각하셨습니까?" "예, 살 수 있다고 생각하였지요. 살 길을 찾으면 반드시 살 수 있다고 믿었습니다. 절망하지 않고 희망을 찾아서 노력하면 길은 있게 마련이었습니다." "그럼, 청취자 여러분께 한 말씀 하시지요." "하고 싶은 말은 많지만 시간이 없으니 한마디만 하겠습니다. 인간의 삶이란 의지와 신념만 있다면 어떤 어려움에 처해도 살아 나갈 길이 있다는 말씀을 드리고 싶습니다. 이상입니다." "예, 고맙습니다." 하고는 아나운서께서 극진히 인사를 하였습니다.

나는 생전 처음 하는 생방송인지라 당황하여 빨리 방송실에서 나오고 싶을 뿐이었습니다. 살며시 빠져 나와 밖에서 기다렸습니다. 방송이 끝나고 아나운서가 나오시더니 "수고 하셨습니다. 이쪽으로 오십시오." 하며 나를 데리고 총무과로 가시더니 출연료와 만년필을 선물로 주셨습니다. "늦은 시간에 정말 감사합니다. 안녕히 가십시오." 하며 공손하게 인사까지 하시는 아나운서님의 인상이 지금도 생생합니다.

나는 밖에서 기다리고 있는 아내 때문에 서둘러 밖으로 나왔습니다. 아내는 내가 올 때까지 밖에서 어린 아들을 등에 업고 기다리고 있었습니다. "많이 기다렸지. 방송 시간이 너무 늦은 프로였어. 11시 30분이라 이제 끝이 났네. 빨리 가자. 가면서 얘기하기로 하지." "이제 전부 끝난 거예요." "응, 이제 내려가면 돼. 열차로 내려가세."

아내와 나는 서울역으로 왔습니다. 다행이 새벽 열차가 있기에 예약을 했습니다. 열차를 기다리다 보니 배가 고파서 서울역 매점에서 간식을 사서 먹고 이른 아침에 김제역에 도착했습니다. 도착하니 마음이 무척 편했습니다. 어제 하루는 참 바쁘고 긴장된 시간이었습니다. 이제는 김제가 고향인 것 같습니다. 김제에서 새로운 삶을 찾아서인지 마음 깊이 고향으로 느껴집니다.

역전 통운 사무실에 들러 사무실 과장님들께 인사를 했습니다. "다녀왔습니다." "그래, 수고 많았지. 아침 방송에서 보았더니 우리 임 군 장한 사람이야. 대충은 알았지만 라디오 방송에서 임 군의 생활수기를 듣고 다들 눈물을 흘렸어. 정말 훌륭한 사람이야. 그 고통 속에서도 굴하지 않고 삶을 찾았으니 오히려 우리가 임 군의 삶을 본받아야겠어."

여러 사람들이 환영 인사를 하셨습니다. "피곤할 테니 어서 집으로 가 봐." 밖에서 기다리던 아내와 나는 집에 가서 여장을 풀었습니다. 그리고는 사장님 댁에 가서 인사를 하려고 밖으로 나왔습니다. 밖에 나오니 동네 사람들이 많이 모여 있었습니다. "아저씨, 정말 훌륭한 사람이야. 문화방송을 듣고 동네 사람들이 다들 울었어. 정말 장하신 분이야." 아주머니들께서 많이 칭찬을 하여 주셨습니다. 모두들 칭찬을 해주니 나는 몸 둘 바를 몰랐습니다. 나는 그저 살겠다는 신념으로 꾸준히 좌절하지 않고 자기 길을 간 것뿐인데 다들 그렇게 칭찬을 많이 해주시니 오히려 미안한 마음이 들었습니다.

인사를 대강 드리고 사장님 댁으로 찾아 갔습니다. "임 군 왔군. 어서 와. 그렇지 않아도 사장님이 임 군 이야기 하던 참이야. 방송국은 다녀왔지?" "예, 상패도 받아 오고 원고료도 받아 왔습니다." "돈 문제가 아니라 우리 회사에 임 군 같은 사람이 있다는 것이 자랑스러워. 앞으로 공장 일은 임 군이 잘 알아서 해봐." "아닙니다. 저는 이대로가 좋습니다. 사장님께서 무슨 말씀을 하시려는지 잘 알겠습니다만 이 정비 공장은 내 삶터입니다. 더욱 더 열심히 일하면서 보람되게 살겠습니다." "그래, 임 군 말이 맞아. 그대로 있으면서 더 열심히 살아. 나도 많이 도와 줄 테니." "예, 잘 알았습니다."

나는 방송국에서 받아 온 사십만 원을 사모님한테 보관시켰습니다. "이 돈은 특별한 돈이니 사모님께서 받아 두셨다가 나중에 필요할 때 주십시오." "그래, 그렇게 하지. 오늘은 피곤할 테니 집에 가서 쉬었다가 내일 출근해도 되니 어서 가 봐." "예, 안녕히 계십시오." 사모님께 인사를 하고 집으로 돌아왔습니다.

그 동안 아내는 식사 준비를 해놓고 있었습니다. 내가 오니 식사하고 출근하라고 했습니다. "오늘은 공장에 안 나와도 된다고 했어. 푹 쉬었다가 내일 출근하라고 하시더군." 식사를 마치고 바로 잠에 들었습니다.

얼마나 피곤했던지 세상 모르고 자다보니 아침에 일어나 시간이 없어서 식사도 못하고 공장으로 나갔습니다. 공장 식구들도 환영하여 줍니다. "임 기사, 대단한 사람이야. 공장 식구들도 임 기사 방송 듣고 다들 울었데. 대단한 사람이야. 그 고통을 참고 살아 온 임 기사를 존경하고 싶어." "아닙니다. 무슨 별말씀을 다 하십니다." "우리는 헛 세상을 살고 있는 기분이야. 임 기사 삶을 본받아야겠어." "아닙니다. 지금부터가 시작인 걸요. 진짜 제 삶은 이제부터 시작된 겁니다. 열심히 일하겠습니다."

'더욱 더 열심히 일해야지.' 하는 굳은 신념이 내 몸 안에서 솟구쳐 나오는 걸 느꼈습니다. 나를 믿고 살아가는 사랑하는 아내와 아들이 살아가는데 아무 어려움이 없도록 끊임없이 노력하여야 된다고 내 자신에게 굳은 다짐을 하였습니다.

방송이 나간 후 며칠이 지나서입니다. 드라마를 듣고 청취자들이 방방곡곡에서 김제 삼중 공업사로 편지를 보내오기 시작했습니다. 하루에 수 십 통씩 우체부 아저씨 가방에 가득 가지고 왔습니다. 사무실에 들어오는 편지는 전부 내 편지였습니다. 그 때는 핸드폰이 없을 때여서 모든 사연이 편지로 쌓였습니다.

공장 일이 끝나고 편지를 가져와서는 밤이 새도록 읽어 보았습니다. 편지 내용은 '자신도 병마와 싸우며 삶을 찾아 헤맨다' 는 내용과 '임 선생님들의 투철한 삶의 투혼을 본받아서 열심히 살겠다' 는 내용들도 있었습니다. 어떤 분들은 공장까지 찾아와서 진짜인지 확인해 보기도 하였습니다. 그러나 많은 사람들이 찾아왔어도 어려운 살림살이라서 대접도 제대로 못하고 돌려보낸 것이 지금도 죄송스럽기만 합니다. 지면을 통해서나마 죄송하다는 말씀 전해 드립니다. 그리고 몇 개월 동안 워낙 많은 편지가 오는지라 일일이 답장을 하지 못한 점도 송구스럽게 생각합니다. 그 이후 여기저기 이사를 다니느라 그 때 받은 편지가 거의 다 손실이 되었지만 책상 속에 남아 있는 몇 편의 편지가 있어 책 말미에 부록으로 실어 보았습니다.

세월이 흐르니 그렇게 많이 오던 편지가 끊겼습니다. 바쁜 와중에도 공장 생활은 더욱 더 열심히 하였습니다. 방송국에 다녀온 후로는 사장님과 사모님의 관심이 더 많으셨습니다. 다른 종업원보다 더 신임을 하였고 낮 시간에는 아내를 사장님 댁으로 데려가 식구처럼 지냈습니다. 음식을 많이 장만할 기회가 있으면 꼭 아내를 부르셨고 집을 비울 때면 아내를 믿고 맡겨 놓고 다녀올 때도 있었습니다. 사모님은 진정으로 우리를 믿었습니다.

공장 생활도 오래 하니 나도 이제는 기술자가 다 되었습니다. 사장님 댁에 조그마한 일이라도 있으면 내가 가야 했습니다. 문짝 하나라도 고장이 생기면 다른 사람을 부르지 않고 나를 불렀습니다. 금고가 고장이 나도 내 손이 닿아야 했습니다. 공장이나 통운 회사 직원 어느 누구보다도 나를 더 신임하셨습니다.

어느 날 점심시간에 호출이 또 왔습니다. 사무실 직원이 질투

섞인 말투로 전했습니다. "임 기사, 안집으로 빨리 오래." 무슨 일일까 생각하며 사장님 댁에 갔습니다. 무슨 일이신지 그날은 사모님 댁에서 기르고 있던 닭을 잡아서 내 놓으셨습니다. 배가 출출한 시간이라서 맛있게 먹었습니다. 식사가 끝난 후 사모님께서 "임 기사가 나한테 보관한 돈이 이자가 많이 붙었네."하시며 좋아 하십니다. "사장님께서 특별히 임 기사한테 집을 사준다 하시네. 이제 임 기사도 집을 마련 해야지." "제 형편에 무슨 집입니까? 앞으로 한참 더 벌어야 되는데요." "임 기사 돈하고 우리가 보태서 집을 하나 사주기로 했어. 임 기사가 모범 사원으로 추천되었거든. 지금 알아보는 중이니 그리 알고 있어." "사모님, 정말 고맙습니다. 은혜 잊지 않겠습니다."

나는 공장으로 돌아와 곰곰이 생각해 봤습니다. 사장님께서 집을 사주신다니 꿈만 같았습니다. '이것이다. 이것이 노력한 대가이다. 앞으로 더욱 더 열심히 일을 해야지.' 하며 힘이 더 생겼습니다. 희망이 열리는 것 같았습니다. 낮에는 일반 차를 정비하고 밤에는 회사 차를 열심히 수리하였습니다.

사모님께서 공장에서 얼마 떨어지지 않은 곳에 집을 사 주셨습니다. 다른 공장 기술자도 살고 있는 집이었습니다. 방이 두 개 있는데 두 명의 기사가 살고 있었습니다. 그래서 집은 샀지만 다른 한 방에서 살아야 했습니다. 그러나 비록 단칸방이지만 우리 집이라서 누구도 부럽지 않았습니다. '나도 이제 어엿한 집도 있고 사랑하는 아내와 자식도 있다. 이것이 삶의 보람인가?'

남부러울 게 없었습니다. 모든 것이 꿈같아 한 동안 머리가 멍했습니다. 아내와 나는 집을 마련했으니 기쁜 마음으로 새벽에 일찍 일어나 텃밭에 배추와 호박 등 여러 가지 야채를 심어 가꾸었습니다. 먹다 남은 채소는 시장에 팔기도 하였습니다. 지금 생각해도 그 때는 무척 행복했던 시절입니다.

우리 가정에 행복한 삶이 새록새록 피어오를 무렵에 공장에 이상한 기류가 나타나기 시작했습니다. 공장 기사들의 시기와 오기가 발동하기 시작한 것입니다. 남이 잘되니 배가 아프기 시작한 것입니다. 주위의 기사들이 자꾸만 오기를 부리고 나를 따돌리는 현상까지 오고 말았습니다. 심지어 공장기사들과 가진 술자리에서 나에게 비겁하게 사장님에게 아부하고 다닌다면서 험한 욕설까지 하였습니다.

"간신 같은 놈!" "내가 왜 간신이란 말이요?" 이제 서로에게 욕설과 삿대질이 오고 갈 정도가 되었습니다. "너, 사장님 댁에 다니면서 무슨 간신 짓을 하는 거야. 비겁한 놈." "그게 무슨 말입니까. 자세히 말씀해 보세요. 내가 무슨 간신 짓을 했는지 한번 말씀해 보세요." "말하면 뭘 해, 너 같은 자식한테." 나는 기가 막혔습니다. "내가 사장님 댁에 자주 다니면서 간신 짓을 했다는데 그건 천만의 말씀입니다. 사장님의 관심 속에 있으니 오해를 한 것입니다. 공연한 오해 마십시오. 사장님 댁에서 자주 호출하여 오해를 하신 것 같은데 나 역시 괴롭습니다. 문짝 하나만 고장이 나도 부르고 하찮은 일만 생겨도 나를 부르니 오해하신 것입니다. 정말 사람을 잘못 보셨습니다. 나를 그런 사람으로 본다면 당신들의 인격이 의심스럽습니다. 공장에서 일어나는 일을 물어보면 내가 무엇이라고 대답하는 줄 아십니까? '사장님은 수 십 사람을 거느리고 사업을 하고 계십니다. 통운회사와 사무실 노조 등 여러 분야를 이끌어 나가시는데 내 이야기만 듣고 공장을 운영하시면 오히려 역효과가 납니다. 사장님 운영 방침대로 이끌어 나가십시오. 나는 맡은 바 일을 완수하고 시간이 나면 내가 할 일을 찾아서 일합니다.'라고 말씀 드립니다. 그뿐입니다. 여러분들이 저를 잘못 보셨어요. 술이나 드세요. 임 경철이가 그런 식으로 생활했다면 벌써 저승에 있을 몸이오."

내가 흥분해서 진심을 숨김없이 털어놓자 그제서야 마음들이 풀렸는지 술이나 마시자고 했습니다. 나는 속으로 '저 사람들은 아직 사회를 알지 못하는 사람들이구나.' 하고 생각하였습니다. 아무리 사장이 나를 믿고 신임하여도 공장에서 일어나는 일을 전부 고자질하면 오히려 역효과가 난다는 것을 나는 알고 있었습니다. 누가 돈을 먹고 누가 어영부영하고 낭비가 심하고 등등 자질구레한 일들을 고자질하면 그 회사는 더욱더 버리는 것입니다.

모든 것은 사장님의 현명한 판단으로 바로 잡아야 한다고 생각하는 나의 생각을 아무도 모릅니다. 임 경철 머리에 무엇이 들어 있는지 알아주는 이가 없습니다. 그들은 어려서부터 공장 생활에 매달려 기술을 배운 탓에 사회의 흐름이나 물정은 터득하지 못한 사람들입니다. 다행히 그 날 술자리를 가진 후 그들은 나를 믿었습니다.

그런데 어느 날 갑작스럽게 사장님 댁에서 나를 호출했습니다.

영문도 모르고 사장님 댁을 찾아가니 안방에 어느 신사 분이 계셨습니다. 사장님께서 인사를 시키셨습니다. "임 기사, 인사하지. 이번에 정비공장에 부임한 한 과장이니까 상의해서 공장 일을 잘 해주기 바라네. 서로 상의하여 정비 공장을 잘 만들어 봐."
"예, 임 경철입니다."

사장님이 둘을 소개시킨 후 나를 가리키며 '우리 집 명품이니 잘 해 보라' 며 신임의 뜻을 나타내셨습니다. 그 때 한 과장이 나를 이리저리 노려보았습니다. 나는 인사를 마치고 공장으로 다시 와서 열심히 일을 하였습니다.

아침 조회 시간에 사장님의 소개로 새로 온 과장이 인사를 했습니다. "오늘부터 이 공장에서 여러분과 일할 사람이니 잘 해 봅시다." 간단한 인사로 다시 공장 작업은 시작되었습니다.

어느 날 한 과장이 역전에 있는 다방으로 나를 불러냈습니다. "임 기사, 이리 와. 차나 한 잔 하지." 자리에 앉으니 한 과장은 사장님 댁에서 인사한 것을 다른 사람에게는 비밀로 하라는 것입니다. 만나서 인사한 것이 뭐가 대단하다고 비밀로 하라고 하는지 이해가 되지 않았지만 시키는 대로 모른 체 하며 일에만 열중했습니다. 나는 공장에서 오랜 세월 일하다 보니 공장이 어떻게 돌아가고 누가 무엇을 하는지 잘 알고 있었습니다. 눈치만 보아도 알고 있지만 개의치 않고 내 일에만 열중했습니다.

이 과장님은 회사 차에만 신경을 쓰니 공장에서 일어나는 일은 아무 것도 모릅니다. 그러나 기술이 뛰어난 분이라서 공장에서도 존경을 받는 분이었습니다. 회사에서도 이 과장님과 내가 제일 신임을 받는다고 해도 과언이 아니었습니다.

그러다가 회사차만 관리하던 이 과장님께서 정비 공장장으로 임명이 되었습니다. 언제나 공장장님은 나를 믿으셨습니다. 어려운 일이 있으면 서로가 상의하곤 하였습니다.

그런데 정비공장 한 과장님은 너무나 무서운 사람이었습니다. 공장 일 처리하는 것을 보면 사리사욕을 채우기에 급급한 사람이었습니다. 공장장님이나 나는 저렇게 하다가 회사가 망하게 될 텐데 하며 걱정이 많았습니다.

하루는 공장장님께서 나를 부르셨습니다. 공장이 잘못 되어 가니 임 기사도 갈 길을 예상하라는 것이었습니다. "아니, 왜 그런 말씀을 하십니까?" "한 과장이 온 후부터 사장님한테 갖은 아부를 하며 우리 둘을 제일 꺼려하고 있는 눈치야. 언제 우리에게 불똥이 떨어질지 모르니까 임 군도 갈 길을 마련해 봐. 그리고 만약 무슨 일이 생기면 내가 옛날에 쓰던 공구가 있으니 이것으로 살 길을 개척해봐." 하시는 것입니다. 그리고는 혼자 일하는데 필요한 공구 일체를 주셨습니다.

그 때 공장장님은 분위기를 다 알고 계셨던 것입니다. 한 과장이 사장님께 붙어서 온갖 모함으로 우리를 헐뜯기 시작한 것입니다. '공장장과 임 경철이 없어야 공장을 살려 나갈 수 있다.' 고 사장한테 계속적으로 말을 한 것입니다. 사장은 놀라서 자기가 그렇게 믿고 아끼던 사람들이 없어야 한다는 것이 믿어지지 않았다고 합니다. 그러나 옆에서 자꾸 얘기하면 귀가 솔깃해지는가 봅니다.

어느 날 사장님께서 호출하셨습니다. 나는 영문도 모른 채 작업복 차림으로 사장님 댁으로 갔습니다. "이리 와서 앉아. 우리 임 군을 믿었는데 어째서 임 군이 없어야 된다는 얘기가 나오는가?" "무슨 천부당만부당하신 말씀을 하십니까. 사장님께서 잘 모르셔서 그러십니다." "내가 말 다 들었어."

나는 어이가 없었습니다. 내가 제일 믿고 삶의 터전으로 생각하고 몸 바쳐 일하던 직장에서 어느 날 갑자기 사장님의 불신을 받았으니 기가 막혔습니다. "사장님께서 누구의 말을 듣고 그러시는지 몰라도 내가 필요 없으시면 사표는 내겠습니다. 사장님, 하지만 나중에 후회는 마십시오. 나가겠습니다."

나는 너무나 억울했습니다. 그러나 할 수 없는 일입니다. 사무실에 와서 사표를 썼습니다. '이런 야비한 인간아. 너, 나중에 보자. 공장을 말아 먹을 놈.' 하며 혼자서 그를 욕하고 사표를 제출하였습니다.

그러나 사표를 쓰고 나니 문제가 있었습니다. 사모님께서 도와주신 돈으로 집을 샀기 때문에 계산을 해야 했습니다. 한 과장 놈이 사모님께서 도와주신 돈을 이자에 이자까지 계산하여 보니 나는 빈손이었습니다.

결국 원고료만 겨우 돌려받고 퇴직금도 한 푼 없이 빈털터리로 쫓겨 났습니다. 집에 와서 생각하니 정말 억울하다는 생각이 절로 들었습니다.

수많은 고통과 시련 속에서도 포기하지 않고 꿋꿋하게 삶을 찾아서 정비 공장에서 기술자까지 되었고 문화방송국에서 상패도 받았고 원고료도 받았습니다. 내 삶을 이렇게 만들어 주신 하나님에게 감사의 기도를 드리며 우리 가족이 이대로 행복한 삶이 이어지기를 빌었습니다. 그러나 삶은 그렇게 호락호락하지 않았습니다.

정비 공장에서 그렇게 신임을 받으며 살아오던 나에게 너무나도 큰 시련이 오고 말았던 것입니다. 말도 안 되는 해고를 당한 것입니다. 나는 그렇게 착실하게 일을 했고 사장님과 사모님께서 나를 그토록 신임하셨는데 어느 날 갑자기 해고라니 하늘이 무너지는 느낌이었습니다. 정비 공장에 온 한 과장의 농간에 사장님이나 회사 사람들이 나를 불신한 것입니다.

나는 사장님께 말씀 드렸습니다. "사장님, 아닙니다. 한 과장 말을 믿으시면 회사는 무너집니다." 나는 사장님께 애원하다시피 말씀드렸습니다. 그러나 아무리 얘기해도 내 말은 듣지 않았습니다.

나는 다시 빈털터리가 된 신세였습니다. 혼자 있을 때는 내 몸 하나만 지탱하면 되는데 이제는 가족이 있으니 큰일이었습니다. 아내와 아들, 딸까지 네 식구였습니다. 네 식구가 살 길을 찾아야 하는데 갈 데가 없었습니다. 여기저기 알아보았으나 갈 자리가 없었습니다.

나는 아내를 안심시켜 놓고 취직자리를 알아보고 다녔습니다. 별다른 일자리를 찾지 못한 나는 부안에 있는 통운회사에 찾아갔습니다. 김제 정비공장에서 내 손으로 정비한 차들이었기에 잘 알고 지내는 부사장님을 만났습니다. "어이, 임 기사가 어쩐 일이야?" "김제 정비공장에서 해고당했습니다. 새로 온 한 과장이 이 과장님과 나를 해고 시켰습니다." "그래, 그 놈 나쁜 놈이야. 내 진작에 눈치를 챘어. 그 사람 문제가 많은 사람이야. 하여간 황 사장 정신 차려야 할텐데. 잘못하면 황 사장도 그 사람한테 넘어 가는데…." 하시며 걱정을 하셨습니다. "나, 여기서 밥 먹어야겠어요." "그래, 바로 준비하게. 임 기사라면 우리 회사에서 받아줄게." "고맙습니다." "저기 가게가 비어 있으니 아무 때라도 이사 오면 살 수 있을거야."

도정 공장 옆에다 만들어 놓은 가게 자리였습니다. 도로 변에 있는 자리가 비어 있었던 것입니다. 오고 갈 데가 없었던 나는 바로 이사를 오게 되었습니다.

고향처럼, 내 집처럼 여겼던 김제 정비공장이 나를 버린 것입니다.

나는 눈물을 머금고 아내와 아이들을 데리고 부안통운 회사로 자리를 옮겼습니다. 빈털터리가 된 나는 다시 시작하여야만 하였습니다.

기구한 운명 끈질기게 고통이 따라 다닙니다. 그러나 주어진 운명이라면 참고 견디는 수밖에 없었습니다.

처음부터 다시 시작한 삶

나는 다시 시작하여야 합니다. 삶의 고통이 나를 다시 울렸지만 여기서 주저앉을 수는 없는 노릇입니다. 인생이란 평범하게 지나가는 것이 아닌가 봅니다.

부안 통운 회사에서 주신 보금자리는 너무나도 어설픈 곳이었습니다. 사람이 한 번도 살지 않았던 자리였습니다. 도로 변에 가게 자리로 만들어 놓은 자리여서 이곳에서 사람이 지낼 수 있을지 막연했습니다. 그러나 거리에서 지낼 수는 없으니 이곳을 수리하여 지내는 수밖에 도리가 없어 나는 아내에게 얘기를 했습니다.

“여보, 이곳이라도 우리가 살 수 있게 수리합시다.” 가진 돈이 있으면 사글세방이라도 얻어 보겠지만 돈이 없으니 도리가 없습니다. 어린애들 때문에 거리에서 지낼 수는 없으니 아내도 할 수 없어 이곳을 수리하기로 결정을 하였습니다.

이삿짐은 별로 없지만 우선 식사라도 할 수 있는 연탄아궁이라도 만들어야 하고 방의 벽도 도배를 하였습니다. 연탄 화덕을 사고 도배지도 사다가 아내와 나는 수 일간 수리를 하였습니다. 어린 자식들에게 죄스런 마음뿐이었습니다. 이부자리를 몇 겹으로 깔아서 아이들을 재우고 우리는 맨바닥에서 날을 지새곤 하였습니다.

며칠간 노력 끝에 방도 따뜻해지고 수돗물도 나왔습니다. 이제 이곳에서 살아야 합니다. 여기는 회사차가 세 대 뿐이었습니다. 그래도 중고라서 정비할 일이 많았습니다.

김제 정비 공장에 있을 때 이 과장님께서 주신 공구가 내 밥그릇이었습니다. 모든 일이 이렇게 될 줄 알고 이 과장님이 당신이 쓰시던 공구를 나에게 주신 것이었습니다. 정비기술도 기술이지만 정비 도구가 없으면 정비를 할 수 없으니 많은 공구를 주셔서 여기서도 그대로 쓸 수가 있었습니다.

나는 아내가 만들어 준 식사를 마치고 통운회사에 가서 자동차 기사들과 서로 인사하고 자동차를 정비하며 살기 시작했습니다. 아내도 집에만 있을 수는 없어서 핫도그 장사를 시작했습니다. 딸아이를 등에 업고 장사를 시작하였는데 그 일도 쉽지가 않았습니다. 등에서는 어린 딸이 끙끙대고 밀가루 반죽을 하여야 하니 너무 힘이 많이 들었습니다.

그러나 살아야 하므로 참아야만 했습니다. 방송국에서 받은 돈

사십 만원은 그럭저럭 벌써 바닥이 나버렸습니다. 핫도그 장사도 신통치 않고 통운 회사에서 벌어들이는 돈도 형편없었습니다.

몇 개월 동안 부안 통운차를 정비한 내용을 잘 적어 놓았다가 부사장님한테 청구서를 제출했습니다. “부사장님! 식량도 없고 아이들 약값도 없어서 살기가 복잡합니다. 몇 개월 동안 수리한 내역서이니 잘 보시고 수리비를 지불하여 주셨으면 합니다.”

정비 공장에서 받은 요금의 삼분의 일정도의 가격으로 계산한 것입니다. 부사장님한테 의뢰한 청구서는 돈이 조금 많았습니다. 삼 개월 동안 요금이니 당연히 많았습니다. 부사장님께서 받아 보시더니 “이게 뭐야. 무슨 돈이 이렇게 많아?” “예, 삼 개월 동안 수리한 돈입니다. 정비공장의 삼분의 일로 책정한 비용입니다.” “알았어. 사장님에게 보고하고 계산하지.” “예, 알았습니다.”

며칠 후 사장님께서 나를 부르셨습니다. “임 기사! 자네 우리 회사에 와서 있으면서 무슨 수리비가 이렇게 많아.” “아닙니다. 정비공장의 삼분의 일로 계산한 비용입니다.” “그렇게는 줄 수 없고 자네는 우리 공장에서 일하는 것이니 막노동하는 노임을 계산해 줌세.” “아니, 그게 무슨 말씀이십니까?” “자네 사는 집은 집세도 안 받았고 하니 그 정도는 감안해야지.”

나는 깜짝 놀랐습니다. 돈이 있는 사람들의 생각은 너무나 무섭습니다. 자기들의 이익만 생각하지 다른 사람들의 인권이나 그 사람들의 삶에 대해서는 생각하지도 않았습니다. 돈이 있는 사람과 없는 사람의 차이는 엄청난 차이였습니다. 인권은 생각지도 않는 것이 현실입니다.

나는 실망이 컸습니다. '이것이 돈 많은 사람들의 생각이고 서민들은 이렇게 돈 많은 자들에게 인권을 박탈당하는 것인가.' 생각하며 원망도 하여 보았으나 계란으로 바위치기였습니다.

그 후로 나는 매일 '나 혼자서 살길을 마련해야지.' 하는 생각이 머리를 떠나지 않았습니다. 나는 아내한테 이야기하였습니다. "우리가 이렇게 살 것이 아니라 우리 힘으로 살 길을 찾아야겠어. 돈이 많은 사람들은 우리를 사람으로 생각지 않아. 그 사람들의 힘으로 살 것이 아니라 우리도 독립하여 살 길을 찾아야겠어."

통운회사에서 주는 돈을 받은 나는 마음이 바뀌었습니다. 우선 살림하고 있는 이 집을 비어주기로 마음먹고 아내한테 사글세방이라도 근처에 알아보라고 이야기했습니다. 아내는 알았다며 이튿날부터 방을 구하여 보니 살던 집 바로 앞에 쓸만한 방이 하나 있다고 하였습니다.

지금 당장 돈이 없으니 사글세로 결정을 보았습니다. 아내와 나는 이삿짐을 앞집으로 옮겼습니다. "여보, 나는 공구를 들고 다니며 행상 정비를 할 테니 당신은 이곳에서 찐빵 장사를 하여 보시오." "그래요. 그렇게 하여 봅시다."

아내는 어린 아들을 앞세워 심부름을 시키고 딸은 등에 업고 장사를 시작했습니다. 골목 도로변에는 가게가 별로 없던 시절이라 아내가 처음 시작한 찐빵집은 제법 잘되었습니다. 밀가루

본전을 제하고 수입이 제법 됐습니다. "여보, 이것도 노력하면 밥은 먹겠네요." "나도 오늘부터는 운수회사로 찾아가서 행상 정비를 하여 볼까 해요." "누구 아는 사람 있어요?" "응, 정비 공장에 있을 때 가끔 오는 기사들이 있어서 그래요."

나는 화물 회사로 찾아 갔습니다. 부안에서 생산되는 농산물이나 비료 등 여러 가지 물건을 운송하는 화물 회사였습니다. 그때 운수 회사에 찾아갔을 때는 마침 잘 알고 지내던 운전기사가 대기하고 있던 시간이었습니다.

"어떻게 임 형이 여기를 다 오십니까?" "통운에서 나왔어. 김제에서도, 부안에서도 다 그만두고 앞으로 행상 정비를 하여 볼까 생각해서…." "부안에는 자동차 정비 공장이 없으니 형님은 얼마든지 일할 수가 있을 거예요. 이렇게 오셨으니 막걸리나 한 잔 합시다." "그래요. 갑시다."

막걸리 집에서 한 잔 마시면서 자세한 이야기를 하였습니다. "내가 살 길은 월급쟁이보다 내가 벌어서 살아가는 길로 가 보아야겠어. 협조 부탁해." "예, 알았어요. 형님 기술이면 대 환영 할 겁니다."

다시 운수회사로 왔습니다. 아직 일을 안 나간 기사 분들과 인사를 하고 사무실에도 인사를 했습니다. "김제 정비 공장에 있던 임 기사입니다." 아는 운전기사가 자세히 이야기를 해 주었습니다.

첫 정비 차는 그 날 브레이크가 고장난 차량이었습니다. 옛날 화물차는 브레이크가 잘 듣지 않을 때였습니다. 운전석에 올라가 점검을 하여 보았더니 브레이크와 실린더에서 고장이 생긴 것입니다. “이것은 부품을 교환하여 주어야 합니다. 부속 상에 가서 마스터 실린더에 들어가는 고무 세트를 사 가지고 오십시오. 그리고 오실 때 브레이크 오일도 사 가지고 오시고요.” 그 소리를 들은 기사는 바로 뛰어 가서 부속을 사 왔습니다.

나는 가지고 간 공구를 꺼내어 실린더를 탈착하여 분해하고 깨끗이 씻은 후 다시 새 부품으로 교환하고 다시 부착하였습니다. “다 되었으니 시운전 해 보세요.” 운전기사는 시운전을 해 보았습니다. 앞으로 전진과 브레이크 작동, 후진 작동과 브레이크 작동을 하니 브레이크가 기가 막히게 잘되었습니다.

옆에서 구경하던 기사들이 “아, 저렇게 좋은 것을 그 동안 위험하게 다녔는가. 다녀 봐도 잘 모르는 사람들이 많아요. 엉뚱한 것을 교환하라고 합니다.”하며 칭찬해 주었습니다. 나는 기분이 좋았습니다.

나는 잘 아는 운전기사가 나를 삼중 공업사에서 최고 기술자라고 소개했습니다. “이렇게 고쳐 주어서 고맙습니다.” “아닙니다.” 나는 그 때 운전기사들의 신임을 얻었습니다. 수리비를 주시기에 “오늘은 수리비를 조금만 받겠습니다.”하니 “가셔서 막걸리나 한 잔합시다.”하고 나를 끌었습니다. 그때는 운전기사들이 술을 많이 마셨을 때입니다. 막걸리도 얻어먹고 돈도 벌었습니다.

그 날 나는 아내가 빵 장사하는 집으로 돌아와서 아내에게 자랑을 하였습니다. “여보, 나 오늘 돈 벌었어.” “돈을 얼마나 벌었어요?" "응, 이 만원이나 벌었어." 아내는 입이 벌어지고 나보다 더 좋아 했습니다. "재호는 어디 갔어?" "옆집에서 아이들과 놀고 있어요." "여기는 차가 다니는 곳이니 조심시켜."

나는 그 날 밤 아내가 차려준 저녁 식사를 마치고 잠자리에 들기 전 여러 가지로 생각하여 보았습니다. '회사 생활을 하며 월급을 받는 것보다 내 사업을 하면 그 길이 빠른 길이겠구나.' 하는 생각으로 마음이 굳혀졌습니다.

"여보, 우리는 앞으로 우리의 삶을 우리가 개척합시다." 아내도 나처럼 월급 생활보다 내 사업하는 것이 빠른 길이라고 생각하고 있었습니다.

나는 다음 날부터 곧장 운수회사로 출근을 했습니다. 회사는 운전기사들이 대기하고 있는 방이 있고 자동차 조수들이 사용하는 방이 있었습니다. 화물자동차 조수들은 나보다 나이가 다 어린 청년들이었습니다. 운전을 배워서 자기들도 화물기사가 되어보겠다는 생각으로 기사들을 따라다니는 것입니다.

그 때만 하여도 조수들은 너무나 고생이 많았습니다. 나는 운전기사들이 있는 방으로 들어가기가 미안하여 조수들이 기거하는 방으로 들어가서 그분들과 친해지려고 많은 노력을 하였습니다. 하루가 지나고 세월이 지나가니 운전기사와 조수들을 많이 알게 되었습니다.

운수회사로 출근한 지 수개월이 지나니 운수회사 정비사가 거의 다 된 것 같았습니다. 자동차가 고장이 나면 당연히 내가 수리를 하여야 하는 것으로 인정이 되었습니다.

나는 노력한 대가로 수입도 제법 되었습니다. 우리 가족이 먹고 사는 데에 별로 지장을 안 받았습니다. 성공이었습니다. 월급 생활보다 모든 면에서 편했습니다. 누구의 눈치도 보지 않고 나만 열심히 하면 돈을 벌 수 있었습니다.

그리고 정비 기술도 인정을 받아 날이 갈수록 일거리가 많아졌습니다. 이제는 저녁 시간이 되면 막걸리도 한 잔 씩 먹는 친한 기사 분들도 많아졌습니다. 사람이란 멀리 보고 활동하여야 한다는 말이 맞는 것 같습니다.

어느 기사가 하는 말이었습니다. "형님은 이제 운수 회사를 벗어나서 형님 공장을 만들어 봐요." "어떻게? 아직은 돈이 없는데…." "다 되는 수가 있습니다. 부안에는 정비 공장이 없으니 형님이 공장을 만들어 봐요." 기사의 말을 듣고보니 무엇인가 길이 보이는 것 같은 생각이 들었습니다.

나는 아내한테 상의하여 보았습니다. "여보, 이제 빵장사 하지 말아요. 내가 벌어도 살 수 있으니 그만하고 아이들이나 돌봐요. 그리고 나 공장을 만들어 보려고요." "당신이 어떻게 공장을 만들어요. 돈이 있어야 하는데…." "내가 보아 둔 곳이 있어요. 그 곳에 공장을 차리면 일거리가 많을 것이요." "그 곳이 어딘데요?" "버스터미널 옆 도로변인데 자동차 타이어 수리하는 데가 있고 옆에는 배터리 가게가 있는데 그 중간이 원래는 막걸리 집인데 지금은 비어 있어. 한 쪽에서는 타이어 수리하고 한 쪽은 배터리 수리를 하고 나는 한 중간에서 자동차 전체 수리를 하면 손님이 많을 것 같아요." "주인은 누구신데요?" "타이어 수리하는 아저씨가 관리하신다는데 당신이 허락하면 그 관리자를 만나서 결정을 할까 해요." "나는 좋으니 당신이 원하는 대로 하세요."

나는 아내와 협의하여 타이어 가게에 가서 주인아저씨한테 이야기를 하였습니다. "아저씨, 시간 좀 내세요. 드릴 말씀이 있습니다." "그래요. 당신이 운수회사에서 정비한다는 그 분인가요?" "예, 김제 정비 공장에서 왔어요."

아저씨를 모시고 근처 막걸리 집으로 갔습니다. 막걸리를 대접하면서 정식으로 인사를 하였습니다. 처음부터 고생한 사연을 대강 말씀드리고 "가게 자리를 알아보는 중에 아저씨 중간 가게 자리가 비어 있기에 이렇게 아저씨한테 말씀 드립니다."하고 운을 떼었습니다. "예, 그래요. 며칠 전에 운전기사가 한 번 이야기를 하였어요. 착실한 분이라고 이야기 하더군요." 그 가게는 원래 막걸리 장사하던 곳인데 이사를 가서 비어 있다고 하셨습니다. "그런데 가게 세는 벌어서 드리는 것으로 해 주시면 안되겠습니까? 지금은 돈이 없어요." "어차피 비어 있는 가게이니 그렇게 합시다."

나는 주인 아저씨가 너무나 고마웠습니다. 나를 믿고 외상가게를 내준 것이니 얼마나 고마웠겠습니까. "그러면 내일부터 오셔서 가게 정리를 하세요." "예, 알았습니다. 정말 감사합니다."

나는 기분이 좋았습니다. 그 아저씨가 나를 믿고 승낙하여 주었으니 그저 고마울 따름이었습니다. 주인아저씨와 헤어지고 집에 왔습니다. "여보 가게 얻었어." "어떻게요?" "응, 지금은 돈이 없으니 벌어서 사글세로 하기로 약속하였어." 무척 고마운 분이라며 아내도 매우 좋아했습니다.

저녁 시간에 아내와 아들 재호, 딸 혜경이 앞에서 나는 약속했습니다. 어떠한 고통과 어려움이 닥쳐도 굴하지 않고 내 삶을 찾아서 사랑하는 우리 가족의 아빠가 되겠다고 약속했습니다.

다음날 아침 일찍 일어나 아내가 만들어 준 식사를 마치고 타이어 가게를 찾았습니다. "아저씨, 안녕하셨어요." "예, 어서 오세요. 저쪽 뒤에 가면 문이 열려 있으니 뒷문으로 가서 앞에 문을 여세요." 양쪽 문을 활짝 열어보니 막걸리 장사하던 곳이라 나무로 만들어 놓은 식탁과 주방도구 등 지저분하였습니다. 나는 옷을 벗어 제끼고 일을 시작했습니다. 옆집에서 빌린 함마로 한쪽에서부터 차근차근 철거했습니다. 온 몸에 땀이 흐르고 먼지를 뒤집어썼지만 나는 큰 희망을 갖고 일을 하였습니다.

점심시간이 지나서 아내가 찾아 왔습니다. "식사 하셔야지요." 아내와 나는 집으로 와서 빨리 식사를 하고 다시 가게로 가서 열심히 철거를 하였습니다. 타이어 수리하러 온 운전기사들이 많이 모였습니다. 정비센터를 한다고 하니 기사들도 좋다고 하셨습니다. 부안에 자동차 수리할 곳이 하나도 없다는 것이었습니다.

"응, 여기서 정비하면 손님이 많을 거야. 기술이 얼마나 있는 분인지는 몰라도 위치는 좋은 자리지." 운전기사들의 희망 섞인 말씀을 들은 나는 더 힘이 났습니다. 하루 종일 일을 하고 주인 아저씨와 배터리 가게 아저씨를 모시고 셋이서 막걸리 집으로 갔습니다. 저녁시간이라 술맛도 좋았습니다.

배터리 아저씨께도 정식으로 인사를 했습니다. "당신 기술만 좋으면 일은 얼마든지 있을 거야." 라고 말을 하였습니다. 부안에는 하체를 보는 기사가 없다는 것이었습니다.

자동차 정비는 대략 세 분야로 나뉩니다. 엔진, 하체, 기타로 구분합니다. 나는 정비 공장에서 엔진에도 있었고 하체부에서도 일을 하였기에 정비하는 데는 두려울 것이 없었습니다. 배터리 아저씨는 일이 너무 많아서 혼자는 못할 것이라며 나의 성공을 미리 축하해 주기도 하였습니다.

이튿날, 다시 가게에 가서 손질은 많이 하였습니다. 정비 공구 박스도 만들고 이것저것 준비가 많았습니다. 며칠 만에 가게 문을 열었습니다. 정비 공장이름은 「김제 공업사」로 간판을 달았습니다.

개업 날이 되어 소주와 막걸리와 간단한 안주거리를 준비하였습니다. 돈이 없어서 제대로 된 음식은 장만을 못했습니다. 그러나 개업 소식을 듣고 운수회사에서 기사 분들이 많이 참석하고 시내버스 기사 분들도 많이 왔습니다.

그 날은 개업으로 가게 일을 마치고 나는 아내에게 말했습니다. "여보, 과연 우리가 성공할 수 있을까?" "당신이 열심히 하면 성공할 거예요." 아내는 언제나 내게 힘과 용기를 주는 스승 같은 사람이었습니다.

나는 가슴에 큰 꿈을 안고 잠자리에 들었습니다. 나는 김제 공업사 사장 겸 종업원이었습니다. 아침 식사를 일찍 하고 가게로 출근하여 청소도 하고 공구 정리도 하였습니다. 타이어 수리소와 배터리 가게까지 갖추어진 공장이었습니다.

자동차가 어떤 고장으로 들어와도 세 곳에서 모두 해결할 수가 있습니다. 당시에는 부안 계화도가 한참 공사 중이라 덤프차가 많이 일할 때였습니다. 바다를 막아 농지를 만들어서 정지작업을 할 때였습니다. 덤프차가 많아서 내가 기회를 잡은 것입니다.

개업 소식에 소문이 나서 자동차가 밀려오기 시작하는데 혼자서는 어떻게 해결할 수가 없었습니다. 너무나 일이 많아서 쓰러질 지경이었습니다.

순간적으로 내 운명이 바뀌었습니다. 나는 아내와 상의했습니다. "여보, 혼자는 도저히 할 수가 없어요." 돈도 돈이지만 일손이 딸려 혼자서는 할 수가 없었습니다. 김제 정비공장에서 일하는 중간 기술자들을 찾아가서 우리 집에서 일해 주기를 권하니 후배들 중에서 두 명이나 왔습니다. 사람이 둘이나 왔으니 정비공구도 더 필요하여 보충하고 정말 신바람이 났습니다. 세월이 갈수록 우리 공장은 발전이 되고 홍보도 많이 되었습니다.

그러나 세상 일이 그리 순탄한 것만은 아닌가 봅니다. 전라북도 운수과에서 무허가 수리 단속이 나온 것입니다. 정비공장에서 고발을 한 것입니다. 허가 없이 정비를 하면 형사 입건이 되는 것입니다. 언제나 없는 자는 있는 자에게 지게 마련입니다. 단속 때문에 애로가 많았습니다.

그래도 워낙 차가 밀려오고 일이 많아서 일 년 동안은 돈을 많이 벌었습니다. 아내는 빵장사도 정리하고 종업원들 식사문제 때문에 너무나 바빴습니다. 아들 재호에게 여동생을 맡겨놓고 식사 준비에 쉴 틈이 없었습니다.

밤에 일이 끝나고 집에 들어 와 호주머니에서 돈을 꺼내는 시간은 즐거웠습니다. 여기서 나오고 저기서 나오고 돈이 방바닥에 많이 쌓일 때도 있었습니다. 아내는 그 때 그 순간이 제일 행복했다고 지금도 말합니다. 월급 생활을 하다가 갑작스럽게 돈을 많이 벌어 오니 아내는 너무나 좋아 하였습니다.

공장은 자꾸만 발전하여 종업원이 여섯 명까지 되었습니다. 가게에서 떨어진 곳이지만 집도 샀습니다. 제법 비싼 집을 샀습니다. 아주 좋은 집은 아니지만 그래도 내 집을 마련하였다는 것만도 성공이었습니다.

아내도 아이들을 데리고 집에서 살림을 하였습니다. 종업원들의 식사는 교대로 집에 와서 먹었고 나도 시간이 나는 대로 집에서 식사를 하였습니다. 옛날에 지은 집이라 허술한 집이지만 우리에게는 호텔이 부럽지 않은 삶의 공간이었습니다. 자식들도 마당에서 뛰어 놀고 이웃집 아이들도 친구 되어 놀다가는 이것이 사람 사는 재미가 아니겠습니까?

김제 정비 공장에서 사모님이 사 주신 집은 큰 방에서 한 번도 살아 보지 못하다가 부안에 와서 내가 노력하여 만든 보금자리인지라 너무나 좋았습니다. 아내도 진정한 내 집을 가졌다며 너무나 흐뭇해 했습니다.

퇴근 시간이 되면 공장 종업원들의 잠자리를 확인하고 집에 돌아왔습니다. "내가 없어도 밤에 조심하고 자기들의 기본을 지켜야 한다."고 잘 이야기 하면서 빵이라도 사다주곤 하였습니다. 내가 정비공장에서 고생을 많이 하여 보았기에 우리 집에서 일하고 있는 종업원들에게는 절대 섭섭한 행동을 하지 않았습니다.

모든 것이 내가 노력하여 일군 것이었으므로 이제는 아무 것도 걱정할 일이 없을 것이라고 믿었습니다. 그러나 또 다시 시련이 내 앞 길을 막아 버립니다.

종업원이 출장까지 가서 화물차 브레이크 수리를 하여 주었는데 운전기사분이 수리비를 주지 않아 싸움이 난 것입니다. 수리비 때문에 싸우다가 종업원이 운전하고 공장까지 오던 중에 교통사고를 내고 만 것이지요.

길 가던 사람이 죽고 도로변 철공소까지 밀어 버렸으니 큰 사고였습니다. 기사가 운전 중에 사고를 내면 보험 처리하여 사고처리하면 되는데 우리 종업원이 사고를 냈으니 큰 문제였습니다. 무면허 운전에다가 무허가 정비까지 사건이 크게 확대되었습니다.

종업원은 형사 입건이 되어 경찰서에 구속되었습니다. 그것보다 심각한 것은 죽은 사람이 다섯 살짜리 어린아이라는 것입니다. 이게 무슨 날벼락이라는 말입니까. 나는 정신이 없었습니다.

사고 수습을 어디서부터 할 것인지 눈앞이 깜깜했습니다. 일단 형사 합의부터 하여야 하는데 아이 부모는 이불을 둘러쓰고 방에 누워 울고만 있으니 어떻게 하겠습니까. 나도 자식이 있는데 어느 부모가 가만히 있겠습니까. 큰 문제였습니다. 사고 당한 부모는 방에 누워 있고 친척들의 도움으로 시신은 처리하였습니다.

며칠 지난 후 사고 당한 부모 집을 찾아 갔습니다. 무엇이라 말씀 드려야 할지 나도 그 분을 붙잡고 울었습니다. "이 일을 어떻게 하면 좋겠습니까. 차라리 나를 죽여주십시오. 다 내 죄입니다. 나를 죽여주십시오."

나는 죽은 아이 아빠를 안고 한 없이 울었습니다. 아무리 울어도 아이는 영영 돌아올 수 없으니 부모 마음은 얼마나 쓰리고 아프겠습니까.

세월이 흘러 며칠 더 지나서 다시 아이부모님을 찾았습니다. 돈으로는 아이를 살 수 없으니 양쪽 다 슬픔뿐이었습니다. 중간에 사람을 하나 두고 보상 문제를 계속 협의한 결과 보상비 일천오백만 원으로 합의가 되었습니다. 일천 오백만 원이면 그 당시로서는 엄청난 돈이었습니다.

그 많은 돈을 어떻게 마련할까 생각하니 눈 앞이 캄캄했습니다. 그 동안 벌어 놓은 돈이 아내에게 약간은 있었으나 턱 없이 모자랐습니다. 아내의 돈과 은행에서 대출 받고 다른 친구에게 부탁하여 합의금을 가지고 가서 용서를 빌었습니다.

그리고 나서 얼마 후 검찰에서 호출장이 왔습니다. 무허가 정비로 입건이 된 것입니다. 검찰의 출석 명령서를 가지고 검사에게 조사를 받으면서 나는 검사님께 이제까지 고생한 이야기를 울면서 말씀드리고 용서를 구하였습니다. 검사님도 내 이야기를 듣더니 "당신도 고생이 많았소. 그러나 법을 어긴 것은 사실이니 벌금으로 처리 할테니 벌금을 내고 면죄를 받으시오." "예, 감사합니다."

검사님한테 극진히 인사하고 집으로 와서 생각하니 내 운명이 정말 기구하였습니다. 언제까지 나에게 고통을 주실지 하나님 앞에 한없이 빌었습니다. "하나님, 지금도 나에게 씻을 죄가 남았습니까? 말씀을 하셔야지요. 아무 말씀도 하시지 않고 벌을 주시고 또 벌을 주시고…. 앞으로 또 얼마나 남았습니까?"

나는 그래도 살아야 하겠기에 공장으로 다시 나갔습니다. 공장에서 기다리던 종업원들도 기가 죽어 있었습니다. 경화는 형무소에 구속되었고 나머지 종업원은 두 명이었습니다. 나는 종업원들에게 안심을 시켜 놓고 주의를 주었습니다. "너희들은 절대 운전하지 말고 기사한테도 불평하지 말고 차분한 마음으로 자기 할 일만 해라." 그리고 법원에 가서 합의서를 제출해야 구속되어 있는 직원이 형을 적게 받을 수 있었기에 합의서를 제출하고 다방면으로 많은 노력을 하였습니다. 그 결과 경화는 육 개월 만에 나올 수 있었습니다.

그 후 그는 사표를 내고 다른 데로 갔습니다. 그 일로 인하여 은행 대출을 다 해결하고 나니 집 밖에 남지 않았습니다. 게다가 무허가 정비 단속이 계속 되어 정비도 못하고 공장 문을 닫아 버렸습니다.

한참 후에 나는 다시 정비공장을 설립하였습니다. 돈 많은 사장분이 정비공장을 설립하여 허가까지 받았습니다. 내가 정비공장을 만들어주면 나를 공장장으로 대해준다고 하여 나는 다시 공장 부지부터 시설 및 건물과 공구 등 공장에 대한 모든 것을 내 발로 다니면서 완성했습니다.

부안에는 아직까지 정비 공장이 없어서 공장 일은 잘되었습니다. 공장장을 하라고 하였으나 나는 사양하고 공장 기술자로써 일했습니다. 정비 공장에다가 구내식당까지 만들어 아내는 구내식당을 하고 나는 기술자로써 공장 일을 잘 보아 주었습니다.

그러나 나는 또 다시 돈 많은 사장에게 이용만 당하였습니다. 결국 그 공장에서 다시 나와야 하는 운명에 처한 것입니다. 아내도 구내식당을 하다가 짐을 싸서 집으로 돌아 왔습니다. 정말 내가 한심했습니다. 돈이 있는 사람들의 농간에 나는 항상 당하기만 했습니다.

다시 집으로 돌아온 아내와 나는 한없이 울었습니다. 우리 힘으로 어떻게 하든지 노력하여 어린 자식들을 훌륭한 사람들을 만들어 보겠다는 꿈이었는데 우리는 그런 운이 없는가 봅니다.

그러나 또 일어나야 합니다. 실망하지 않고 계속 살 길을 찾아 헤매였습니다. 오뚝이처럼 일어나서 살 길을 찾아야만 합니다. 자동차 정비는 무허가라 할 수 없는 처지가 되고 말았습니다. 이젠 부안 정비 공장에서까지 단속을 할 것이니 다른 길을 찾아야만 했습니다.

갑자기 좋은 생각이 떠올랐습니다. 타이어 수리입니다. 타이어 수리는 무허가 단속에서 빠져 있는 부분입니다. '이것이다.' 하는 생각을 하던 차에 도정공장 옆에 타이어 수리하던 분이 있었는데 그만두고 기계와 장소까지 세를 놓는다는 소문이 들려왔습니다. 나는 바로 타이어 가게 주인을 만났습니다. "아저씨가 세를 놓는다는 말을 듣고 찾아 왔습니다. 내가 하겠으니 나에게 자리를 주십시오." "당신은 자동차 수리만 하던 분인데 어떻게 타이어 수리를 한단 말이오." "할 수 있습니다." "그래요. 그러면 그렇게 합시다." "기계는 내가 사는 것으로 하고 장소는 월세로 합시다."

여러 공구 등을 일백 팔십만 원에 매입하고 나는 그 자리에서 계약서를 썼습니다. 기계 값은 다음 날 지불하기로 하고 집으로 돌아와 아내에게 얘기했습니다. "이제 정비일은 단속이 너무 심하여 못하고 타이어 수리 쪽으로 가야 우리가 살 수 있을 것 같아요. 그 길로 갑시다. 오늘 자리를 계약하고 왔는데 필요한 돈은 백 팔십만 원이오." 아내는 내 뜻을 순순히 따라주었습니다.

집에 있는 백만 원과 나머지는 공장을 담보로 하여 대출을 받아 다시 용기를 내어 타이어수리를 하게 되었습니다. 처음에는 타이어 수리 일을 할 줄 몰라서 기술자를 두었습니다. 타이어 수리 일도 자동차 수리 못지않게 쉬운 일이 아니었습니다. 다만 시간이 많이 들지 않고 돈벌이는 제법 괜찮은 일이었습니다. 자동차 정비는 시간이 많이 걸리지만 타이어 수리는 짧은 시간에 끝나는 일이라 효율적인 일이었습니다. 시간이 조금 흐르자 기술자 월급을 주고도 이윤이 많이 남았습니다.

펑크 기술을 배우기 위하여 나는 많은 노력을 했습니다. 크게 어렵지는 않았습니다. 자동차 정비에 비하면 그다지 많은 기술이 필요한 것은 아니었습니다. 건강하고 힘이 있으면 할 수 있는 작업이었습니다.

몇 개월 만에 기술을 다 익혀 이제 기술자가 필요 없게 되었습니다. 나 혼자 하여도 충분한 직업이었습니다. 나는 기술자를 보내고 나 혼자 타이어 수리를 하였습니다. 돈벌이가 좋았습니다. 부안에서 소문이 많이 났습니다. 정비 기술자가 타이어 수리를 한다는 소문으로 성황을 이루었습니다. 자동차들이 순번을 기다려야 했습니다. 점심도 제대로 못 먹는 날도 많았습니다. 아내도 나를 많이 도와주었습니다.

혼자 하기가 벅차서 젊은 사람들을 채용하여 가게는 날로 번창하였습니다. 돈벌이도 당연히 좋았습니다. 몇 년 안 되어 가게 집 땅까지 사게 되었습니다.

나는 오뚝이 인생으로 수 십 번 넘어지고 또 넘어졌지만 꾸준한 노력으로 이제는 어느 정도 안정적인 생활을 하게 되었습니다.

삶의 터전이던
카센터가 철거당하다

믿었던 삶의 터전에서 갑작스럽게 해고당하여 우리 가족은 정처 없이 부안으로 터전을 옮기어 수많은 시련을 겪으며 굴하지 않고 생존경쟁에서 살아남았습니다.

아내가 당한 폭력사건, 자식들의 교통사고, 자식들의 병과의 전쟁, 나의 사고, 등등 수많은 시련을 겪었지만 넘어지지 않고 오뚝이처럼 일어나서 가족의 삶을 지키기 위하여 불철주야 노력하였습니다.

아내도 역시 끝까지 내 뒤를 밀어 주어서 우리 가족은 그런대로 살아가고 있습니다. 카센터를 설립하기까지 너무나 힘든 과정이었습니다. 「대영 카센터」 간판을 달고 보낸 25년이라는 시간은 나에게 힘든 세월이었지만 그래도 카센터로 우리 가족은 살아 왔고 자식들도 대학까지 보내고 결혼시킬 수 있었습니다.

큰아들과 딸은 결혼하여 잘 살고 있고 막둥이 아들은 휴학하고 군에 입대하여 군인이었을 때입니다.

아내와 나는 서로를 격려하는 마음으로 둘이서 가끔씩 외식도 하곤 했습니다. "여보, 그동안 고생이 많았어요. 자식들도 이제 삶을 찾았으니 우리도 이제 우리의 삶을 찾아봅시다." "예, 그래야지요. 그동안 고생이 정말 많았습니다." 나는 아내에게 진정한 마음으로 고마움을 말했습니다. 아내 역시 나에게 고맙다는 말을 잊지 않았습니다.

아내와 우리 가정이 없었다면 나는 이렇게 오뚝이처럼 일어서지 못하였을 것입니다. '이제 자식들이 돈도 가져가지 않으니 우리도 이제 저축하며 살겠지.' 하는 마음이었습니다. 오랫동안 카센터에서 번 돈은 자식들의 삶으로 다 저축한 셈이었습니다. 그동안 양복 한 벌 못 사 입고 아내도 역시 외출옷 하나 없이 절약하며 살았습니다.

우리는 많은 고생으로 살았기에 헛된 낭비란 절대 하지 않습니다. 지금도 아내와 나는 제주도 한 번도 가보지 못했습니다. 자식들 뒷바라지에 종업원 월급을 챙기는 고달픈 생활이었습니다. 나와 아내는 절약 정신이 몸에 배어 버렸습니다.

자식들이 다 자기들의 삶을 찾았을 때, 아내와 나는 늙어버렸습니다. 이제는 돈도 벌리지 않습니다. 이것이 다 사람 사는 길인가 봅니다.

일거리도 없고, 돈을 가져갈 자식들도 이제 없어서 종업원들도 다 보내고 아내와 나, 그래도 카센터에서 일을 합니다.

돈이란 것은 쓸 데가 있어야 그만큼 벌리는 것인가 봅니다. '자식들이 돈을 가져가지 않으니 이제 돈을 버는 대로 저축할 수 있겠지.' 생각했는데 그게 아니었습니다. 돈이 벌리지 않는 것입니다.

돈이 벌리지 않는다 해도 내 직업이라 카센터를 계속했습니다. 큰 아들과 딸은 돈을 가져가지 않지만 아직도 막둥이 아들이 있습니다. 막둥이가 제대하면 복학할 텐데 제대하기 전에 부지런히 돈을 벌어야만 하였습니다. 아내와 나는 열심히 노력하였습니다. 자식들의 삶을 열어 주는 게 아내와 나의 목표였습니다. 자식들 만큼은 나처럼 고생을 안 시키기 위하여서지요.

종업원들도 없이 아내와 나는 더욱더 힘을 내어 열심히 일을 하고 있는데 군청에서 청천병력 같은 공문이 날아 왔습니다. '귀하의 건물이 소방도로 계획에 들어갔으니 철거하여야 한다.'는 것이었습니다. 철거라니요. 이곳이 어떠한 자리인데, 이 카센터가 아니면 우리가족은 또 어떻게 살아간단 말인가요.

나와 아내는 공문을 받아들고 어안이 벙벙하였습니다. 이 자리에서 우리 가족이 살았고 자식들 교육시켜 결혼까지 시킨 집인데 철거라니 말도 안 되는 이야기였습니다. 나는 이해가 가지 않아서 공문을 던져 버리고 일만 계속하였습니다.

며칠 있다가 다시 공문이 왔습니다. 감정 가격이 나왔다는 내용이었습니다. 우리 카센터, 옆집, 앞집으로 설계된 도면 내용이었습니다. 옆집과 우리 카센터는 완전 철거 대상이고 앞집은 담벼락만 조금 들어간다는 내용의 설계도면이었습니다.

나는 앞이 캄캄하였습니다. 군청에서 도시계획으로 소방도로를 개설한다는데 힘없는 내가 버틸 자신도 없고 힘도 없습니다. 이 카센터를 어떻게 할까 너무 걱정이 많았습니다. 나는 승낙서에 도장을 안 찍었습니다. 어차피 승인은 하여 주어야 하지만 모든 것을 다 알아 보아야 하였습니다.

우리 카센터 옆집은 도로변이 아니고 우리 집은 도로변이고 앞집은 담벼락만 들어간다니 제일 아쉬운 사람은 우리 건물이었습니다.

옆집은 개인 주택이지만 우리 집은 상가 건물이라서 공시지가가 옆 집보다 두 배 가까이 비싼 곳입니다. 그런데 오히려 옆집 땅값을 우리 집보다 비싼 가격을 보상하여 주고 우리 집 땅은 싼 가격으로 보상 가격이 감정되었으니 나는 여기에서 이의를 제기한 것입니다.

군청에서는 감정원을 설정하여 감정을 의뢰하는 것인데 우리 집 감정을 엉터리로 한 것입니다. 건물가격, 지가, 시세, 철거 건물 내용, 기계 등 여러 가지를 전문적으로 계산하여 산출된 가격을 보상을 하여 주는 것인데 감정사들이 그 점을 생각하지 않고 자기들 멋대로 감정을 하였으니 내가 그대로 인정을 못 하는 것은 당연한 것이었습니다. 절반 가격밖에 안되는 옆집을 우리 집보다 보상을 더 많이 해주었으니 엉터리지요.

나는 너무나 억울하였습니다. 군청으로 찾아가서 항의하였으나, 군청 관계자들의 말은 도시 계획에서 재산 보상 문제는 재산 감정원들이 감정하여 준 내용으로 이루어지는 것이지, 군청 공무원들이 마음대로 할 수 없다는 것이었습니다.

힘이 없는 내 자신이 너무나 억울하였습니다. 피 눈물로 만든 보금자리인데 철거라니 하소연 할 곳도 없고 누구한테 화풀이 할 곳도 없었습니다. 너무나도 화가 나서 군수실로 찾아가 항의해 보았지만 소용이 없었습니다.

말만 들었지 막상 철거라는 것을 당해보니 정말 문제점이 많았습니다. 모든 재산 감정은 재산 감정사들의 손 안에서 좌우되니까, 재산 감정할 때 무슨 일이 생기는 것인가 봅니다. 어떠한 일이 있어도 보상 문제가 원리원칙으로 해결되어야 한다고 생각했습니다. 옆집이 우리 집보다 월등히 많은 보상을 받았다는 것은 분명 무언가가 잘못된 것입니다.

나는 너무나 억울하여 청와대 국민 고충처리 위원회로 진정서를 제출했습니다. '우리 대한민국 행정이 이렇게 허술합니까? 사람 사는 세상에는 법이 있고 원칙이 있는 것인데, 힘이 없고 배경이 없는 사람이라고 이렇게 억울하게 처리한다는 것은 절대 용납할 수 없으니 높으신 어른들이 해결하여 주십시오.' 하고 청와대(국민 고충처리위원회)로 진정서를 투서했습니다.

며칠이 지났습니다. 군청에서 연락이 왔습니다. '군청으로 빨리 와 주십시오.' 라는 전갈이었습니다. 바쁜데 오라 가라 하는 것에 오기가 나서 군청으로 가지 않고 일만 열심히 했습니다. 몇 번 더 연락이 왔지만 군청으로 가지 않고 며칠을 더 버티었습니다.

군청 공무원이 직접 다시 찾아 와서 "군수님께서 기다리고 계시니까, 빨리 가십시다." 하며 사정을 하기에 나는 그 때서야 군수실을 찾았습니다.

군수님은 나를 보시더니 약간 떨떠름한 표정으로 "아~아, 오셨습니까. 선생님께서 청와대로 진정서를 내셨습니까?"하고 물었습니다. "예, 당신들이 너무나 사람을 무시하길래, 억울하여 청와대로 진정한 것입니다." 그 때 군수실에 읍장님까지 계셨을 때였습니다. 처음에는 약간 고자세로 나가던 군수님이 다급하니까, 나한테 빌었습니다. "이 번 일은 우리가 잘못 처리한 것 같은데 다시 재 감정하여, 보상 문제를 해결하겠으니 용서하여 주십시오." 나는 이야기하였습니다. "당신들이 행정을 그렇게 하시면 불쌍한 사람들이나 무식한 사람들은 어떻게 살겠습니까? 집이 철거당하는 것도 억울한데 보상 가격이나 원한이 없게 해주셔야지요. 나는 못 합니다. 군수님 끝까지 해봅시다."

내가 강하게 나가자 군수님이 다급하여 다시 빌었습니다. "다시 재 감정하겠습니다." "당신들 내가 항의하니까, 재 감정은 절대 못 한다고 하시더니 오늘은 왜 다시 감정을 하신다는 것입니까? 말도 안 되는 일이지요."

나는 좀 더 강경하게 버티었습니다. 군수님이 내 손까지 잡고 몇 번이고 사과하기에 조금 늦추어 "그럼 기다리겠습니다."하고 군수실을 나왔습니다.

뒤에 알고보니 청와대에서 부안군청으로 전문이 떨어진 것입니다. '임 경철 씨 집 철거 내용을 상황보고 하라.' 는 전문이었습니다.

제가 이 이야기를 책 말미에 덧붙인 이유는 무엇이겠습니까? 우리 사람 사는 사회가 너무나 허점이 많이 보입니다. 정의가 승리하는 세상이 되었으면 하는 마음입니다.

나는 소방도로 도시계획서의 승낙서에 도장을 찍어 주었습니다. 보상 가격은 8,200만 원, 처음 감정 가격보다 1,200만 원 더 받은 것입니다.

그런데 이것이 끝이 아닙니다. 집 철거 보상 가격을 받은 후 세무서에서 소득세로 1,200만 원을 내라는 고지서가 떨어졌습니다. 군청에서 소방도로를 개설하기 위하여 개인 집을 철거하였는데 소득세로 1,200만 원을 내라는 고지서가 왔기에 나는 고지서를 가지고 세무서를 찾아 갔습니다.

세무서 담당 공무원한테 강력히 항의하였습니다. "당신들이 부과한 소득세 세금은 너무나 이치에 맞지 않으니 이 고지서는 받지 못하겠습니다. 카센터가 철거당하여 생존에도 위협을 느끼고 있는데, 소득세 1,200만 원…?" 하면서 나는 화가 너무 나서 책상을 밀어 버렸습니다. "세무서장 나오라고 하시오. 그리고 당신은 업무방해로 고소하시오." 나는 큰 소리로 외쳤습니다.

내가 큰 소리로 소리를 지르니까 세무 서장이 직접 나오셨습니다. "왜 이렇게 소란을 피웁니까?" "예, 당신이 세무 서장이요? 부안에서 온 임경철입니다. 카센터가 철거되어 생계가 위협을 느끼고 있는 실정인데 소득세 1,200만 원은 어디에서 산출한 것이요? 당신들이 이 세금을 정이나 받으신다면 나는 부안 군수를 걸어서 행정 소송을 하겠소."

카센터가 철거되어서 생계가 막연한데 소득세 1,200만 원을 내라니 말이나 되는 소립니까. 나는 강력히 항의하였습니다. 내 이야기를 듣고 세무서장님이 담당 공무원에게 현장 조사를 명하였습니다.

며칠 후 세무 공무원이 찾아와서 사실 확인 결과, 카센터 자리가 철거된 것이 사실이니까 내 항의를 이해한 것입니다. 그 후 세금 고지서는 반납되어 세금은 전혀 내지 않았습니다.

세무 공무원님들이나 국가 공무원님들, 올바른 행정으로 아무것도 모르는 서민들에게 억울함이 없도록 최선의 행정을 하셨으면 합니다.

그러나 앞으로 살아 나아 갈 길이 또 문제였습니다. 카센터 자리를 비워주고 다시 우리 가족이 먹고 살 수 있는 자리를 마련하여야 하는데 큰일이었습니다. "여보, 어떻게 하면 좋겠습니까? 다른 기술은 없고 내가 가지고 있는 기술은 자동차 정비뿐인데요."

아내도 걱정을 많이 하였습니다. 아내와 나는 카센터를 다시 만들기로 결정을 보았습니다. 그 동안 카센터를 하면서 큰아들을 대학까지 졸업시켜 결혼까지 시키고 딸도 역시 대학 졸업하여, 직장에 있다가 결혼하여 행복하게 살고 있습니다.

그 동안 카센터를 하면서 벌은 돈은 자식들에게 다 저축한 셈입니다. 모아 둔 현금은 없으니 다시 또 열심히 일을 하여야 군대에 있는 막둥이 아들이 제대하면 복학할 텐데….

아내와 나는 새로 만든 카센터에서 일을 열심히 하여야만 하였습니다. 내 몸도 늙어서 다른 일자리는 생각지도 못하겠고, 다시 시작 할 일 역시 카센터뿐이 없었습니다.

카센터를 만들기로 마음을 먹었으나 별 다른 곳을 찾지 못하였습니다. 보상 받은 돈으로 다시 건물을 만들기란 너무나 돈이 모자라서 길이 없었습니다. 하는 수 없이 집 터에 카센터를 만들기로 했습니다.

어린 자식들을 이끌고 부안으로 이사와서 온갖 어려움을 극복하고 만든, 우리 가족에게는 호텔보다 더 귀한 보금자리를 철거하였습니다.

다시 카센터를 만들어서 군대에서 제대한 막둥이 아들이 공부하는데 불편 없이 노력하여 대학까지 졸업시켰습니다. 그런데 막둥이가 아직 직장을 못 찾아서, 너무나 마음이 아픕니다. 지방대생과 수도권 학생, 차이가 너무 심했습니다.

토목과를 졸업했고, 자격증도 세 가지나 땄지만, 지방대생이란 이유로 일자리를 찾지 못한 막둥이 아들 때문에, 마음이 아픕니다. 언제나 차별이 없어질지, 오직 기다릴 뿐입니다.

나는 현재 새로 만든 카센터에서 아내와 둘이서 일을 하고 있으나, 몸이 너무 늙었습니다. 내 나이 71세, 아내 64세. 그러나 몸과 마음은 늙었지만 지금도 할 일이 남아 있기에 열심히 일을 하면서 나는 많은 생각을 합니다.

그 동안 슬픈 고통 속에서도 꿋꿋이 살아남아 지금 이 자리에 있는 나를 생각하였습니다. 새삼 하나님의 참된 사랑이 있었기에 이 자리까지 오게 된 것을 깨달았습니다. 그 동안 사는 게 너무 힘들어 하나님을 제대로 알지 못하고 살았지만 이제라도 남은 여생을 하나님 사업에 적극 동참하며 꾸준한 신앙생활을 하겠다고 다짐해 봅니다.

내가 전라북도 부안에서 카센터를 하는 동안 꾸준히 찾아주신 여러분들에게도 이 책을 빌어 고맙다는 감사 인사드립니다.

이 책을 읽으신 여러분들에게 행운과 참된 삶이 이루어지시길 두 손 모아 빌겠습니다.

[부록]

「절망은 없다」 방송 후 청취자 분들이 보내주신 편지 모음

안녕하십니까?

안녕하십니까?

날씨가 제법 쌀쌀하군요.

저는 춘천 제일고등학교 일학년 학생입니다.

지금 문화방송의 「절망은 없다」를 청취하고 나서 이렇게 펜을 들었습니다.

아저씨의 이야기를 듣고 나니 이런 모순된 사회가 있다니… 가슴이 아프군요. 그렇게 냉혹하고 인정 없는 사람들도 이 하늘 아래에서 살고 있다니 또 아저씨와 같이 그렇게 험한 고난의 길을 굽히지 않고 혼자의 힘으로 살아오신 분도 계시다니… 진심으로 위로의 말을 드리고 싶습니다.

저는 이런 생각을 해보았습니다. 내가 아저씨 같은 처지에 있었더라면 나는 어떻게 하였겠는가? 하고… 아마도 저는 아저씨처럼 그렇게 굳세게 살아오지 못했을 것이라고 생각이 드는군요.

아저씨! 아저씨는 인생의 가장 험한 고비를 넘으신 것입니다. 그러니 더욱더 굳세게 사십시오. 저는 아저씨의 소원이 성취되기를 빌며 아저씨의 가정에 행복이 깃들기를… 아저씨 안녕히 계십시오.

1973.12.1 최 종채 올림

「절망은 없다」를 듣고……

문화 방송국 '절망은 없다'를 듣고 아저씨에게 좀 더 배웠으면 하는 마음에서 펜을 들고 조금 적어 보았습니다. 아저씨는 사람들에게 희망을 주셨습니다. 울렸습니다. 저도 방송을 듣는 순간부터 끝까지 울며 들었어요. 성우 주 상연 씨가 아저씨 역을 해 주었는데 너무너무 잘 했습니다. 단 한마디 놓치지 않고 모두 귀담아 들었습니다. 저의 정신을 40분간 모두 빼앗아 갔습니다. 마치 내가 겪은 일처럼. 아저씨 누나가 그런 누나가 있을까요? 모두 돈 때문이겠죠. 그리고 서울에 왔을 때, 층층계단을 기기 시작하여 석 달간 서울에 있는 병원마다 모두 헤맸을 때 메디칼 센터 정문에서 막으면 들어오고 또 막으면 들어오고 했을 때 경비가 몹시 미웠습니다. 아저씨 제가 편지 하게 된 가장 큰 이유는 저도 전라북도 김제 신풍리예요. 꼭 아저씨 뵙고 싶습니다. 그래서 성공하신 얘기 꼭 다시 한 번 더 자세히 들어보고 싶어요. 지금은 1남1녀의 아버지! 세상의 병자들에게 희망을 주고 다시 삶을 꿋꿋이 살아갈 수 있도록 이끌어 주신 선생님. 아저씨! 앞으로 아저씨가 못하신 일을 꼭 하시길 바랍니다. 꼭 앞으로 성공하시길 빌겠습니다. 그럼 이만 여기서 줄이겠습니다. 아저씨, 아주머니, 아들, 딸 모두의 건강을 빌겠습니다.

1973. 12. 2

임 경철 아저씨께 처음 인사드립니다

임 경철 아저씨께 처음 인사드립니다. 지진이 무너진 땅에도 솟아날 구멍이 정말 있군요. 먼저 저의 얘기부터 해야 되겠네요. 오늘 저의 나이 18살 소녀입니다.

일요일마다 「절망은 없다」를 듣고 있었는데 이번 「절망은 없다」정말 지금껏 들었어도 이렇게 파란만장한 생애의 길을 걸어온 사람은 임 경철 아저씨 한 사람 뿐인 것 같아요. 정말 아저씨 훌륭한 일을 했습니다. 모든 불행에 처해 있는 사람들이 본받고 존경해야 할 것입니다.

난 「절망은 없다」를 들으면서 울었습니다. 같은 핏줄을 타고 난 사람들이 어쩌면 그럴 수가 있을까요? 현 세상은 그런 세상입니다. 모두가 아비규환을 이루고 있어 같은 형제자매들도 돈이 없으면 그런 핍박을 받습니다.

이번 아저씨가 지나온 길이 방송되므로 방방곡곡 구석구석에 메아리를 쳐 「절망은 없다」에서 아저씨는 '이 세상 불행한 사람들이여, 나 임 경철을 보라. 친척들, 냉혹한 인간들 그 사람들을 보란 듯이 나 임 경철은 이렇게 절망을 딛고 일어서지 아니 하였느냐?' 하듯이 당당한 인생을 살아온 임 경철 아저씨 정말 존경합니다. 그나마 구원하신 김 종석 기자는 구세주를 만난 기분으

로 정말 다행이라 할 수 있지요. 주위 친척과 의사들의 냉혹함에 이렇게 글을 씁니다.

그리고 죽음으로부터 구원을 받기까지 아저씨는 하나님을 여러 번 찾았지요. 역시 하나님께서 임 경철 아저씨께 구원의 손길을 뻗칠 것입니다. 아저씨 가정에 축복이 내려질 것입니다. 저의 아버지 같은 느낌이 듭니다. 그럼, 아저씨의 지나온 길을 듣고 싶습니다. 그럼 꼭 답장 기다립니다.

그럼 아저씨 가정에 행운을 빌며….

삼례 소녀 올림

안녕하세요!

안녕하세요. 그런 어려움을 딛고 일어선 아저씨의 수기를 12월 1일 들었답니다. 저희 아버지도 동생들도 들었는데 정말 슬퍼서 눈물도 많이 났답니다.

아저씨께서 기차를 엉금엉금 기어서 탈 때나 지하도에서 잘 때 등등 눈에 선하였습니다. 저는 고등학교 이 학년 학생이랍니다. 저는 지금까지 「절망은 없다」는 여러 번 들어왔지만 아저씨의 경우는 달랐습니다. 정말 아저씨는 훌륭하십니다. 저는 세상에 이런 사람도 있구나 하며 여러 번 감격하였습니다. 앞으로도 아저씨와 그 가족들에게 행복이 깃들기를 진심으로 바랍니다. 안녕히 계세요.

1973년 12월 2일 강 경희 올림

어느 덧……

어느 덧 쌀쌀한 겨울이 돌아왔는데 그 동안 안녕하신지요? 저는 대전 시민 중의 한 사람으로써 임씨의 생활수기를 방송으로나마 듣게 된 것을 진심으로 감사드립니다. 12월 1일 저녁방송에 이어서 2일 재방송까지 귀 기울여 방송을 듣고 위로를 글로 나마 표현하니 용서하시고 읽어 주시면 감사하겠습니다. 처음부터 끝까지 저도 뜨거운 눈물을 쏟으며 주의 깊게 들었지요. 그처럼 불구의 몸으로 서울, 대전까지 그리고 어디까지나 살고 싶은 욕망을 가진 정신 자세에 더욱 놀랐으며 또한 그러한 정신 상태가 오늘의 영광을 가져 왔으리라고 저는 믿습니다. 아무튼 용감하십니다. 정말 담대하십니다. 임씨의 지난날은 본인뿐만 아니라 현 시대에 살고 있는 수많은 불우한 사람들에게 힘이 될 수 있고 용기를 주는 데 많은 도움이 되리라 믿습니다. 저 역시 사회봉사 사업이 어릴 적부터 꿈이었고 소망이었답니다. 저 또한 불우한 처지의 한 사람으로써 서신으로나마 서로를 위로와 격려로 살아가자는 뜻에서 부족하나마 용기를 내어 펜을 들었답니다. 회답을 기다리며 펜을 줄이겠습니다.

1973. 12. 2

임경철 형 전

안녕하십니까?

형을 알게 된 사유는 문화방송 개국 12주년 수기 「절망은 없다」에서 형을 알게 되었습니다. 외람되게도 형이라 표현해서 죄송합니다. 형과 같은 불행했던 그 시절 저는 방송을 들으면서 얼마나 울었는지 모릅니다. 저의 나이 이십 팔세입니다. 척추 신경마비 증상으로 활동을 못하게 된 것은 약 십 년 전으로 얼마나 힘든 십 년일까요? 자살도 시도해 봤지만 모진 목숨이라 죽지도 않고 지금까지 살고 있습니다. 때로는 대통령이나 보사부 장관께 진정도 해 보았지만 저에게는 행운은 없나 봅니다. 형은 나의 환경과 왜 이리 비슷한가요? 꼽추에 부모가 없는 것과 독자라는 것도 똑같고 단 한 가지 다른 것은 형은 성공했고 저는 불행 속에서 계속 살아야 하는 것이 다릅니다. 형, 진정 축하합니다. 형과 같은 불굴의 의지가 있었다면 나도 형과 같이 나아졌을지 모를 텐데 이젠 기적만 기다립니다. 지금도 형의 「절망은 없다」를 회상해 보면 눈물이 나와 앞을 가립니다. 저는 학교를 다니지 않아 글씨의 표현이 엉망입니다. 이해하리라 바라며 형의 답을 기다리겠습니다.

임 선생님 귀하

임 선생님 귀하!

한 번도 뵌 바 없는 선생님의 투병 담을 방송을 통해 듣고 이 글을 올립니다. 선생님의 그 굳센 의지를 존경하옵고 본받고 싶습니다. 저는 금년 이 십 팔세의 청년인데 지금으로부터 삼 년 전 군 복무 중 불의의 사고로 높이 육 미터 되는 절벽 아래로 떨어져 목뼈 골절상을 입고 수술을 받았는데 목 아래 부분은 전부 기능이 상실되고 감각조차도 모르는 쓸모없는 몸이 되어 버렸습니다. 제가 기억하기로는 떨어진 그 순간부터 수족을 움직일 수 없었습니다. 수술 후 군의관 말을 들으면 신경은 끊어지지 않았으나 골절된 뼈에 눌려 신경이 충격을 받았다고 합니다. 아직까지 몸 상태가 거의 감각이 없습니다. 저의 사정을 생각하셔서 수술하신 병원은 신경마비 환자를 전문으로 하는 병원인가요? 방송에서 들으니 담당 선생님이 미국인 같은데 그 선생님이 계시든 안 계시든 그 쪽에 편지를 할 수 있도록 주소를 적어 보내 주세요. 선생님이 겪으신 고통을 생각하시고 이 불쌍한 인간의 부탁을 들어 주시기 바랍니다. 바쁘실 줄 알지만 저에게 답해 주시길 바랍니다.

1973년 12월 15일 박 세우 올림

안녕하세요!

안녕하세요! 아저씨의 책을 읽고 나서 감동을 받아서 이렇게 펜을 든 19살 소녀 손 진희라고 합니다.

우연하게 언니가 선물을 한 책을 며칠 전에 아저씨 책이 눈에 들어와 한 장 한 장 읽기 시작했어요. 읽으면 읽을수록 재미도 있고 슬프기도 하고 전 솔직히 다른 책을 한 권을 끝까지 읽어 보질 못했는데 아저씨 책을 읽으면서 삶에 대한 또 다른 시작을 느꼈어요. 아저씨가 몸이 마비되었음에도 불구하고 기어서 생활하셨는데 끝없는 슬픔에 빠져들게 하였어요. 만약 아저씨가 안 계셨더라면 전 아저씨의 책을 못 봤을 거예요.

그리고 그 기자분이 너무너무 고마워요. 그런 아저씨를 위해서 신문기사도 내어 큰 도움이 되었을 거예요. 저는 깨달았어요. 힘들면 힘들수록 삶을 쉽게 포기해서는 절대로 안 된다는 걸… 열아홉 살 밖에 살지 않았지만 예전에는 죽으려고 생각도 많이 했었지만 아저씨에 비하면 저는 아무것도 아닌 것 같네요.

그처럼 열심히 살아가는 아저씨를 보니 너무 멋지고 제가 너무 기분이 좋은 것 같아요. 제가 이 책을 읽으면서 많은 생각을 했어요. 그리고 많이 울기도 했어요. 아저씨의 심정을 조금이나마 이해할 것 같아요.

아저씨가 이런 삶을 살게 된 것은 하나님의 뜻이 있었기 때문에 지금의 아저씨가 있었을 거예요. 하나님은 아저씨를 사랑하기 때문에 이런 삶을 택하게 하신 거예요. 하나님은 핍박 받은 사람을 더 사랑하신데요.

아 참 사모님한테 전해 주세요. 여자로써 존경스럽다고요.

4월 6일 손 진희 올림

절망은 없다

2011년 10월 15일 초판인쇄
2011년 10월 20일 초판발행

지은이 : 임 경 철
펴낸이 : 이 혜 숙
펴낸곳 : 도서출판 신세림
100-015 서울특별시 중구 충무로5가 19-9 부성B/D 702호
편집 : 엄은미
등록일 : 1991. 12. 24
등록번호 : 제2-1298호
전화 : 02-2264-1972
팩스 : 02-2264-1973
E-mail : shinselim72@hanmail.net

정가 15,000원

ISBN 89-5800-118-6, 03810